"디아볼로스 교단…… 그것이 우리의 적이다."

KB031993

'뭐……, 그런 건 존재하지도 않지만 말이지.'

"The Eminence in Shadow" was the one for me.
That's all about it.
The Eminence in Shadow
뉴
_Nu
베타
_Beta
감마
_Gamma
"우리는 섀도우 가든……."

섀도우
_Shadow
델타
_Delta
알파
_Alpha
어둠 속에 숨어서, 어둠을 사냥하는 자……”
The Eminence in Shadow

삐기에에에에에에
에에에에에에에에
에에엑!!!
로즈
오리아나
_Rose Oriana
The Eminence

“몹 오의,
나선회전 낙법
블러디 토네이도!”
시드
카게노
_Cid Kagenou
The Eminence
The Eminence in Shadow

클레어 카게노
_Claire Kagenou
로즈 오리아나
_Rose Oriana
“당신이 구해준 목숨…….
그렇다면 나는 마음을 바치겠습니다.”
셰리 바넷
_Sherry Barnett
“저기요…….
쿠키를 구워봤어요.”

“건방진 동생…….
그래서
괴롭히는 거야.”
“훌륭한 검술이네…….
하지만 마음에
안 드는 검술이야.”
알렉시아
미드갈
_Alexia Midgar
The Eminence
The Eminence in Shadow

I can't remember the moment anymore.
Yet, I had desired to become "The Eminence in Shadow"
ever since I could remember.
An anime, manga, or movie? No, whatever's fine.
If I could become a man behind the scenes,
I didn't care what type I would be.
Not a hero, not an archenemy,
but the existence intervenes in a story and shows off his power.
I had admired the one like that, what is more,
and hoped to be.
Like a hero everyone wished to be in childhood,
"The Eminence in Shadow" was the one for me.
That's all about it.

The Eminence in Shadow

01

어둠의 실력자가 되고 싶어서!

01

되고 싶어서!
실력자가
어둠의

지음 아이자와 다이스케
일러스트 토자이

but the existence intervenes in a story and shows off his power.
I had admired the one like that, what is more,
and hoped to be.
Like a hero everyone wished to be in childhood,
"The Eminence in Shadow" was the one for me.
That's all about it.

The Eminence in Shadow

I can't remember the moment anymore.
Yet, I had desired to become "The Eminence in Shadow"
ever since I could remember.
An anime, manga, or movie? No, whatever's fine.
If I could become a man behind the scene,
I didn't care what type I would be.
Not a hero, not an arch enemy,
but the existence intervenes in a story and shows off his power.
I had admired the one like that, what is more,

최고의 무대를 마련하자!

The Eminence in Shadow
Volume One
Prologue

서장

정확한 계기는 기억나지 않는다. 그러나 철들었을 때부터 나는 이미 『어둠의 실력자』를 동경하고 있었다.

애니메이션이든 만화이든 영화이든, 뭐, 사실 장르는 뭐든지 상관없었다. 그저 『어둠의 실력자』이기만 하면 무조건 좋았다.

주인공도 아니고 최종보스도 아니고, 스토리에 암암리에 개입하여 실력을 보여주는 존재. 나는 그런 『어둠의 실력자』를 동경해서 그렇게 되고 싶어 했다. 누구나 어린 시절에 히어로가 되고 싶어 하듯이 나도 『어둠의 실력자』가 되고 싶었던 것이다. 단지 그뿐이다.

그런데 히어로가 되기를 꿈꾸는 보통 어린이들과는 달리, 나의 그 꿈은 결코 일시적인 열병이 아니었다. 그것은 내 마음속의 훨씬 더 깊은 곳에서 계속 불타오르면서 영원히 꺼지지 않고 나를 움직이는 원동력이 되었다.

가라테, 권투, 검도, 이종격투기…… 강해지기 위해 필요한 것들을 최선을 다해 배우면서 또 그 실력을 철저히 숨겼다. 언젠가 찾아올 그날을 위해서.

학교에서는 무조건 평범하게 살았다. 전혀 남들 눈에 띄지 않는 무해한 *몹 A. 그러나 일상의 무대 뒤에서는 모든 것을 바쳐서 수행만 쌓았다. 그것이 나의 청춘이자 학교생활이었다.

*몹 : mob. 평범하고 몰개성적인 군중.

그러나 시간이 갈수록 점점 불안해졌다. 현실과 마주할 때가 왔다.

그렇다. 이런 짓을 해봤자 소용없는 것이었다.

이 세상의 흔해빠진 격투기를 아무리 배워봤자, 이야기 속의 세계에 등장하는『어둠의 실력자』처럼 압도적인 힘을 손에 넣지는 못한다. 내 능력으로는 기껏해야 양아치 몇 명을 때려눕히는 것이 고작이었다. 상대가 원거리 무기를 사용한다면 고전할 테고, 완전무장한 군인들에게 포위되면 끝장날 것이다.

군인한테 흠씬 두들겨 맞는『어둠의 실력자』……? 와, 웃기네.

내가 앞으로 수십 년 동안 수행을 쌓아도, 설령 세계 최강의 격투가가 되더라도, 틀림없이 군인들한테 포위되면 무참히 짓밟힐 것이다. 아니, 어쩌면 무슨 방법이 있을지도 모르고. 인간이 열심히 단련하면 군인들에게 포위되어도 반격할 수 있는 가능성은 있을지도 모른다.

그러나 만에 하나 군인을 타도하더라도, 머리 위에서 핵폭탄이 떨어지면 증발해버릴 것이다. 그것이 인간의 한계다. 이것 하나만은 단언할 수 있다. 내가 동경하는『어둠의 실력자』는 핵폭탄을 맞아도 증발하지 않는다. 그러니까 나도 핵폭탄을 맞아도 증발하지 않는 인간이 되어야 한다.

핵폭탄을 맞아도 증발하지 않으려면 무엇이 필요할까.

펀치력?

강철 같은 육체?

무진장한 스태미나?

아니다. 뭔가 다른 이질적인 힘이 필요하다.
그래. 마력, 마나, 기, 오라, 뭐든지 상관없다. 미지의 힘을 도입해야 한다.
그것이 내가 현실과 마주한 끝에 내린 결론이었다.
예를 들어 마력을 찾아다니는 사람이 있다고 해보자. 틀림없이 모두가 제정신이냐? 하고 기막혀할 것이다. 나도 마찬가지다. 똑같이 제정신이냐? 하고 기막혀할 것이다.
하지만 실제로는 어떨까.
이 세계에는 아직 마력의 존재를 증명해낸 사람은 없었다. 그러나 마력이 존재하지 않는다는 사실을 증명해낸 사람도 없었다.
제정신으로는 내가 원하는 힘은 손에 넣을 수 없다. 그 힘은 틀림없이 광기의 저편에 존재할 것이다.

그때부터 나의 수행은 몹시 힘들어졌다.
마력, 마나, 기, 오라, 그런 것을 습득하는 방법은 아무도 몰랐다.
나는 좌선을 해보고, 폭포수도 맞아보고, 명상하고, 단식하고, 요가를 마스터하고, 개종하고, 정령을 찾아다니고, 신에게 기도하고, 스스로 십자가에 매달렸다. 어차피 정답은 존재하지 않는다. 암흑 속에서 내가 옳다고 믿는 길을 따라 쭉 전진할 뿐이다.

그리고 세월이 흘러 나는 고교 시절의 마지막 여름을 맞이했다. 마력도 마나도 기도 오라도 아직 찾아내지 못한 채…….

평소처럼 수행을 마쳤더니 어느새 주위가 완전히 어두워져 있었다.

나는 한쪽에 벗어둔 속옷을 주워 입고 교복을 걸쳤다. 미지의 힘은 아직 얻지 못했다. 그러나 최근에 계속하고 있는 수행은 뭔가 효과가 있는 듯한 느낌이 들었다.

지금도 그랬다.

수행을 마친 이 몸은 뭔가 특별했다. 머릿속에서 뭔가가 깜빡깜빡하고, 시야가 이리저리 흔들렸다.

마력인가…… 아니면 오라인가……. 아무튼 그런 무언가의 영향이 분명히 느껴졌다.

오늘 수행도 참으로 보람찼다고 할 만했다.

숲속에서 옷을 벗어던지고 알몸이 됨으로써 삼라만상을 느끼고, 거목에 계속 박치기를 함으로써 물리적으로 잡념을 배제하고, 또 뇌에 자극을 줌으로써 미지의 힘에 대한 각성을 촉진한다. 극히 논리적인 수행 방식이다.

아아, 눈앞이 흐려진다.

마치 뇌진탕이라도 일으킨 것처럼.

나는 둥실둥실 하늘을 나는 듯한 걸음걸이로 숲을 통과해 내려갔다.

그때 문득 흔들리는 불빛을 발견했다.

허공을 헤엄치듯이 가로질러 가는 두 개의 빛. 신비로운 빛이었다. 마치 나를 유혹하는 것처럼 수상하게 인도하는 것이었다.

"마, 마력……?"

나는 휘청휘청하면서 그쪽으로 다가갔다.

저건 분명히…… 분명히 마력일 거야!

드디어 내가 미지의 힘을 발견한 거야!

어느새 발걸음이 점점 빨라져서 뛰어가고 있었다. 나무뿌리에 발이 걸려도 그대로 구르듯이 짐승처럼 계속 달렸다.

"마력! 마력! 마력! 마력마력마력마력마력!!!!!"

나는 두 개의 불빛 앞으로 뛰쳐나갔다. 그리고 그것을 붙잡…….

"어……?"

헤드라이트가 하얗게 세상을 물들였다. 브레이크 밟는 소리가 시끄럽게 머릿속에 울려 퍼졌다.

충격이 몸을 관통했다. 내…… 마력………….

결과적으로 나는 마력을 발견하는 데 성공했다.

눈을 떴더니 주위는 마력으로 가득 차 있었다. 마지막으로 봤던 두 개의 불빛과는 느낌이 좀 다르기는 한데. 그거야 사소한 문제니까.

아 참, 그렇지. 사소한 일을 하나 더 언급하자면 이참에 나는 전생도 했다. 마력을 발견하면서 전생의 문이라도 열어젖혔나 보다. 뭐, 중요한 문제는 아니지만.

일단 현재의 나는 생후 몇 개월쯤 된 남자아이다. 최근 들어서야 겨우 의식이 또렷해졌고, 시간감각도 아직 애매해서 정확한 것은 알 수 없었다. 애초에 말도 할 줄 모르고. 이곳이 중세 유럽 문명과 비슷해 보인다는 것은 알았다. 그것만 알면 충분하지.

어쨌거나 나는 마력을 손에 넣었으니까. 오직 그것만 중요하다. 과정이나 기타 등등에는 관심 없다.

의식이 뚜렷해지자마자 나는 이 마력의 존재를 깨달았다. 둥실둥실 떠다니는 빛의 입자. 그것은 내가 전생에 수행의 일환으로 정령을 찾는답시고 꽃밭에서 벌거벗고 뛰어다니던 때 느꼈던 감각과 똑같았다.

그 수행은 무의미하지 않았던 것이다. 그 증거로 나는 마력을 금방 지각할 수 있었고, 지금은 마치 내 수족처럼 조종할 수 있게 되었다. 이 감각은 예수님을 참고하여 알몸으로 십자가에 매달렸을 때 느꼈던……, 아니, 개종을 거듭해서 알몸으로 춤추고 기도했을 때였나……? 어쨌든 그 모든 수행이 도움이 됐을 것이다. 이미 신체강화가 가능하다는 것은 확인했다.

나는 갓난아이의 넘쳐나는 시간을 수행에 투자했다. 그리하여 이번에야말로『어둠의 실력자』가…… 앗, 똥마렵다.

그러고 보니 새는 똥을 그냥 흘린다던데, 인간 아기도 거의 마찬가지였다. 아무리 이성으로 막으려고 해도 본능이 배출해라! 하고 속삭이는 것이다. 그러나 날마다 밤낮으로 수행을 쌓아온 나는 신체강화로 항문 괄약근을 조여서 시간을 벌고 그 틈에…….

"응애애애애애애애!!"

사람을 부를 수 있었다.

아마 10년쯤 지났을 것이다.

마력은 굉장하다. 인간의 한계를 훌쩍 뛰어넘은 움직임을 가능하게 해주는 것이다. 바윗덩이 정도는 거뜬히 들 수 있고, 말보다 두 배는 빠르게 달릴 수 있고, 집보다 더 높이 뛰어오를 수 있다. 단, 그래도 핵폭탄은 못 막는다. 마력으로 강화하면 방어력은 증가하지만, 지구 파괴 병기의 화력은 위대하다. 사실 이 세계에는 핵폭탄은 존재하지 않으니까 괜찮을 것 같기도 한데. 그렇게 타협해서『어둠의 실력자』가 되는 것이 과연 가치가 있을까.

없다. 전혀 없다.

고로 나의 목표는 핵폭탄을 능가하는 힘을 손에 넣는 것이다.

그러기 위해 날마다 연구와 수행을 거듭한 결과, 가망이 있겠다 싶은 방법이 딱 하나 있어서 최근에는 그쪽 방면으로 매일매일 실험을 계속하고 있다.

아 참, 그렇지. 이번에 나는 귀족 가문에서 태어난 모양이다. 마력으로 육체를 강화해서 싸우는 기사인 마검사(魔劍士)를 대대로 배출한 집안. 나는 이 가문의 기대주인 아들……이 아니라, 아주 평범한 마검사 훈련생으로서 자라나고 있다.『어둠의 실력자』는 자기 실력을 보여줄 상대와 장소를 신중하게 선택하는 법이니까. 그래, 언젠가 찾아올 그 순간을 기다리면서…….

대충대충 하고는 있지만 이 마검사 훈련생으로서의 수행은 나에게 꽤 도움이 되었다. 이 세계의 마력을 이용한 전투방식을 배울 수 있고, 나 자신의 전투방식을 되돌아볼 좋은 기회가 되기도 했으므로.

내가 전생에 배운 전투기술은 솔직히 말해서 이 세계의 기술보다 몇 배나 더 세련된 합리적 기술이었다. 그 사실은 현대 격투기 시합만 봐도 알 수 있다. 쓸데없는 기술이나 움직임은 도태

되고, 다양한 무술의 기술 중에서 훌륭한 것만 살아남아 융합된 것이다. 그 양상은 그야말로 싸움의 완성형으로 나아가고 있었다. 물론 그것은 경기 규칙에 따른 완성형이지만, 그렇게 세련된 형태로 나아가는 과정은, 잡다한 기술들 중에서 정석을 찾아내는 방법으로서 폭넓게 활용할 수 있는 것이었다.

그에 비해 이 세계의 기술은 우선 국경을 넘지 못한다. 그리고 유파의 벽도 넘지 못한다. 문외불출의 기술이 존재하고, 설령 공개되더라도 그것을 전달해줄 미디어가 없다. 다시 말해 기술이 융합되지 않고, 도태되지도 않고, 연마되지도 않는다. 한마디로 세련되게 다듬어지지 못한 것이다.

그러나 역시 이 세계의 싸움과 이전 세계의 싸움에는 근본적인 차이가 존재했다. 그것은 바로 마력이었다. 마력 덕분에 기본적인 신체능력이 하늘과 땅 차이였다.

이를테면 근력. 여기서는 한 손으로 사람을 들 수 있다. 그러면 우선 굳히기 같은 기술의 상식이 무너진다. 누가 위에 올라타서 꽉 눌러도, 복근의 힘만으로도 가볍게 튕겨낼 수 있는 것이다. 가드 포지션일 때 한쪽 발만 써도 상대가 휙 날아간다. 이러니까 굳히기 기술은 성립될 수 없다.

인간에게는 인간의 전투방식이 있고, 고릴라에게는 고릴라의 전투방식이 있다. 그런 것이다.

그 외에도 적에게 파고드는 속도가 다르고, 내디디는 보폭이 다르고, 고로 전투의 간격도 달라진다. 실은 이게 제일 중요했다. 격투기는 따지고 보면 간격 게임이니까. 거리와 각도와 포지셔닝이 전투의 기본이자 궁극이다.

그 거리를 파악하는 데 시간이 많이 걸렸다. 왜냐하면 이 세계 사람들은 다들 간격이 넓었으니까. 서로 싸울 때 5미터쯤 떨어져 대치한다. 그래, 파고드는 보폭이 넓고 속도도 빠르니까 그러는 것도 이해한다. 나도 처음에는 이게 바로 이세계의 전투방식인가……! 하고 감동했었지만, 알고 보니 그것은 단순히 방어 기술이 미숙해서 그런 것이었다.

격투기에선 흔한 일이다. 방어에 미숙한 사람일수록 쓸데없이 한껏 거리를 벌리려고 하는 것이다.

상대의 공격이 무서우니까. 공격이 닿지 않는 곳까지 가면 안심되니까. 그래서 멀리서 확! 파고들었다가 휙! 하고 물러나는 엉성한 전투를 하게 되는 것이다. 히트 앤드 어웨이 전법이라고? 글쎄, 유감이지만 쓸데없이 단조롭게 반복되는 왕복 운동을 히트 앤드 어웨이라고 부르진 않는다.

나에게는 5미터 거리도 100미터 거리도 다 똑같이 무의미하다. 둘 다 제대로 공격을 할 수 없기 때문이다. 6미터도 7미터도 10미터도 전부 똑같다. 다 쓸데없으니까 걸어서 간격을 좁히도록 하자.

그러나 특정 거리를 돌파한 순간부터 그 거리는 1mm 단위로 큰 의미를 지니게 된다. 그것은 내 공격이 닿는 거리이고, 상대의 공격에 반응할 수 있는 거리이며, 거기서부터 각도라든가 이런저런 요소가 작용해서 반 발짝만 옆으로 비켜서도 그만큼 유리해지거나 불리해진다. 간격이란 것은 이처럼 아슬아슬한 한

계선을 조정하는 것이다. 결코 5미터 앞에서 뛰어들어 공격한 다음에 6미터 뒤로 점프하는 것이 아니다.

뭐, 그렇게 이세계라는 선입관과 마력이라는 미지의 힘이 나를 매우 혼란스럽게 만들긴 했지만, 최근 들어 겨우 나 자신의 거리를 파악하게 되었으니 적당히 넘어가도록 하자.

아무튼 나는 날마다 우리 집에서 훈련을 했다. 나와 누나와 아버지 셋이서. 아버지가 나와 누나를 지도하고, 나와 누나가 싸우는 식으로. 나보다 두 살 많은 누나는 상당히 소질이 있어서 이대로 잘 크면 우리 가문을 이어받게 될 거라고 한다. 이 세계는 마력을 이용하면 여자도 충분히 강하기 때문에 여자가 가문을 이어받는 경우도 적지 않다고 한다.

그래서 나는 매일매일 "흐에엥, 누나, 너무 강해……" 하면서 누나에게 얻어맞고 살았다.

이길 수는 없었다. 왜냐하면 『어둠의 실력자』가 되기 위해서 나는 평범한 몹 A를 완벽하게 연기해야 하니까.

나는 그런 나날을 보내고 있었는데, 낮에는 그 외에도 귀족으로서의 공부도 해야 하고 또 몹 A가 되기 위한 사교생활도 해야 하므로 자유시간은 적었다.

그래서 수행은 저절로 밤늦게 모두가 잠든 뒤에 하게 되었다. 당연히 수면시간을 줄여야 했는데, 나는 마력에 의한 초회복(超回復)과, 명상을 접목시킨 독자적인 수면법 덕분에 엄청나게 잠이 적은 인간이 되었으므로 쾌적하기만 했다.

자, 오늘도 열심히 수행을 해보자. 오늘은 늘 가는 숲에서 가볍게 기초훈련을 한 다음에 특별 코스에 돌입하기로 했다.

최근에 이 근처의 폐촌에 불량배가 자리 잡았다고 한다. 조사해보니 그럭저럭 규모가 큰 도적단이 그곳에 있었다. 좋아, 실력 테스트용으로 딱 좋네. 도둑은 눈에 띌 때마다 알아서 하나하나 처리하고 있지만, 도적단이 나타나는 것은 1년에 한 번 있을까 말까 한 대형 이벤트다. 절로 신바람이 났다. 나에게는 언제나 스파링 상대가 부족하므로 이런 악당은 대환영이었다. 아아, 제발 치안이 좀 더 나빠지기를. 악당은 사형(私刑). 이 세계의 시골에서는 의외로 적당히 통하는 법칙이다. 공정하게 심판해줄 사람은 도시에만 있기 때문이다. 그러니까 내가 심판해주마. 뭐, 그런 거다.

그리고 오늘은 최근에 실험해보고 있는 신무기를 실전에 투입하는 기념비적인 날이다. 그 이름은 슬라임 보디슈트.

자, 이 슬라임 보디슈트에 관해 설명하자면.

이 세계에는 마력이 존재한다. 그 마력을 이용해 인간은 육체나 무기를 강화해서 싸운다. 그런데 마력을 다룰 때에는 필연적으로 손실이 발생한다. 예를 들어 평범한 철검에 100의 마력을 주입해도 실제로 전달되는 양은 10 정도이다. 무려 90퍼센트나 되는 마력이 낭비되는 것이다. 마력이 전달되기 쉬운 미스릴 검의 경우에도 100을 주입해서 50쯤 전달되는 검은 고급품으로 분류될 정도다. 그만큼 손실이 매우 심각한 것이다.

이 점에서 나는 슬라임을 주목했다. 슬라임은 보면 알 수 있듯이 마법생물이다. 마력을 이용해 형태를 바꾸고 이리저리 움직인다. 그래서 내가 조사해봤더니, 슬라임의 마법 전도율은 놀랍게도 99퍼센트나 되었다. 게다가 액체이므로 자유롭게 형태도 바꿀 수 있었다. 나는 슬라임을 사냥해서 핵을 부수고, 나머지 슬라임 젤리 부분을 가지고 연구를 진행시켰다. 내가 부순 슬라임 핵은 1,000개는 족히 넘을 것이다. 이 동네 슬라임의 숫자가 부족해져서 멀리 원정까지 나갔을 정도다.

그리하여 마침내 다루기도 쉽고 강화하기도 쉬운 슬라임 젤리를 조제하는 데 성공했고, 그것을 온몸에 두름으로써 보디슈트를 만드는 데에도 성공했다. 이것은 갑옷과는 달리 가볍고, 소리도 안 나고 쾌적했다. 오히려 몸의 움직임을 보조해주기도 했다. 물론 방어력도 이미 완벽하게 증명되었다.

현재 나는 검은 색소를 지닌 슬라임 젤리를 이용한 블랙 보디슈트를 착용하고 있었다. 불필요한 장식은 없고 몸에 착 달라붙는 보디슈트. 시야와 호흡만 확보된 상태였다. 마치 모 탐정 만화의 범인 같았다. 나중에 『어둠의 실력자』로서 본격적으로 개입할 때에는 그에 걸맞은 디자인을 생각해보는 것이 좋을지도 모른다.

나는 폐촌에 도착했다. 한밤중인데도 불이 켜져 있었다. 아마도 대상(隊商) 습격에 성공해서 파티를 벌이고 있나 보다. 오~ 난 정말 운이 좋구나. 도적은 다들 계획성이 없어서 뭔가를 약탈하면 금방 다 써버린다. 그러니까 습격 직후에나 좀 괜찮은 물건을 가지고 있는 것이다. 도적의 것은 나의 것. 이런 식으로 나중에『어둠의 실력자』가 되기 위한 자산을 늘려나가는 것이다.

나는 잔뜩 흥분해서 그 연회장에 쳐들어갔다. 기습은 하지 않는다. 기습하면 제대로 연습을 할 수가 없으니까.

"이야하핫—!! 이 짜식들아, 금품을 다 내놔라!!"

나는 연회장의 중심에서 외쳤다.

"뭐, 뭐야, 이 꼬맹이는?!"

응, 맞아. 꼬맹이지. 열 살이니까.

"야, 돈 내놓으라니까?!"

나를 꼬맹이라고 부른 무례한 남자를 뻥 차서 날려버렸더니, 그제야 도적들도 무기를 집어 들었다.

"이봐, 어린애라도 너무 건방지게 굴면 안 봐준……!"

"이얍!"

일장연설을 하는 남자의 목을 가볍게 잘라버렸다. 물론 무기도 슬라임 재질. 필요할 때에만 꺼낼 수 있는 훌륭한 물건이다. 게다가 이 슬라임 소드에는 또 다른 편리한 기능도 있었다.

편리한 기능 1번. 늘어난다.

"자자자자자자, 간다아아앗!"

나는 슬라임 소드를 길게 늘려 주위의 몹 도적들을 일소했다.

채찍같이 유연하게 쭉 늘어나면서도 칼처럼 날카로운 공격력을 지닌 무기. 실전 투입은 처음이라 불안했는데, 이 정도면 충분히 실용적이었다.

"자자자자아아, 간다아…… 아?"

신이 나서 아무거나 마구잡이로 베어버렸더니 어느새 주위가 조용해졌다. 어? 한 명밖에 안 남았네?

"너, 넌 도대체 정체가 뭐냐……?"

"하는 수 없지. 편리한 기능 2번은 너로 실험해봐야겠다."

"그, 그게 무슨 헛소리야……?!"

"너는 적어도 이놈들보다는 강해 보이니까. 보스 비슷한 거지? 네가 나를 이길 가능성은 유감스럽게도 전혀 없지만, 연습 상대가 되면 2분쯤은 더 오래 살 수 있을 테니까 열심히 해봐."

"사, 사람 무시하지 마라, 이 꼬맹이야! 내가 이래 봬도 왕도에서는……!"

"응, 쓸데없는 잡담 그만하고 덤벼봐."

"야 이 썩을 놈아아아앗!"

보스 A는 분노하여 이쪽으로 돌진했다. 나는 느려터진 그 참격(斬擊)을 당연히…… 피하지 않았다.

보스 A의 검이 내 가슴을 후려쳤다. 나는 그 충격으로 바닥을 굴렀다.

"하하, 건방 떨더니 꼴좋다. 나는 왕도 무신류(流)의 면허 완벽전수…… 어, 엇?!"

"안 베였어~…… 읏차."

나는 아무 일 없었던 것처럼 벌떡 일어났다.

방어기능도 아주 만족스러웠다. 보스 A의 공격 정도는 슬라임 보디슈트로 완전히 무력화할 수 있나 보다.

"그 무신류라는 거 요새 왕도에서 유행하는 거지? 보여줘."

"제기랄, 그래, 실컷 보여주마앗!"

보스 A의 공격.

흠, 좋아. 여유로워. 상대가 최선을 다해 검을 휘두르는데도 나는 제대로 검을 쥘 필요조차 없었다. 보디워크나 풋워크만으로도 얼마든지 피할 수 있었다.

그런데 이거 무신류랬나? 꽤 마음에 드는 검술일지도 모른다.

이 세계에서는 보기 드물게도, 정신력인지 낡아빠진 정석인지 뭔지에 얽매이지 않고 논리적으로 싸움을 잘 진행시키려고 하는 자세가 엿보였다. 그것은 보스 A의 서투른 공격에서도 충분히 드러났다. 한순간 더 빠르게, 반 발짝 앞으로, 그렇게 열심히 머리를 써서 싸움을 진행시키는 자세는 공감할 만했다. 다만 그 검술을 사용하는 보스 A의 실력이 아쉬웠다.

나는 보스 A의 공격이 끊겼을 때 거리를 벌렸다.

"어, 어째서 내 검술이…… 통하지 않는 거지?!"

"넌 우리 아버지보다 약하잖아. 그래도 누나보다는 강할지도 모르지만, 1년만 더 있으면 누나가 너를 추월할 거야."

"이 망할 꼬맹이가아아앗!"

미친 듯이 검을 휘두르는 보스 A. 나는 그 검을 튕겨내고 그의 정강이를 툭 찼다. 스냅을 살려 빠르게. 무릎 아랫부분만 이용해서.

그랬더니.

"크, 아, 아앗, 이게, 무슨……?"

보스 A는 즉시 웅크리고 앉아 정강이를 붙잡았다. 붉은 피가 정강이를 타고 흘러내려 바닥을 적셨다.

간단한 장치였다. 내 발끝에는 아이스픽 같은 날카로운 칼이 달려 있었다. 슬라임 소드의 편리한 기능 2번. 원할 때 원하는 장소에서 검을 뽑아낼 수 있다. 그중에서도 특히 내가 큰 가능성을 찾아낸 사용법이 바로 이것이었다. 발끝에서 뽑아낸 검으로 상대의 앞으로 내디딘 발을 걷어차는 전법. 다리에 대한 공격은 방어하기 어렵다. 상대의 검을 막고 움직임을 봉하면서 일방적으로 상대의 다리를 찬다. 수수하지만 강한 전법이다.

"더 이상 싸울 필요도 없겠네."

"자, 잠깐……!"

"2분도 못 버텼잖아?"

나는 발끝의 검으로 보스 A의 턱을 밑에서부터 찼다. 꼬챙이 꿰기 처형.

경련하는 보스 A를 치워버리고 전리품을 뒤지기 시작했다.

"미술품은 팔 수 없으니까……. 식품도 필요 없고. 현금, 보석, 귀금속 나와라, 오버."

전리품은 마차 몇 대 분량이었다. 그리고 상인들의 시체도 여러 구 나왔다.

"원수는 갚았고 이 물건들도 유효하게 활용해줄 테니까 당신들은 안심하고 편히 쉬어."

나는 그럭저럭 괜찮은 전리품을 손에 넣고 묵념했다. 현금으로 환산하면 500만 제니쯤 되려나. 여기서 1제니는 1엔과 비슷한 가치다. 이 돈은 모두 『어둠의 실력자』의 활동자금으로 쓰일 것이다. 좀 더 치안이 나빠져서 도적이 횡행하는 세상이 되면 좋으련만. 게임에서처럼 길을 걷기만 해도 맞닥뜨리는 수준이 되면 좋겠다.

"다시 태어나거든 좀 더 분발해서 온 세상에 만연해줘. 알았지?"

나는 침묵에 빠진 보스 A를 향해 엄지를 척 들어 올리다가…… 시선 끝에서 뭔가를 발견했다.

"뭐야, 짐승 우리야……?"

상당히 크고 튼튼해 보였다.

"노예인가. 팔지도 못하니까 필요 없는데."

그래도 어쩌면 저 안에 좋은 물건이 들어 있을지도 모른다. 그래서 나는 혹시나 하고 우리에 덮인 천을 걷어냈다.

"아…… 이건 예상 못했네."

그 안에는, 그러니까…… 썩은 고깃덩이가 굴러다니고 있었다. 간신히 인간 형태는 유지하고 있지만 성별도 연령도 전혀 알 수 없었다.

그러나 아직 살아 있었다. 아니, 의식도 남아 있을지도 모른다. 내가 우리 안을 들여다보자 그 고깃덩이가 움찔! 하고 떨었기 때문이다.

그러고 보니 소문은 들었다. 〈악마 빙의〉라고 불리면서 교회에 의해 처형되는 괴물이 있다는 이야기를. 그는 처음에는 보통 사람으로 태어났다가 어느 날 갑자기 육체가 썩기 시작한다. 내버려두면 금방 죽는데, 교회는 살아 있는 〈악마 빙의〉를 일부러 사들여서 정화란 이름의 처형을 집행한다. 악마 정화……. 실은 단순히 병자를 학살하는 것인데, 민중은 이에 갈채를 보내면서 평화를 지켰다고 교회를 찬양한다. 이거 진짜로 중세 시대 같은 분위기라서 흥분된다니까. 이 고깃덩이도 교회에 가져다 팔면 오늘의 전리품보다도 더 많은 돈을 벌 수 있을 것이다. 물론 나는 팔지 못하니까 아무 의미도 없지만.

자, 이제 그만 편하게 해줄까.

나는 슬라임 소드를 우리의 창살 사이로 찔러 넣……다가 뭔가를 눈치챘다.

이 고깃덩이. 내부에 대량의 마력을 내포하고 있구나. 어릴 때부터 마력을 단련해온 나를 능가할 정도로 진짜 괴물 같은 마력. 그리고 이것은…….

"이 파장은, 마력 폭주인가……?"

이 고깃덩이는 마력이 폭주해서 이렇게 되어버린 걸지도 모른다. 과거에 나도 마력 폭주로 인해 고생한 적이 있었다. 만약 그때 마력 폭주를 억제하지 못했더라면 나도 이렇게 되지 않았을까.

그리고 마력이 육체에 미치는 영향. 나는 그날 어떤 가능성을 느꼈다. 마력 폭주에 의해 육체가 마력에 익숙해지면, 좀 더 마력을 다루기 쉬운 육체로 변이시킬 수 있지 않을까…… 하고. 그러나 의도적으로 마력 폭주를 일으키는 것은 너무 위험하기 때문에 단념했었다.

만약 이 고깃덩이가 마력 폭주의 산물이고, 내가 이것을 이용해 실험할 수 있다면……, 나는 위험을 무릅쓸 필요 없이 『어둠의 실력자』라는 목표에 한 걸음 더 다가갈 수 있으리라.

"이 고깃덩이는 쓸모가 있겠어……."

나는 고깃덩이에게 손을 뻗어 마력을 불어넣었다.

그 후로 한 달쯤 지났나……?

나는 고깃덩이를 입수한 날을 떠올리면서 그날 그 폐촌에서 한숨을 쉬었다.

어쩌다 일이 이렇게 됐을까.

고깃덩이 실험은 중간까지는 더없이 순조로웠다. 내 몸뚱이가 아니니까 마음대로 다뤄도 돼! 하고 거기다 마력을 마구 불어넣으면서 이건가? 아니 저건가? 하고 신나게 실험을 하던 그 나날. 즐거웠다. 마력의 진수에 접근하면서 내 실력이 눈에 띄게 쑥쑥 늘어가는 것을 실감하는 것은 나에게는 무엇보다도 커다란 기쁨이었다. 좀 더 치밀하게, 좀 더 섬세하게, 좀 더 강하게.

마력 제어 능력은 극한까지 발전했고, 마침내 완벽하게 마력 폭주를 제어하는 데 성공한 순간……, 금발 엘프 소녀가 그 자리에 나타났다.

어, 실은 마력 제어에 정신이 팔린 나머지 그 고깃덩이가 금발 엘프였다는 사실조차 그 순간까지 눈치채지 못했었다. 우와, 굉장해. 그런 썩은 고깃덩이 상태에서 원래 모습으로 돌아오다니. 좋아, 넌 이제 자유의 몸이 됐으니까 고향으로 돌아가, 네가 앞으로 행복해지길 바랄게~ 하는 식으로 산뜻하게 헤어지려고 했는데. 이 엘프가 자기는 고향으로 돌아갈 수 없다, 도와주신 이 은혜를 갚고 싶다는 말을 꺼냈다. 아니, 난 도와준 적 없는데요. 우연의 산물인데요.

귀찮아서 그냥 도망칠까 하는 생각도 했지만. 결국 나는 그 소녀를 『어둠의 실력자』의 부하 A로 삼기로 했다. 배신할 것 같지도 않고 똑똑해 보이기도 하고. 또 쓸데없이 유능한 분위기가 느껴지기도 했다. 나이는 나와 똑같은 열 살이라고 하는데, 엘프는 정신연령이 높다는 소문이 사실이었나 보다.

"좋아. 그럼 넌 오늘부터 알파다."

A, 알파. 뭐든지 상관없었다.

"알았어."

그 소녀가 고개를 끄덕였다. 금발, 푸른 눈, 하얀 피부, 미인, 전형적인 엘프였다.

"그리고 네가 할 일은……."

나는 잠시 말을 멈추고 생각해봤다. 이건 중요한 거다. 이 친구

의 업무는 누가 뭐래도 『어둠의 실력자』를 보좌하는 것이다. 그럼 애초에 『어둠의 실력자』란 것은 뭘까? 『어둠의 실력자』의 목적은 무엇일까? 즉, 그것은 이 세계에서 내가 목표로 하는 『어둠의 실력자』 설정의 근간과 관련된 문제인 것이다.

설정은 중요하다. 싸우는 이유가 '파친코 게임에서 졌으니까 열 받아서 복수한다'는 것이라면 영 꼴사납잖은가. 그 점에서 나는 빈틈없는 놈이었다. 이 세계에 오기 전부터도, 또 이 세계에 오고 나서도 나는 스스로 생각하는 최고의 『어둠의 실력자』를 끊임없이 망상해왔으니까. 지금까지 생각해온 수천, 수만 종류나 되는 『어둠의 실력자』 설정을 조합해서 즉석에서 가장 적합한 해답을 얻어냈다.

"마인(魔人) 디아볼로스의 부활을 암암리에 저지하는 거야."

"마인 디아볼로스……?"

알파는 살짝 고개를 갸웃거렸다.

"너도 알지? 먼 옛날에 마인 디아볼로스에 의해 세상이 붕괴될 위기에 처했었잖아. 그런데 그때 인간, 엘프, 수인(獸人) 출신인 세 명의 용사가 나서서 디아볼로스를 쓰러뜨리고 세상을 지켜냈지."

"응, 알아. 하지만 그건 그냥 옛날이야기잖아?"

"아냐, 실화야. 물론 진실은 그 이야기보다 훨씬 더 복잡하지만……."

나는 그렇게 말하고 슬쩍 쓴웃음을 지었다. 이 세계의 전설을 조합해서 『어둠의 실력자』 설정을 만들어내는 것쯤은 나에게는 식은 죽 먹기였다.

"용사에게 패배한 디아볼로스는 죽기 직전에 세 명의 용사에게 저주를 걸었어. 그것이 〈디아볼로스의 저주〉야."

"〈디아볼로스의 저주〉? 처음 듣는 이야기인데."

"〈디아볼로스의 저주〉는 분명히 존재해. 〈악마 빙의〉……. 너를 괴롭힌 병이 그거야."

"뭐? 그럴 수가……."

경악하여 눈을 동그랗게 뜨는 알파.

"마인 디아볼로스를 쓰러뜨린 영웅의 자손들은 오랫동안 이 병으로 인해 고통 받아왔어. 그러나 과거에는 〈디아볼로스의 저주〉는 치료할 수 있는 거였어. 마치 너처럼."

바로 얼마 전까지 〈악마 빙의〉였다는 사실이 믿어지지 않을 정도로 티 없이 깨끗하고 아름다운 피부를 되찾은 알파의 존재. 그것이야말로 내 이야기가 사실이라는 증거였다.

물론 거짓말이지만.

"〈악마 빙의〉는 영웅의 자손이라는 증거였어. 세상을 구한 영웅의 아이들로서 뭇사람에게 소중히 보호받으면서 감사와 찬미의 대상이 되었어. 옛날에는 말이지."

"그러나 지금은 아무도 감사하지 않아. 아니, 오히려……."

알파의 얼굴이 일그러졌다.

"누군가가 역사를 왜곡한 거야. 그것이 영웅의 증거란 사실을 숨기고, 저주를 치료하는 방법도 숨기고, 더 나아가 〈악마 빙의〉라면서 경멸당하는 대상으로 만들어버린 거야."

"윽……! 대체, 누가 그런 짓을!"

"그게 바로 마인 디아볼로스의 부활을 꿈꾸는 놈들이야. 〈디아볼로스의 저주〉에 잠식된 자는 하나같이 마력이 강하고 영웅의 피를 진하게 이어받은 자들이야. 다시 말해 인류의 귀중한 전력이자, 그놈들에게는 방해되는 존재인 거지."

"그래서 〈악마 빙의〉로 몰아가서 처치해버리는 거구나……."

"맞아. 너는 〈악마 빙의〉라는 누명을 쓰고 고향도 가족도 잃어버린 거야. 밉지 않아?"

"미워. 밉지 않을 리 없잖아?"

"디아볼로스 교단. 그것이 우리의 적이다. 그들은 결코 표면적인 무대에는 올라오지 않아. 그러니까 우리도 어둠 속에 숨어야 해. 어둠 속에 숨어서, 어둠을 사냥하는 거야."

"무대에 등장하지 않는데도 그만한 영향력을 발휘하는 존재란 말이지? 그렇다면 적은 권력자이고……, 진실을 모르는 채로 조종당하고 있는 사람들도 많을 거야……."

나는 진중하게 고개를 끄덕였다.

"이것은 몹시 힘든 여정일 거야. 그러나 우리가 이것을 해내야 해. 협력해줄 거지?"

"당신이 그것을 원한다면 나는 이 목숨을 걸게. 그리고 죄인에게는 죽음의 제재를……."

알파는 푸른 눈동자로 나를 똑바로 응시하고 호전적인 미소를 지었다. 앳되고 아름다운 그 얼굴은 각오와 결의로 가득 차 있었다.

나는 속으로 아싸! 하고 주먹을 불끈 쥐었다.

오케이. 이 엘프, 다루기 쉬운 녀석이네!

디아볼로스 교단은 당연히 존재하지도 않으므로 아무리 찾아봤자 발견되지 않을 것이다. 그러니까 적당히 근처에 있는 도적을 디아볼로스 교단으로 몰아가서 죽인다든가, 또 주인공 느낌 나는 녀석들의 싸움에 내 정체를 숨기고 난입해서 "이 세계는 붕괴될 위험에 처해 있다……" 또는 "마인이 곧 부활할 것이다……" 같은 의미심장한 말을 남기고 사라진다든가, 그 외에도 싸움터에 홀연히 등장해서 "어리석구나……, 이 꼭두각시 인형들아……"라고 중얼거리면서 그들을 일소한다든가. 아아…… 꿈이 점점 커진다.

아, 맞다. 가장 중요한 이 조직의 이름은…….

"우리는『섀도우 가든』……. 어둠 속에 숨어서, 어둠을 사냥하는 자……."

"『섀도우 가든』. 멋진 이름이네."

그렇지? 내 네이밍 센스가 좀 끝내주거든.

오늘 이 순간『섀도우 가든』이 설립됐고, 이 세상의 적 디아볼로스 교단이 탄생했다. 나는 또 한 걸음『어둠의 실력자』라는 목표에 다가가게 되었다.

"뭐, 일단 마력 제어 훈련을 하면서 검술 연습을 해볼까? 메인 전투는 내가 할 거지만, 너도 잔챙이들은 처리해야 하니까 어느 정도 강해져야 해."

"알았어. 적은 강대하니까. 전력을 증강하는 것은 필수지."

“응, 맞아. 그런 거야.”

“다른 영웅의 자손들을 찾아내서 보호할 필요도 있어.”

“응? 어, 그건, 적당히 하면 돼.”

『어둠의 실력자』 플레이는 아무래도 여러 명이 함께하는 것이 조직적이어서 설정의 깊이를 더해주지만, 그래도 지나치게 많은 멤버는 필요 없다. 솔직히 말해서 두 명만 있어도 충분했다.

“저기, 일단 강해지는 데 집중해볼까?”

나는 목검을 들었다. 그리고 얼마 전까지는 생초보였다는 것이 믿어지지 않을 정도로 날카로운 알파의 검을 받아냈다. 센스도 좋고 마력은 충분하고. 그럭저럭 쓸모 있어 보였다.

달빛 아래에서 나는 그런 생각을 하면서 목검을 휘둘렀다.

1장

『어둠의 실력자』 튜토리얼 개시!

The Eminence in Shadow
Volume One
Chapter One

『섀도우 가든』이 설립된 지 3년쯤 지났다. 나와 알파는 열세 살이 되었고, 우리 누나인 클레어는 열다섯 살이 되었다. 열세 살이라는 연령에 특별한 의미는 없지만, 열다섯 살이라는 연령은 나름대로 의미가 있다. 왜냐하면 귀족은 열다섯 살이 되면 3년 동안 왕도의 학교에 다니기 때문이다. 누나는 카게노 남작가의 기대주라서 그런지, 주로 어머니의 주도하에 거창한 송별회가 열렸다. 역시 기대주는 뭔가 달라.

그건 좋았다. 응, 그건 좋았는데. 막상 왕도로 떠날 날이 되자 누나가 사라져버렸다. 그래서 현재 카게노 남작가는 발칵 뒤집혔다.

"내가 방에 들어왔을 때에는 이미 이런 상태였어."

멋있는 목소리로 아버지가 말씀하셨다. 얼굴도 꽤 괜찮았다.

"싸움의 흔적은 남아 있지 않은데, 누가 창문을 밖에서 억지로 연 것 같아. 클레어도 나도 눈치채지 못했다. 대단한 실력자야."

멋진 아버지는 창틀을 손으로 짚고서 저 머나먼 하늘을 바라봤다. 한 손에 위스키를 들고 있으면 잘 어울릴 것 같은데.

덤으로 머리카락만 있었으면…….

"그래서?"

얼음같이 차가운 목소리가 들렸다.

"대단한 실력자니까 어쩔 수 없다. 그런 뜻이야?"

어머니의 말씀이셨다.

"그, 그게 아니라. 난 그저 사실을 말했을 뿐이지……."

아버지는 식은땀을 흘리며 대답했다.

그 직후.

"이 대머리 영감아아아아아아———!!"

"흐억, 죄, 죄송합니다, 잘못했어요!!"

참고로 나는 공기나 마찬가지였다. 기대할 만한 인재는 아니지만 성가신 문제도 일으키지 않는 존재. 그런 입장을 고수하고 있었다.

그래도 누나는 비교적 괜찮은 사람이었는데. 유감이다. 범행은 밤중에 일어났으니까. 그때 나는 폐촌에서 수행하고 있었으므로 어쩔 수 없었다. 묘한 얼굴로 아버지와 어머니가 티격태격하는 모습을 지켜보다가 기회를 봐서 내 방으로 돌아와 침대에 누웠다.

그리고.

"이제 나와도 돼."

"네."

대답과 동시에 소리 없이 커튼이 흔들리더니, 까만색 슬라임 보디슈트를 입은 한 소녀가 등장했다.

"베타냐?"

"네."

알파와 같은 엘프 소녀. 알파는 금발인데 베타는 은발이었다.

고양이 같은 파란 눈동자와 눈물점이 인상적인 이 소녀는 나와 알파 다음으로 『섀도우 가든』에 들어온 세 번째 멤버였다. 내가 적당히 하라고 했는데도 알파가 마치 냥줍 하듯이 누군가를 데려오니까 멤버가 자꾸만 늘어났다.

"알파는?"

"클레어 님의 흔적을 찾는 중입니다."

"행동이 빠르네. 누나는 아직 살아 있어?"

"아마도요."

"구할 수 있어?"

"가능할 테지만…… 섀도우 님의 조력이 필요합니다."

아 참, 그들은 나를 섀도우라고 부른다. 『섀도우 가든』의 주인이란 뜻이다.

"알파가 그렇게 말했어?"

"네. 인질이 위험해질 가능성을 고려하면 만전을 기해야 한다더군요."

"흠……."

솔직히 말해서 알파는 상당히 센 편이다. 그런 알파가 도움을 요청하다니. 상대는 대단한 실력자인 모양이다.

"피가 끓는구나……."

나는 손바닥에 압축한 마력을 순간적으로 해방시켰다. 공기가 부르르 진동했다.

특별한 의미는 없지만. 이런 연출은 정말 좋아한다.

베타도 깜짝 놀라면서 "아, 역시 당신은……" 하고 중얼거리기도 하고.

요즘에는 알파도 베타도 델타도 있어서 연습 상대가 부족하진 않지만, 가끔은 신선함도 느껴보고 싶고 또 무엇보다도 『어둠의 실력자』 플레이도 해보고 싶으니까. 마침 잘됐다.

"오랜만에 실력을 발휘해볼까……?"

이런 식으로 『어둠의 실력자』 같은 분위기를 풍기는 것도 이제는 익숙해졌다. 게다가 요새는 알파와 베타가 설정을 발전시켜주고 있기 때문에 더더욱 흥이 났다.

"범인은 예상대로 디아볼로스 교단 멤버였습니다. 그것도 아마 간부급일 겁니다."

"간부급이라고……. 그래서 그 교단이 누나를 데려간 이유는 뭐야?"

"클레어 님이 『영웅의 자손』일지도 모른다고 생각했나 봅니다."

"흥. 거참 눈치 빠른 놈들이네……."

대충 이런 식이었다.

심지어 자료 같은 것도 모아 와서 "역시 당신 말이 옳았어……" 라든가 "1,000년 전 디아볼로스의 자식이……"라든가 "이 비석에서는 디아볼로스 교단의 흔적이……"라든가 뭐 그런 이야기까지 했다. 아, 물론 고대문자는 읽지 못하니까 나는 자세한 내용은 모르지만. 아마 알파도 잘 모르지 않을까? 그냥 그럴싸해 보이는 것들을 늘어놓으면서 디아볼로스 교단의 진실에 다가가는 듯한 분위기를 내고 싶은 게 아닐까? 응, 내 생각에는 아마도 틀림없이 그게 정답일 것 같은데?

"이 자료를 봐주세요. 저희가 모은 최신 조사 자료들 중에서,

클레어 님이 납치된 곳으로 추정되는 아지트가…….”

그러면서 베타가 엄청난 양의 자료들을 늘어놓기 시작했다. 아니, 난 봐도 모른다니까. 절반 이상이 고대문자로 되어 있잖아. 의미를 알 수 없는 숫자인지 뭔지가 적혀 있고. 너희들은 진짜 그럴듯해 보이는 자료를 잘 만드는구나? 그 분야에서는 이미 완벽하게 나를 뛰어넘은 것 같아.

나는 베타의 설명을 한 귀로 듣고 한 귀로 흘렸다. 그리고 투척용 나이프를 꺼내서 벽에 붙은 지도를 향해 던졌다. 표적은 왠지 모르게 뭔가 있어 보이는 장소.

푹.

나이프가 소리를 내면서 어느 한 지점에 꽂혔다.

“거기다.”

“여기요? 여기 대체 무엇이…….”

“누나는 그곳에 있어.”

“네? 하지만 이곳에는 아무것도……. 아니, 잠깐만요……. 설마……!”

베타는 퍼뜩 뭔가 눈치챈 것처럼 허둥지둥 자료를 뒤지기 시작했다.

아니, 저기요. 그냥 아무렇게나 던진 건데. 베타, 넌 정말 연기를 잘하는구나. 다 알아. 내가 지목한 곳에 비밀 아지트가 있다고 할 거지?

“자료와 대조해본 결과, 섀도우 님께서 지적하신 포인트에 비밀 아지트가 있는 것으로 추정됩니다.”

거봐.

"그런데 이 많은 자료들을 순식간에 읽고 심지어 비밀 포인트까지 알아내다니……, 역시 굉장하시네요."

"베타. 넌 좀 더 수행을 쌓아야겠구나."

"네, 정진하겠습니다."

좋아. 연기라는 것을 아는데도 묘한 감동이 느껴져. 베타, 완벽한 대응이야.

"즉시 알파 님께 전달하겠습니다. 오늘 밤 결행하시겠습니까?"

"응."

베타는 고개 숙여 인사하고 물러갔다. 눈이 반짝반짝 빛나던데. 존경하는 마음이 느껴졌어. 아카데미상을 받을 만한 그 연기. 칭찬해.

어두운 지하도에서 한 남자가 걷고 있었다.

나이는 30대 중후반 정도일까. 잘 단련된 체구와 예리한 눈빛. 회색 머리카락을 깔끔하게 뒤로 넘긴 헤어스타일.

그 남자는 지하도의 막다른 곳에서 멈춰 섰다. 그곳에는 문이 하나 있었고, 그 옆에는 병사 두 명이 있었다.

"카게노 남작의 여식은 여기 있나?"

"네, 오르바 님. 이 안에 있습니다."

질문을 받은 병사는 오르바에게 경례하더니 문의 잠금장치를 풀었다.

"조심하십시오. 구속은 해놨지만 대단히 반항적입니다."

"흥. 누구에게 감히 그런 말을 하는 것이냐?"

"! 시, 실례했습니다!"

오르바는 문을 열고 방 안으로 들어갔다.

그곳은 돌로 된 지하 감옥이었다. 벽에 고정된 마봉(魔封)의 사슬에 한 소녀가 구속되어 있었다.

"클레어 카게노. 맞지?"

오르바가 말을 걸자, 클레어라고 불린 소녀가 고개를 들었다.

아름다운 소녀였다. 잠자는 도중에 납치되어서 얇은 잠옷 차림이었다. 풍만한 가슴과 탄력 있는 허벅지가 은근히 드러나 있었다. 비단 같은 검은 머리카락은 등허리에서 단정하게 자른 스타일이었다. 그 소녀는 의지가 강해 보이는 눈동자로 오르바를 쏘아봤다.

"당신 얼굴은 왕도에서 본 적이 있어. 오르바 자작인가. 맞아?"

"흐음? 옛날에 근위대에 속하긴 했는데……. 아니, 무신제(祭) 대회에서 본 건가?"

"무신제에서 봤어. 아이리스 왕녀가 당신을 검으로 마구 베어버리는 장면을."

후후 하면서 클레어가 웃었다.

"흥, 시합이라는 정해진 틀 안에서는 그 녀석은 예외적인 존재야. 물론 실전에서는 내가 질 리 없지만."

"실전도 똑같아. 결승 대회 1회전에서 패배한 오르바 자작님."

"함부로 떠들지 마라. 결승 무대에 서는 것 자체가 얼마나 굉장한 위업인지도 모르는 계집애 주제에."

오르바는 클레어를 노려봤다.

"나는 1년만 더 있으면 그 무대에 설 수 있어."

"미안하지만 너에게 그 1년은 없어."

그때 클레어를 묶어둔 쇠사슬이 절그럭 움직였다.

그 직후, 오르바의 목덜미 바로 옆에서 클레어의 이빨이 부딪쳤다.

딱! 하고.

오르바가 살짝 고개를 기울이지 않았더라면 경동맥을 물어 뜯겼을 것이다.

"1년 후에 살아 있지 못할 사람이 과연 당신일지, 나일지. 확인해볼래?"

"확인해볼 필요도 없어. 그건 너다. 클레어 카게노."

사납게 웃는 클레어. 오르바가 그 턱을 주먹으로 쳤다.

클레어는 휙 날아가 석벽에 부딪쳤다. 그러나 그녀는 변함없이 강한 눈빛으로 오르바를 응시했다.

오르바는 타격감 없는 주먹을 내리면서 말했다.

"뒤로 점프했군."

그러자 클레어가 호전적인 미소를 지었다.

"글쎄. 파리라도 날아다니는 건가?"

"흥, 거대한 마력에 휘둘리기만 하는 것은 아닌가 보네."
"마력은 양보다는 사용법이 중요하다는 가르침을 받았어."
"아버님이 훌륭한 분이시군."
"그 대머리 말고. 내 남동생이 가르쳐준 거야."
"남동생……?"
"건방진 동생이야. 싸우면 내가 백전백승이야. 하지만 나는 언제나 동생의 검술에서 뭔가를 배우고 있어. 그런데 그 녀석은 내 검술을 통해서 아무것도 배우지 않아. 그래서 매일매일 괴롭히는 거야."
클레어는 장난스럽게 웃으며 말했다.
"거참 불쌍한 동생이군. 그럼 나는 못된 누나에게서 그를 구해주는 영웅인 건가. 아무튼 잡담은 여기까지 하고……."
오르바는 말을 끊고 클레어를 똑바로 봤다.
"클레어 카게노. 요새 몸이 어디 불편하진 않은가? 마력을 다루기 어렵다거나, 제어가 불안정하다거나, 마력을 다룰 때 고통을 느낀다거나, 몸이 거무스름하게 변색되면서 썩어간다거나. 그런 증상은 없나?"
"일부러 나를 여기까지 데려와서 의사 흉내를 내는 거야?"
클레어는 윤기 나는 입술을 움직이면서 웃었다.
"나도 옛날에는 딸을 가진 아버지였다. 더 이상 난폭한 짓은 하고 싶지 않아. 솔직하게 대답하는 것이 우리 모두에게 최선일 거야. 알겠나?"
"그거 혹시 협박이야? 난 협박당하면 반항하고 싶어 하는 타입이야. 설령 그것이 비합리적인 짓이라 해도."

"솔직하게 대답할 마음은 없으시다?"

"글쎄. 어쩔까."

오르바와 클레어는 한동안 서로 노려보고 있었다.

이윽고 클레어가 먼저 침묵을 깼다.

"좋아. 별것 아니니 대답해줄게. 몸과 마력에 문제가 있었냐고? 지금은 아무런 문제도 없어. 이렇게 쇠사슬에 묶여 있지만 않는다면 그야말로 쾌적한 상태일 거야."

"지금은……?"

"응. 지금은. 한 1년 전이었나? 그때는 당신이 말한 증상이 나타났었어."

"뭐라고? 그게 나았나? 저절로?"

오르바가 아는 한, 『그것』이 자연적으로 치유된 사례는 없었다.

"그래. 특별한 일은 하나도……, 아, 맞다. 내 남동생이 스트? 레칭? 뭔지는 잘 몰라도 그걸 연습하고 싶으니까 상대가 되어달라고 부탁했는데, 그게 끝난 다음에는 내 상태가 무척 좋아졌었어."

"스트, 레칭? 들어본 적이 없는 단어군……. 뭐, 어쨌든 증상이 나타난 것을 보면 적합자인 것은 확실해."

"적합자……? 그게 뭐야?"

"너는 굳이 알 필요 없다. 어차피 금방 망가질 테니. 아, 그래. 네 동생도 조사해봐야겠군……."

오르바가 거기까지 말했을 때 그의 코뼈에 충격이 가해졌다.

"윽?!"

오르바는 문 근처까지 후퇴했다. 코피가 나는 코를 붙잡고 클레어를 쏘아봤다.

"클레어 카게노, 너……!"

클레어의 사지는 쇠사슬로 결박되어 있을 텐데. 어째서인지 오른쪽 손목의 쇠사슬만 풀린 상태로 거기서 피가 흐르고 있었다.

"손의 살점을 뜯고 손가락까지 부러뜨린 거냐……?!"

클레어를 구속한 사슬은 평범한 사슬이 아니었다. 마봉의 사슬이었다. 즉, 클레어는 순수한 근력만 가지고 자기 손의 살점을 뜯어내고 뼈를 부숨으로써 구속에서 벗어나 오르바를 때린 것이었다. 그 사실에 오르바는 경악했다.

"그 아이에게 무슨 짓 하기만 해봐. 절대로 가만두지 않을 테다! 너도, 네가 사랑하는 사람도, 가족도, 친구도, 모조리 죽여버릴……?!"

오르바가 온 힘을 다해 클레어의 복부를 때렸다. 마봉의 사슬에 얽매인 클레어는 마력으로 강화된 오르바의 일격을 막아낼 수 없었다.

"이 계집애가……!"

오르바가 차갑게 한마디 내뱉었다. 클레어는 힘없이 무너졌다. 그 오른손에서 흘러내린 피가 바닥 위에 검붉은 얼룩을 그려냈다.

"뭐, 됐어. 어쨌든 이걸로 알 수 있으니까……."

오르바는 그렇게 중얼거리더니 클레어의 피를 향해 손을 뻗었다. 그때 병사가 헐레벌떡 문을 열었다.
"오르바 님, 큰일 났습니다! 침입자가 나타났습니다!!"
"침입자라고?! 대체 누구냐?!"
"모르겠습니다! 적은 소수이지만 저희들 힘으로는 막아낼 수 없습니다!"
"크윽, 알았다. 내가 간다! 너희들은 방어에 전념해!"
오르바는 혀를 차고 돌아섰다.

오르바가 도착했을 때, 그곳은 이미 피바다가 되어 있었다. 이 중요 시설을 지키는 병사들은 결코 약한 놈들이 아니었다. 그중에서는 근위대에 필적할 만한 실력자도 있었다. 그런데…….
"어떻게 이런 일이……?!"
이 지하 시설의 홀. 유일하게 외부의 빛이 들어오는 그곳에는 무수한 시체들이 굴러다니고 있었다.
모든 시체에 남은 칼자국은 단 하나.
압도적 실력 차이에 의해 살해된 것이다.
"네놈들이 한 짓이냐……?!"
오르바가 노려본 곳에는 검은 보디슈트를 입은 사람들 몇 명이 있었다. 몸의 곡선을 보아하니 전부 다 조그만 소녀들이었다.

다 합쳐서 일곱 명. 그러나 달빛만 비추고 있는 이 공간에서는 눈을 부릅뜨고 자세히 보지 않으면 금방 놓쳐버릴 정도로 기척이 희박했다. 그 소녀들은 특이한 마력 제어 방식으로 기척을 컨트롤하고 있었다. 저들은 하나같이 자신과 비슷한 실력자다. 오르바는 그렇게 판단했다.

그중 한 명인 온몸에 피를 뒤집어쓴 소녀가 달빛 아래에서 오르바를 똑바로 보고 있었다.

"윽……!"

그 순간 오르바의 본능이 위축됐다. 이유 불문하고 몹시 위험하다고. 그렇게 전해져 왔다.

온몸을 감싼 검은색 보디슈트에서는 적의 피가 뚝뚝 흘러내려 바닥에 핏자국을 만들어냈다. 피투성이 칼은 아무렇게나 지면을 긁으면서 기다란 피의 길을 형성했다.

"정체가 뭐냐. 무슨 목적이냐?"

오르바는 동요를 억누르고 말했다.

자신에게 필적하는 실력자가 재수 없게도 일곱 명이나 있었다. 싸우는 것은 멍청한 짓이다.

오르바는 자신의 불운을 한탄하면서도 타개책을 모색해봤다.

그러나.

피투성이 소녀는 오르바의 말을 듣지 않았다.

웃었다.

피투성이 소녀는 피로 물든 마스크 아래에서 그저 웃기만 했다.

죽는다……!

오르바가 그렇게 생각한 순간.

“델타, 물러나.”

피투성이 소녀의 움직임이 멎었다. 소녀는 순순히 뒤로 물러났고, 오르바는 안도의 한숨을 내쉬면서 그 장면을 지켜봤다. 그러자 이번에는 또 다른 소녀가 대신 앞으로 나섰다.

“우리는『섀도우 가든』.”

이런 상황이 아니었다면 반해버릴 정도로 아름다운 음성이었다.

“나는 알파.”

앞으로 나선 소녀는 어느새 맨얼굴을 내놓고 있었다. 달빛을 받아 하얀 피부가 빛났다.

소녀가 한 걸음. 이쪽으로 다가왔다.

“윽……!”

금발머리 엘프.

숨 막히도록 아름다운 소녀.

또 한 걸음. 다가왔다.

“우리의 목적은…… 디아볼로스 교단의 괴멸.”

그리고 어느새 손에 들고 있던 까만색 칼로 허공을 베었다.

밤이 갈라졌다.

칠흑의 참격을 본 오르바는 그렇게 착각했다.

풍압이, 검압이, 오르바를 위협하고 공갈했다.

어떻게 이 젊은 나이에 이런 실력을 손에 넣었을까. 오르바는 질투와 전율에 휩싸여 부르르 떨었다. 그러나 그보다 더 경악스러운 것은 방금 소녀의 입에서 흘러나온 한마디였다.

"넌…… 도대체 어디서 그 이름을 알아낸 거냐?"

디아볼로스 교단. 그 이름은 이 시설에서도 오르바를 비롯해 겨우 몇 명만 알고 있었다.

"우리는 모든 것을 알고 있다. 마인 디아볼로스, 〈디아볼로스의 저주〉, 영웅의 자손, 그리고…… 〈악마 빙의〉의 진실."

"그, 그걸 어떻게……."

알파가 언급한 내용 중에서는 오르바조차도 최근에야 알게 된 내용도 있었다. 그것은 외부에는 알려졌을 리도 없고 결코 알려져서도 안 될 극비사항이었다.

"〈디아볼로스의 저주〉를 추적하는 자가 설마 당신들밖에 없을 거라고 생각한 건가?"

"윽……!"

절대로 정보가 누설되게 놔둘 수는 없다. 그러나 저들을 죽여서 정보를 지킬 수 있을까?

아니. 그건 거의 불가능하다.

그렇다면 오르바가 해야 할 일은…… 생존. 살아남아서 저 여자들의 존재를 본부에 알려야 한다. 그래서 오르바는 일부러 앞으로 나섰다.

"이야아아아아아아아아아앗!!"

오르바는 용맹하게 검을 뽑아 들고 알파에게 덤벼들었다.

"어머나. 무모하네."

알파는 쉽게 그 검을 쳐내고 반격했다. 오르바의 뺨이 찢어지고 피가 튀었다.
그래도 오르바는 멈추지 않았다.
몇 번이나, 몇 번이나 상대가 회피해도 오르바는 검을 계속 휘두르면서 기회를 노렸다.
그러나 상대는 언제나 종이 한 장 차이로 회피했다. 쓸데없는 동작은 최소한으로 줄이고, 완전히 상대의 공격을 파악하고서 회피하는 것이었다.
그 와중에 오히려 오르바의 팔이 베이고, 다리가 베이고, 어깨가 베였다.
하지만 아직 치명상은 입지 않았다.
이 소녀는 정보를 얻어내기 전까지는 자신을 죽일 마음이 없는 것이다. 그렇게 판단한 오르바는 웃었다. 드디어 이길 방법을 찾았다.
오르바는 그 후 몇 번인가 허공만 베다가 마침내 가슴을 베이고 후퇴하고 말았다.
"더 이상 해봤자 시간낭비일 것 같네."
오르바는 대답하지 않았다. 베인 가슴을 손으로 누르고 무릎을 꿇은 채, 입가에는 미소를 띠고…… 무언가를 꿀꺽 삼켰다.
"뭐 하는…… 앗?!"
돌연 오르바의 육체가 확 부풀었다. 피부는 거무스름하게 변하고 근육이 팽창하고 눈이 붉게 빛났다.
그리고 가장 중요한 것은 마력량이 폭발적으로 증가했다는 것이었다.

"윽……!"

예비동작도 없이 날아드는 오르바의 강력한 일격. 알파는 반사적으로 막아냈지만, 그 충격 때문에 표정을 일그러뜨렸다. 그대로 튕겨져 날아가듯이 이동해 멀찍이 떨어졌다.

"재미있는 마술이네."

그러면서 저릿저릿한 팔을 가볍게 흔들며 고개를 갸웃거렸다.

"저 파장은 마력 폭주인가……? 그걸 억지로 억눌러서……."

"알파 님, 괜찮으세요?"

뒤에 있던 소녀가 처음으로 후퇴한 알파에게 말을 걸었다.

"괜찮아. 베타. 일이 좀 귀찮아졌을 뿐이지…… 어, 어라?"

알파가 다시 오르바 쪽을 쳐다봤더니 그곳에는 이미 아무도 없었다.

좀 전까지 오르바가 있었던 장소에는 네모난 구멍이 뚫려 있었다. 아래층으로 쭉 이어지는 구멍. 비밀문이었다.

"……도망쳤군."

"도망쳤네요……. 추격합시다."

그러나 알파는 구멍 속으로 뛰어들려고 하는 소녀를 제지했다.

"그럴 필요 없어. 저 앞에는 그 사람이 있으니까."

"그 사람이요……? 아, 그러고 보니 섀도우 님이 먼저 간다면서 개별 행동을 하고 계셨죠. 그런데 설마……."

"응, 맞아. 엉뚱한 곳으로 뛰어가는 것을 보고 길을 잃었나 하고 걱정했는데."

알파는 쿡쿡 하고 온화하게 웃었다.

"일이 이렇게 될 것을 예상했다니……. 역시 그는 굉장해."

구멍 속을 들여다보는 소녀들의 눈동자는 존경심으로 반짝반짝 빛나고 있었다.

"길을 잃었네."

나는 인적 없는 지하 시설에서 중얼거렸다.

다 함께 아지트에 쳐들어온 것까지는 좋았는데, 잔챙이들만 나오니까 너무 재미없어서 먼저 앞질러 가서 보스를 해치워야지! 했다가 이 꼴이 되고 말았다. 일부러 보스와 마주쳤을 때의 상황 연출도 연습해뒀는데.

그나저나 거창한 시설이구나. 이번에는 폐기된 군사 시설에 도적단이 눌러앉은 걸까?

"어?"

그런데 그때.

지하도 저쪽에서 누군가가 뛰어오는 기척이 느껴졌다. 상대도 한발 늦게 나의 존재를 눈치챈 듯했다. 나에게서 멀리 떨어진 곳에서 멈춰 섰다.

"미리 매복하고 있었던 거냐……?"

근육이 울룩불룩하고 이상하게 눈이 붉게 빛나는 남자였다.

와, 뭐야? 멋있다. 눈에서 빔을 발사하기도 하나?

"흥. 어차피 한 명은 별것 아니지."

그러면서 일그러진 미소를 짓는 붉은 눈의 남자. 그 직후에 그가 사라졌다. 아니, 일반인이라면 사라졌다고 착각할 만한 속도로 움직였다.

그러나.

나는 붉은 눈의 검을 한 손으로 막아냈다. 어디로 날아오는지 안다면 속도 따위는 별로 중요하지 않고, 힘도 사용하기 나름이다.

"앗?!"

경악하는 붉은 눈의 어깨를 가볍게 밀어내고 뒤로 물러났다.

알파보다 더 엄청난 마력이었다. 안타깝게도 그 마력을 전혀 활용할 줄 몰랐지만. 그냥 마력만 넘쳐흐르는 멍청이였다.

참고로 나는 '마력으로 속도와 힘을 강화해서 다 때려 부수면 강할 테지?!' 하는 식으로 파워에 의존하는 전법은 좋아하지 않는다. 아, 물론 육체적인 요소를 경시하는 것은 아니다. 궁극의 선택으로서 힘과 기술 중 하나만 고르라고 한다면 나는 망설임 없이 힘을 고를 것이다. 힘이 없는 기술은 가치가 없으니까. 그러나 단순한 힘, 단순한 속도, 단순한 반응, 그런 육체적인 성능에만 의존하면서 세부적인 요소를 경시하고 무시하고 포기해버린 듯한 불완전하고 비뚤어진 전투방식은 정말로 딱 질색이었다.

육체는 천성이지만 기술은 노력이다. 그러니까 나는, 내가 목표로 하는『어둠의 실력자』는 결코 기량으로 패배하지는 않는다. 나는 힘에 기술을 더하고, 속도도 잘 궁리해서 조절하고, 반응에서도 가능성을 찾아본다. 기본적인 육체 성능은 중요하지만, 오직 그것에만 의존하는 꼴사나운 전투는 절대로 하지 않는다. 이것이 내 싸움의 미학이다.

솔직히 말해서 이런 불도저 같은 놈은 은근히 거슬렸다.

그러니까 가르쳐줘야지. 올바른 마력 사용법을.

"Lesson1."

나는 슬라임 소드를 가볍게 들고 걸음을 옮겼다.

한 발, 두 발, 세 발.

세 번째 걸음을 옮김과 동시에 붉은 눈의 검이 날아왔다. 이것이 저 붉은 눈의 간격이다. 그 순간 나는 가속했다.

사용하는 마력은 최소. 다리에 집중시키고 압축시켜서 단숨에 해방한다. 단지 그뿐이다.

그렇게만 해도 압축된 약간의 마력은 폭발적인 기세를 보인다.

붉은 눈의 검이 허공을 갈랐다.

그리고 여기서부터는 나의 간격이다.

이제 속도는 필요 없고, 힘도 필요 없다. 마력조차 필요 없다.

나는 칠흑의 칼로 붉은 눈의 목을 살짝 건드렸다. 목의 피부 표면만.

나는 붉은 눈의 목에다가 붉은 실선을 남겨놓고 간격을 벌렸다. 그와 동시에 붉은 눈의 검이 내 뺨을 스치고 지나갔다.

"Lesson2."

나는 붉은 눈의 검이 거두어지는 타이밍에 또다시 앞으로 나섰다. 마력은 쓰지 않고.

고로 붉은 눈의 속도가 훨씬 빨랐다. 하지만 아무리 속도가 빨라도 공격과 동시에 움직이는 것은 불가능하다.

그러니까 가까이 다가갈 수 있다.

겨우 반 발짝.

애매한 거리. 나에게는 다소 멀고, 붉은 눈에게는 다소 가까운 거리.

한순간의 침묵.

붉은 눈은 망설였다.

나는 봤다.

그리고 붉은 눈은 간격을 벌리는 것을 선택했다.

알고 있었다.

나는 이미 붉은 눈의 마력 이동을 통해서 그 움직임을 예측하고 있었다. 그렇기 때문에 붉은 눈이 더 빠른데도 내가 먼저 움직일 수 있었다.

나는 붉은 눈이 후퇴하는 것보다 먼저 그에게 접근해서 칼끝으로 그의 다리를 슬쩍 건드렸다. 아까보다는 조금 더 깊숙이.

"윽……!"

붉은 눈은 고통스런 신음소리를 내더니 좀 더 후퇴했다.

나는 쫓아가지 않았다.

"Lesson3."

끝나려면 아직 멀었으니까.

과거에 이 정도로 심각한 실력 차이를 느낀 적이 있었을까. 오르바는 칠흑의 칼에 몇 번이나 베이면서 그런 생각을 했다.

알파라고 이름을 밝힌 엘프와 싸웠을 때에도, 무신제에서 왕녀와 싸워 패배했을 때에도, 이렇게 심한 차이를 느끼지는 않았다. 굳이 비슷한 예를 찾자면……, 어릴 적에 처음으로 검을 배우면서 스승님과 대치했을 때일까. 아이 대 어른, 고수 대 초보자. 애초에 게임이 안 되는 것이었다.

지금 느끼는 실력 차이는 바로 그때와 똑같았다.

결코 강해 보이지는 않는 소년이었다. 적어도 알파와 싸웠을 때 같은 위압감은 느껴지지 않았다. 말하자면 자연스러운 분위기였다. 자세도 마력도 검 놀림도, 모든 것이 자연스러웠다. 완력도 속도도 특필할 만한 요소는 없었다. 아니, 필요가 없었다. 그저 순수한 기량에 의해 그 검술은 완성되어 있었다. 절망적일 정도로 심각한 오르바와의 마력 차이를 순수한 기량만 가지고 뒤집어놓은 것이다.

그렇기 때문에 압도적인 패배감이 느껴졌다.

오르바가 아직 서 있을 수 있는 것도, 아직 살아 있는 것도, 이 소년이 그렇게 하기로 결정했기 때문이다. 이 소년이 원한다면 오르바의 목은 당장이라도 날아갈 것이다.

현재 오르바는 어디를 다쳐도 치명상만 아니면 재생할 수 있다. 물론 한계는 있고 부작용도 심하지만. 그러나 다량의 피를 흘리고, 살이 찢어지고 뼈가 부러지면 회복되기까지 시간이 걸린다.

하지만 그만한 위기에 처했어도 오르바는 여전히 살아 있었다.

아니. 상대가 살려준 것이다.

오르바는 질문을 던졌다.

"대체, 왜……?"

왜 살려주는 것이냐.

왜 적대하는 것이냐.

왜 그토록 강한 것이냐.

그러니까. 왜.

칠흑으로 몸을 감싼 소년은 단지 오르바를 내려다보고만 있었다.

"어둠 속에 숨어서, 어둠을 사냥한다. 우리는 오로지 그것을 위해 존재한다."

깊고도 어쩐지 애수를 자아내는 목소리였다.

오르바는 그것만 듣고도 이 소년의 존재방식을 이해했다.

"너는 설마, 그것에 저항할 셈이냐……?"

세상에는 법으로는 심판할 수 없는 존재가 있다. 오르바는 그것을 알고 있고, 스스로도 그것의 말단에 위치한 존재라고 생각했다.

이권, 특권계급, 어두운 일면. 법의 빛은 세계를 구석구석까지 비추지 못한다.

오르바는 그 은혜를 받으면서도 더 높은 상위자에게 짓밟히고 깨져버렸다.

그래서 오르바는 힘을 얻으려고 했고…… 결국 패배했다.

"네가, 너희들이 아무리 강해도, 그건 이길 수 없다. 세계의 어둠은…… 네가 생각하는 것보다 훨씬 더 깊어."

그렇기 때문에 오르바는 말했다.

충고가 아닌 바람이었다. 이 소년도 꼴사납게 패배하여 모든 것을 잃어버리고 절망하면 좋겠다. 제발 그러기를 바랐다. 그리고 그 기대가 배신당하는 것을 두려워했다. 보잘것없는 질투와 선망이었다.

"그럼 더 깊이 파고들어주지. 밑바닥까지."

소년의 목소리에서는 패기나 기백은 느껴지지 않았다. 오직 절대적인 자신감과 흔들림 없는 각오만 담겨 있을 뿐이었다.

"너무 쉽게 지껄이지 마라."

인정할 수 없다.

죽어도 인정할 수 없다.

그것은 과거에 오르바가 목표로 했다가 실패한 것이었으므로.

그리고 이 순간, 오르바는 최후의 일선을 넘기로 결심했다. 그는 품속에서 알약을 꺼내더니 모조리 삼켜버렸다. 오르바는 자신이 더 이상 살아남을 수 없음을 눈치챘다. 그러니까 적어도 이 목숨을 이용해 가르쳐주기로 마음먹었다.

이 세상의 어둠을.

오르바의 분위기가 바뀌었다.

지금까지 이리저리 미쳐 날뛰던 마력이 갑자기 고요해지더니, 좀 더 농밀하게 압축된 마력이 육체에 내포되었다. 혈관이 파열되어 피를 뿜어내고, 근육이 찢어지고 뼈가 부러졌지만 그것이 순식간에 수복되었다. 인간의 한계를 뛰어넘어 그 몸에 막대한 마력을 담아냈다.

교단은 이것을『각성』이라고 칭했다.

이렇게 되면 끝장이다. 다시는 원상태로 되돌아가지 못한다. 하지만……, 그 대신 절대적인 힘을 손에 넣는다.

“아아아아아아아아아아아아아아아악!!”

짐승 같은 포효소리와 더불어 오르바의 모습이 사라졌다.

그리고 둔탁한 소리가 나더니 칠흑의 소년이 튕겨져 날아갔다.

소년은 그대로 벽을 박차고 자세를 바로잡아 착지했다.

그러나 오르바의 검이 즉시 소년을 또다시 날려버렸다.

“느려, 가벼워, 약해! 이게 바로 현실이다!”

오르바의 맹추격이 펼쳐진다.

소리가 울린다. 소년이 튕겨져 날아간다.

오르바의 참격은 한결같이 빠르고 묵직하고 무자비했다.

압도적 폭력.

호랑이가 토끼를 죽일 때에는 잔재주를 피울 필요가 없다. 단지 힘을 발휘하기만 하면 된다. 그러면 상대는 저항하지 못한다. 칠흑의 소년은 그저 일방적으로 파괴된다.

분명히 그럴 터인데.

"?!"

오르바의 가슴팍에서 피가 뿜어져 나왔다. 어느새 그곳에는 얕지 않은 칼자국이 남아 있었다. 오르바는 한순간 멈칫했지만 곧바로 또 소년을 날려버렸다.

"이런 건 안 통한다, 안 통해애애앳!!"

그 상처는 틀림없이 살이 찢어지고 뼈까지 손상된 상처일 것이다. 그러나 상처 부위가 부글부글 끓더니 순식간에 재생되기 시작했다.

"이것이 힘이다!! 진정한 강함이다!!"

오르바가 가속했다.

피를 뿜으면서 허공을 베고 가르며 싸우는 그 모습은 마치 새빨간 섬광 같았다.

칠흑과 빨강.

둘이 부딪힌다. 칠흑이 휙 날아가고 빨강이 피를 뿜는다.

그 공방전은 눈으로는 확인할 수 없었다.

단지 빨간색 잔상과 칠흑이 날아가는 모습만이 거기서 무슨 일이 일어나고 있음을 가르쳐줄 뿐이었다.

그러나 그것도 오래 지속되진 않으리라. 그 둘의 차이는 확연

했다. 언젠가 칠흑이 부서지리란 것은 쉽게 예상할 수 있었다.

절대로 패배할 리 없는 싸움이었다. 빨강은 몇 번이나 계속해서 검을 휘두르며 압도적인 힘으로 칠흑을 유린했다.

그런데. 어째서.

어째서 칠흑의 소년은 변함없이 똑바로 서 있는 걸까……?

"도대체 왜…… 왜, 통하지 않는 거냐……?"

칠흑은 전혀 변하지 않았다. 마력은 거의 사용하지도 않고, 몸도 거의 움직이지 않고, 그저 흐름에 몸을 맡긴 채 오르바가 공격하는 대로 계속해서 튕겨져 날아갔다. 마치 격류 위에 떨어진 나뭇잎처럼.

그런데 또 휩쓸려가기만 하지는 않고 오르바의 기세를 이용해 정확히 칼을 꽂아 넣었다. 쓸모없는 짓, 불필요한 짓은 하지 않았다. 단지 자연스럽게 있는 그대로 행동했다.

"추하군."

칠흑이 말했다. 그 눈동자는 모든 것을 꿰뚫어보는 것처럼 오르바를 응시하고 있었다.

"뭘 알아……. 네놈이 뭘 알아?!"

오르바가 소리를 질렀다.

그리고 검에, 육체에 모든 마력을 쏟아부어 힘차게 포효하면서 검을 휘둘렀다.

내 목숨이 다하더라도 이 칠흑을 없앨 것이다.

그 일격은 그야말로 오르바의 인생 최대 일격이었다.

그러나.

"장난은 이제 그만."

두 토막이 났다.

칠흑의 칼은 마치 황야를 가로지르듯이 아무런 저항 없이 코스를 완주했다.

오르바의 검도, 막대한 마력도, 한껏 강화된 육체도. 뭐든지 통째로 일도양단한 것이다.

칠흑의 검술은 마력도 완력도 속도도 없이 그저 순수한 기량만으로 완성되어 있는 것이다. 오르바는 그렇게 생각했었다.

하지만 그게 아니었다.

"이게, 뭐야……?"

그것은 만물을 가르는 일도(一刀).

오르바는 그것이 자신의 검을 베고, 마력을 베고, 살을 베고, 뼈를 베고 지나가는 것을 극한 속에서 똑똑히 보았다.

그 일도에는 농밀한 마력이 있었다. 절대적인 힘이 있었다. 압도적인 속도가 있었다. 그리고 가장 핵심적인…… 기량이 있었다.

이것이, 이것이야말로 완성형이다.

칠흑은 모두 가지고 있었던 것이다.

단지 사용하지 않았을 뿐. 모든 능력을 발휘한 그 일도가 베지 못할 대상 따위는 없었다.

"이…… 정도인가……."

피가 솟구쳤다.

상반신이 무너지고 이어서 하반신도 쓰러졌다. 상하로 나뉜 오르바의 육체는 그 상태에서도 여전히 재생을 시도했지만, 오르바의 몸은 이미 부서져버렸다. 썩어가는 육체 주위로 검은 얼룩이 퍼져나갔다.

칠흑이 내려다보고, 오르바가 우러러봤다.

오르바는 칠흑과 검을 부딪치면서 모든 것을 이해했다. 검술을 보면 그 사람의 됨됨이를 알 수 있다. 칠흑의 검술은 성실하고 우직한 범인의 검술이었다. 피를 토할 만큼 지독하게 노력해서 마침내 완성시킨 검술이었다.

아무것도 모르는 어린아이라고 생각했다. 하지만 그게 아니었다. 그는 모든 것을 알고서 싸우는 길을 선택한 것이었다.

무력.

오르바의 인생은 무력했다. 뭔가를 해내려고 했지만 아무것도 해내지 못했다.

그러나 이 칠흑의 소년이라면…….

"밀리……아…………."

오르바는 푸른 보석이 박힌 단검으로 손을 뻗으면서 눈을 감았다.

흐릿해지는 의식 속에서 오르바의 뇌리에 떠오른 것은 그가 과거에 잃어버린 사랑하는 딸의 웃는 얼굴이었다.

그리하여 도적단 퇴치 겸 누나 구출 작전은 무사히 끝났다. 기절한 누나를 발견해서 쇠사슬만 풀어주고 그냥 내버려뒀더니, 누나는 다음 날 심기 불편하신 모습으로 집에 돌아왔다. 이 사람도 참 강인하다니까. 손의 상처도 하룻밤 만에 거의 다 나았고. 그 후 요양을 한다, 사건 조사를 한다 하면서 일주일쯤 난리를 치더니 누나는 드디어 왕도로 떠났다. 그 일주일 동안 누나가 이상하게 나한테 집적거려서 영 성가셨다.

알파를 비롯한 동료들은 도적단을 조사하고 잔당을 처리하느라 바쁜 것 같았다. 아 참, 도적이 아니라 교단인가. 사실 이름이야 어찌 됐든 도적은 도적이지만.

그래도 그 도적단 중에서 붉은 눈의 아저씨는 상당한 일재(逸才)였다. "그럼 더 깊이 파고들어주지. 밑바닥까지." 이처럼 『어둠의 실력자』에게 아주 잘 어울리는 대사가 튀어나온 것도 전적으로 그 아저씨 덕분이었다. 명품 조연으로 고용하고 싶을 정도였다.

그리고 멋지게 『어둠의 실력자』를 연기해낸 나와, 돌발 상황에 대처한 애드립 실력은 참으로 볼만했었다. 관객이 없었던 것이 못내 아쉽지만. 뭐, 그것도 앞으로 2년만 더 참으면 될 것이다. 2년 후에는 나도 왕도로 갈 테니까. 왕도다. 그래, 그 왕도다. 이 세계 유수의 대도시. 이 나라에서는 유일하게 인구가 100만이 넘는 도시다. 그곳에는 틀림없이 주인공 포지션인 캐릭터가 있을 것이다. 어쩌면 최종보스 같은 캐릭터도 있을지도 모르고. 그리고 이런 시골에서는 발생할 수 없는 사건, 음모, 항쟁, 또 거기에 난입하는『어둠의 실력자』……. 아아, 그런 것을 생각해 보면 현재의 나는 기껏해야 도적이나 때려잡으면서 잘난 척하는 우물 안 개구리에 불과했다. 내 이야기는 아직 서장조차 시작되지 못한 것이다.

나는 2년 후에 대비해 좀 더 커다란 힘을 얻기로 결심했다. 그런데 어느 날 알파를 비롯한 일곱 명의 부하들이 한꺼번에 내 앞에 나타났다. 교단을 조사하고 저주를 연구한 결과 등을 보고하고 싶다나, 뭐라나. 요새는 다들 이래저래 바쁜 것처럼 보였다. 일곱 명 전원이 모이는 것은 드문 일이었다. 조사인지 연구인지 뭔지는 다 쓸데없는 짓이니까 적당히 하면 좋을 텐데. 나는 그런 생각을 하면서 그들의 보고를 받았다.

간단히 요약하자면.

마인 디아볼로스와 싸운 영웅은 모두 여자였다. 그래서 디아볼로스의 저주는 여성에게서만 발현된다.

참신한 발상이네. 그런데 미안하지만 영웅은 모두 남자였다는 설이 일반적이었다. 아, 하긴. 『섀도우 가든』은 나를 제외한 나머지가 다 여자니까. 그걸 논리적으로 설명해본 건가?

그리고 〈디아볼로스의 저주〉가 발현되는 비율은 엘프가 가장 높았다. 그다음은 수인, 가장 적은 것이 인간. 이 현상은 각 종족의 수명과도 관련된 것이라서, 수명이 짧은 인간은 영웅의 피가 많이 희석됐기 때문에 저주가 발현되기 어렵다. 반대로 수명이 긴 엘프는 영웅의 피가 진해서 저주가 발현되기 쉽다. 수인은 중간이고. 아, 그래. 실제로 『섀도우 가든』 멤버 중에서 인간은 나 하나밖에 없지. 게다가 나도 〈악마 빙의〉는 아니니까. 나머지 멤버는 수인이 두 명이고 엘프가 무려 다섯 명. 당연히 전원 과거에는 〈악마 빙의〉였다. 오. 꽤 그럴싸한 설정을 잘도 생각해냈네.

그 외에도 알파와 부하들이 이것저것 보고를 했지만 나는 대충 흘려들었다.

이어서 교단에 관한 보고가 시작됐다. 놀랍게도 그 교단은 전 세계 규모의 초거대 조직이라고 한다. 오~ 굉장한데?

〈악마 빙의〉인지 〈디아볼로스의 저주〉인지 뭔지는 몰라도, 아무튼 교단은 그것이 발현된 자를 적응자라고 부르면서 철저하게 조기 포획 및 처분을 실시하고 있다고 한다. 이에 대항하기 위해서는 『섀도우 가든』도 전 세계에 흩어져 활동해야 한다는 결론이 나왔고, 그리하여 내 곁에는 교대제로 한 명만 남고 나머지 멤버들은 세계 각지에 흩어져서 활동하기로 했다. 이를테면 〈악마 빙의〉를 보호하거나, 교단을 조사하면서 그 활동을 방해하는 식으로.

그 이야기를 듣고 나는 깨닫고 말았다. 이 소녀들은 디아볼로스 교단이 실은 존재하지 않는다는 사실을 눈치챈 것이리라. 그러니까 더 이상 이런 촌극에는 끼어들고 싶지 않다, 우리를 자유롭게 해달라는 것이 아닐까. 전 세계로 흩어진다는 것은 아마 그런 뜻일 것이다. 하지만 이래 봬도 나는 그들의 〈악마빙의〉 증상을 고쳐준 은인이니까. 그 은혜를 갚기 위해 교대제로 한 명씩 당신과 함께해줄 테니까 그걸로 참아달라. 대충 그런 뜻이리라.

나는 조금 슬퍼졌다. 전생에도 어린 시절에는 모두들 히어로를 동경했다. 나도 마찬가지로 『어둠의 실력자』를 동경했다. 그러나 다들 나이를 먹어 어른이 되자 어느새 동경하던 히어로의 존재조차 잊어버리고 살아가게 되었다. 나만 혼자 남아버렸다. 그러니까 이 소녀들도 어느새 어른이 된 것이다.

나는 약간 울적한 기분을 느끼면서도 흔쾌히 그들을 떠나보내기로 했다. 애초에 멤버를 일곱 명이나 모을 생각도 없었고. 나 자신과 보좌관 한 명만 남아 있으면 그걸로 충분했다. 나는 이별을 아쉬워하는 그 소녀들을 보내주고, 설령 세상에 홀로 남게 되더라도 『어둠의 실력자』라는 꿈을 포기하지 않겠다고 다짐했다.

살인에 대한 두려움은 없어졌다.

베타는 칠흑의 칼을 휘둘러 피를 털어냈다. 잿빛 대지에는 핏방울로 된 붉은 선 하나가 그어졌다.

주위는 밤의 어둠으로 덮여 있었다. 그곳에 병사들 몇 명이 쓰러져 있었다.

"숨통을 끊어야지."

베타가 지시를 내리자, 검은 보디슈트를 입은 소녀들이 호위병들을 칼로 푹푹 찔렀다.

한 소녀는 손을 떨고 있었다. 떨면서도 칼로 상대의 급소를 찔렀다.

"크…… 아아악!"

아직 살아 있던 병사가 단말마의 비명을 질렀다. 소녀의 칼이 멈칫했다. 익숙해지기 전까지는 그 비명이 계속해서 꿈속에 나올 것이다.

베타는 경직된 소녀의 칼에 자기 손을 겹쳐 올리고 비틀었다. 생명을 앗아가는 감촉이 칼을 통해 손으로 전해져왔다.

"아, 아아아……!"

그 신음성은 부들부들 떠는 소녀가 낸 것이었다. 베타는 소녀의 어깨를 안아주면서 지시를 내렸다.

"대상을 보호해."

소녀들이 움직이기 시작했다. 그들은 마차 짐칸에 올라탔다. 사슬을 끊는 듯한 소리가 나더니, 잠시 후 거무스름한 썩은 고깃덩이가 밖으로 운반되었다. 아직 숨이 붙어 있었다.

"서둘러 알파 님께 데려가."

소녀들은 고깃덩이를 소중히 끌어안고 뛰어갔다. 베타의 가슴에 안겨 떨고 있던 소녀도 씩씩하게 그들의 뒤를 따라갔다.

베타는 살짝 미소 지으며 그 뒷모습을 지켜봤다.

순조롭게 성장하고 있구나.

얼마 전까지는 아무것도 몰랐고, 칼을 잡은 적도 없었고, 당연히 사람을 죽여본 적도 없었던 소녀들이 이제는 착실하게 성장하고 있었다. 그 모습이 마치 과거의 자신을 보는 것 같아서 베타는 옛 추억을 떠올렸다.

베타는 처음 인간을 죽인 감촉을 지금도 기억하고 있었다.

심장을 꿰뚫은 베타의 칼과, 베타의 손을 붙잡은 적의 팔. 치명상일 텐데도 그 힘은 믿어지지 않을 정도로 강했다.

"심장에 구멍이 나도 인간은 한동안 움직일 수 있어. 방심하지 마. 저기, 베타. 내 말 듣고 있니?"

냉정한 알파의 음성. 베타는 듣고 있었다. 듣고는 있어도 이해하지는 못했다.

경직된 육체와 사고.

베타는 움직이지도 못하고 사고하지도 못했다.

"못 말리는 아이구나."

적의 목이 날아갔다.

알파가 목을 친 것이다.

핏방울이 흩어지면서 시체가 풀썩 쓰러졌다.

적의 피를 뒤집어쓴 베타의 눈동자에서 굵은 눈물방울이 뚝뚝 떨어졌다.

"싸움의 의미를 찾으렴."

그 말이 차갑게 들렸다.

베타는 본디 스스로 능동적으로 행동하지 못하는 아이였다. 『섀도우 가든』에 들어오고 나서는 항상 알파 뒤를 졸졸 따라다녔다. 알파와는 옛날부터 아는 사이였으니까, 알파를 따라가면 괜찮을 거란 사실을 베타는 알고 있었다.

알파 뒤를 졸졸 따라다니기만 하는 베타로선 싸움의 의미를 찾을 수 없었다. 그 필요성도 이해하지 못했다.

결국 베타는 살인에는 도저히 익숙해질 수 없었다. 임무를 수행하느라 사람을 죽이게 되면 그때마다 구토했고, 날마다 무서워서 벌벌 떨며 잠들었다. 한밤중에 비명을 지르며 벌떡 일어나는 일도 드물지 않았다.

그런 베타에게 어느 날 밤 섀도우가 말을 걸었다.

"지혜를 얻고 싶은가……?"

"어, 네?"

베타는 약간 겁에 질려서 고개를 갸웃거렸다.

베타에게 섀도우란 남자는 잘은 몰라도 이상하리만치 강한 인간이었다.

"지혜를 원한다면…… 내가 주마."

지혜. 그게 혹시 사람을 죽이는 데 대한 심적 고통을 줄여주지 않을까?

베타는 그런 기대를 품고 고개를 끄덕거렸다.

"지, 지혜를 원합니다."

베타는 살짝 떨면서 말했다.

"좋아. 그럼 주마……."

그리고 섀도우는 이야기를 시작했다.

"옛날 옛적 한 마을에 할아버지 할머니가……."

그것은 지혜도 뭣도 아닌 단순한 옛날이야기였다. 이게 뭐야.

베타는 어떻게 반응하면 좋을지 몰라 고민했다. 하지만 알파가 그토록 동경하는 섀도우에게 반항할 용기는 없었다.

조용히 섀도우의 이야기를 듣고 있었는데, 의외로 그 이야기가 재미있었다. 그래서 어느새 베타는 시간 가는 줄 모르고 정신없이 듣게 되었다.

그리고 그날 밤에는 악몽을 꾸지 않고 푹 잠들었다.

그날부터 매일 밤 섀도우는 베타의 머리맡에서 재미있는 옛날이야기를 들려줬다.

그것은 독서를 좋아하는 베타도 들어본 적이 없는 신선하고 무척 재미있는 이야기였다. 베타는 언제나 시간 가는 줄 모르고 그의 이야기를 듣다가 어느새 푹 잠들어버렸다. 한밤중에 놀라서 벌떡 일어나는 일도 사라졌다. 베타는 특히 『신데렐라』와 『백설 공주』라는 이야기를 좋아했다.

어쩌면 그때부터였을지도 모른다. 베타가 섀도우를 눈으로 좇게 된 것은.

정신을 차려보니 조금씩 섀도우를 따라가는 일이 많아졌다. 처음에는 눈으로만 좇았다. 벌벌 떨면서. 그러나 1년 후에는 찰싹 붙어 다니게 되었다.

『섀도우 가든』에서 섀도우는 절대적 존재였다.

절대적인 힘, 절대적인 지식, 절대적인 의사. 그 절대성이 베타에게는 기분 좋게 느껴졌다. 그리고 어느새 그것은 베타의 절대성이 되었다.

언제부터인가 베타의 망설임은 사라졌다.

섀도우의 힘이 없었으면 베타는 〈악마 빙의〉로서 살해됐을 것이다. 가족에게 버림받고 국가적으로 쫓기면서 온갖 일을 겪는 바람에 상황 파악이 늦어져버렸다. 잃어버린 것이 너무 많아서 새롭게 얻은 것을 눈치채지 못했다.

그러나 망설임이 사라진 지금은 알 수 있었다.

섀도우가 베타에게 새로운 삶과 새로운 힘을 준 것이다.

그것이 이제 실감나게 베타의 가슴속에 스며들었다.

베타는 비로소 싸움의 의미를 찾아낸 것이다.

베타는 섀도우에 관한 이야기를 날마다 기록하기 시작했다. 기억과 감정이 퇴색되지 않도록. 두 번 다시 망설이지 않기 위해서. 베타는 삶의 의미를 발견한 것이었다.

처음에는 짧은 단어만 나열했던 것이 점점 문장으로 발전했고 어느새 이야기가 되었다.

문득 조그만 소리가 들렸다. 베타는 회상을 중단했다.

칠흑의 칼을 뽑아 들고 마차의 짐칸으로 다가갔다. 그리고 그 밑을 들여다봤다.

“히익!”

젊은 병사와 눈이 마주쳤다. 베타와 비슷한 나이 같았다.

그는 허둥지둥 마차 밑에서 기어 나와 후다닥 도망치려고 했다.

그는 아무것도 몰랐다. 아무것도 모르는 채 〈악마 빙의〉의 마차를 호위했고, 아무것도 모르는 채 죽을 것이다.

“사, 살려줘……!”

베타는 주저하지 않고 칼을 휘둘렀다.

저쪽으로 뛰어가던 그의 목에서 피가 솟구쳤다.

그는 그대로 몇 걸음 걸어가더니 털썩 쓰러졌다.

베타는 뺨에 튄 그의 피를 닦아내고 달을 우러러봤다. 아름다운 만월이 구름 사이로 얼굴을 내밀고 있었다.

베타의 무구한 미소가 달빛을 받아 빛났다.

그것은 아름답고도 잔혹한 꽃처럼 밤의 어둠 속에 피어났다.

베타는 망설이지 않았다.

그가 기뻐해주기만 한다면. 그것이 설령 악의 길이라 해도.

but the existence intervenes in a story and shows off his power.
I had admired the one like that, what is more,
and hoped to be.
Like a hero everyone wished to be in childhood,
"The Eminence in Shadow" was the one for me.
That's all about it.

The Eminence in Shadow

I can't remember the moment anymore.
Yet, I had desired to become "The Eminence in Shadow"
ever since I could remember.
An anime, manga, or movie? No, whatever's fine.
If I could become a man behind the scene,
I didn't care what type I would be.
Not a hero, not an arch enemy,
but the existence intervenes in a story and shows off his power.
I had admired the one like that, what is more,

2장

학교에서는 몹이 되는 거다!

The Eminence in Shadow
Volume One
Chapter Two

The Eminence in Shadow

CHAPTER 2

나는 열다섯 살이 되어서 왕도에 있는 미드갈 마검사 학교에 입학했다. 대륙 최고봉인 마검사 학교. 국내는 물론이고 국외에서도 전도유망한 마검사들이 이곳에 모인다고 한다. 거기서 나는 몹답게 중하위권 성적을 유지하면서 두 달쯤 지내는 동안에 주인공 같은 캐릭터를 점찍어 놨다.

그중 한 사람. 알렉시아 미드갈 왕녀. 최고 거물은 그 여자였다.

미드갈 왕녀라는 이름만 들어도 아마 침팬지라도 '거물이구나!' 하고 알 만한 거물인 것이다. 참고로 이 왕녀의 언니인 아이리스 미드갈 왕녀는 그보다 더 유명한 초거물이라는데, 아쉽게도 이 사람은 이미 학교를 졸업해버렸다.

아무튼 나는 이 알렉시아 왕녀에게 특대형 몹 이벤트를 제공하기로 했다. 아니, 실은 게임에 진 벌칙으로 그런 짓을 하게 되었다.

그래. 그것은 참으로 몹다운 이벤트. 『게임 벌칙으로 여자에게 고백하는 것』이다.

그리하여 나는 학교 건물 옥상에서 일정한 거리를 두고 알렉시아 왕녀와 대치하게 됐다.

어깨를 넘기는 은빛 머리카락과, 눈초리가 옆으로 길게 뻗은 아름다운 붉은 눈, 그리고…… 아, 몰라. 귀찮아. 아무튼 미인이시네요~라는 생각이 저절로 드는 단정하고 차가운 미모의 소유자였다. 그런데 미안하지만 나는 알파와 다른 멤버들 덕분에 미인이라면 질릴 만큼 보아왔다. 그보다는 약간 못나서 개성이 느껴지는 사람이 낫지 않나?

어쨌든 나는 이 알렉시아에게 도전하게 되었는데. 무모한 도전자는 나 말고도 있었다. 알렉시아가 입학한 이후로 두 달 동안에 벌써 100명이 넘는 멍청이들이 그녀에게 도전했다가 냉혹한 한마디로 격퇴 당했다.

"관심 없어."

응, 그야 뭐 왕녀라면 졸업한 다음에 정략결혼을 하게 될 테니까. 애들 장난에는 관심이 없으려나. 그런데 이 왕녀에게 고백한 귀족들도 사정은 마찬가지였다. 그중 대부분은 졸업하고 나서 얼마 후에는 정략결혼을 할 것이다. 그러니까 학교에 있는 동안에라도 연애를 즐기고 싶어 하는 것이다.

물론 그 모든 것은 어차피 어둠의 세계를 모르는 자들의 장난질에 불과하지만.

그러나 나는 그 장난질에 몹으로서 참가해야 할 의무가 있었다. 게임 벌칙으로 이 학교의 아이돌에게 고백해서 뻥 차이는 것. 그야말로 몹다운 이벤트. 이 이벤트를 몹답게 소화해냄으로써 나는 내가 생각한 최고의 몹이 될 수 있을 테고, 그것은 『어둠의 실력자』라는 목표를 향해 한 걸음 더 다가가는 행위가 될 것이다.

오늘 이 순간을 위해 나는 밤잠을 설치며 고민했다. 어떻게 하면, 어떻게 고백하면…… 가장 몹다운 고백을 할 수 있을 것인가.
단어 선택은 물론이고 발음과 음정, 비브라토 적용 방식까지 밤새도록 연구해서 마침내 최강 몹 고백을 습득했고, 오늘 나는 이 결전의 장소에 오게 되었다.

결전.

그렇다. 몹에게 이것은 일대 결전이다. 『어둠의 실력자』에게는 『어둠의 실력자』의 싸움이 있고, 몹에게는 몹의 싸움이 있다. 그렇다면 나는 지금 이 순간 한 명의 몹으로서 최선을 다해야 할 것이다.
나는 속으로 결의를 다지고 앞을 보았다.
알렉시아 왕녀…… 새침한 표정으로 서 있지만, 내가 지금 진심으로 검을 뽑아 휘두르면 순식간에 네 머리와 몸통을 분리해 놓을 수 있다. 너는 어차피 그 정도 인간인 것이다.
그러니까 눈 크게 뜨고 잘 봐라.
이것이 세상에서 가장 몹다운 고백이다!
"아, 아, 아…… 알렉시아, 왕뇨."
'아, 아, 아'에서 스타카토로 딱 끊고…… 비브라토, 그리고 '알렉시아'의 음정은 위아래로 널뛰기를 하고, '왕뇨'로 진실성 넘치는 발음을 보여줬다.

"다, 당신을, 좋아해요……!"
내 시선은 알렉시아 왕녀를 피해 바닥 위에서 이리저리 맴돌았고, 무릎은 희미하게 바들바들 떨렸다.
"저, 저, 저와, 사귀어주제요……?"
대사는 너무 평범해서 재미없을 정도로 왕도를 걷는데, 또 발음, 음정, 매끄러움은 정석에서 벗어나 엉망진창이고, 막판에는 기어 들어가는 대사 끝부분을 의문형으로 만듦으로써 소심한 태도를 최대한 보여준다.
좋아, 완벽해……!
이게 바로 내가 추구한 몹 A의 모습이다. 만족스러워. 난 만족했어!
"그래, 잘 부탁할게."
"응?"
만족했으니까 이제 그만 돌아가야지 했던 나의 귀에 환청이 들렸다.
"저기, 방금 뭐라고 했어?"
"그러니까…… 앞으로 잘 부탁한다고."
"으, 응."
뭔가 이상하다.
"이, 일단, 같이 돌아갈까?"
나는 알렉시아 왕녀와 함께 기숙사로 돌아왔다. 그리고 "내일 봐" 하고 훈훈하게 헤어진 다음에 내 방으로 돌아와서 침대 위에 털썩 엎어져 베개에 머리를 묻고 소리를 꽥 질렀다.

"왜 갑자기 러브 코미디 주인공 루트에 돌입한 거야아아아아아아아아아아아아아아아아아앗?!"

"너무 이상하잖아?!"

"이상해."

"이상하네요."

다음 날 점심시간. 나는 식당에서 몹 친구 두 명에게 어제 그 사건을 이야기했다. 그 결과 세 사람의 견해는 일치했다. 아무리 생각해봐도 이상했다.

"솔직히 말해서 네가 알렉시아 왕녀와 사귈 수 있을 만한 스펙은 아니잖아? 나조차도 쉽지 않은걸."

효로라는 친구가 그렇게 말했다. 가리 남작가의 차남. 늘씬하고 패션에 신경 쓰는 타입인데 센스는 별로였다. 멀리서 보면 느낌상 훈남처럼 보이지 않는 것도 아니었다. 아니, 역시 그건 아닌가.

이 효로 가리란 녀석도 실은 당연히 알렉시아 왕녀와 사귈 만한 스펙의 소유자는 아니었다. 왜냐하면 내가 인정한 몹 친구니까.

"시드 군이 사귈 수 있을 정도면 저도 성공했을지도 모르겠네요. 아~ 제가 고백할걸 그랬어요."

쟈가란 친구가 말했다. 그는 이모 남작가의 차남이다. 작고 좀 투박하게 생긴 소년. 야구부에 한 명쯤은 있을 법한 감자처럼 촌스럽게 생긴 녀석이다. 멀리서 봐도 가까이서 봐도 어떤 각도에서 봐도 훈남 카테고리에도 못 들어가는 인재.

당연히 이 녀석도 알렉시아 왕녀와는 전혀 어울리지 않는 순혈 몹이다.

아, 참고로 내 이름은 시드다. 시드 카게노. 이 이름일 때에는 나도 순혈 몹이다.

"저기, 실제로는 기뻐할 만한 일도 아니야. 뭔가 속셈이 있어 보여서 무서운걸. 애초에 우리는 사는 세계가 다르기도 하고."

"맞아. 너한테는 나 같은 기량도 없잖아. 기껏해야 일주일쯤 버티려나?"

"아마 사흘 정도일 겁니다. 주위를 한번 보세요."

쟈가의 말을 듣고 주위를 살펴봤더니, 식당에 있는 사람들이 힐끔힐끔 나를 보면서 자기들끼리 쑥덕거리고 있었다.

"저기 봐, 쟤가……."

"와, 말도 안 돼! 너무 평범해 보이는데……."

"무슨 오해가 있는 게……."

"어? 은근히 내 타입……."

"진심이야?!"

어쩌고저쩌고.

"약점 잡고 협박했다나 봐……. 효로 가리란 녀석이 그랬어."

"진짜? 젠장, 저놈 확 죽여버릴……."

"연습 도중에 사고인 것처럼 꾸며서……."

"남자라면 당연히 여기서 용감하게 나서야……."

이러쿵저러쿵.

나는 귀가 밝아서 그런 이야기를 거의 다 알아들었다. 일단 효로 가리를 쏘아봤다.

"응? 왜?"

"아니. 그냥."

몹의 우정은 덧없고 약한 것이었다.

"그나저나 진짜로 어쩌지? 고백하자마자 내가 먼저 헤어지자고 말하는 것도 이상하잖아."

왕녀를 찬다는 것은 몹답지 않은 행동이다. 애초에 사귀기 시작한 시점에서 몹답지 않은 거지만.

"뭐 어때? 그냥 사귀어. 잘하면 멋진 추억을 만들 수 있을지도 모르잖아?"

효로가 히죽히죽 웃으며 말했다.

"맞아요. 뭔가 문제가 있어도 일단 왕녀와 사귈 수 있는 거잖아요. 장해가 좀 있다고 겁먹고 물러나는 것은 아까운 짓이에요."

"음, 하지만 그럴 수는 없는데……."

이러는 사이에도 나에 관한 소문이 점점 퍼져서 평범한 몹 A의 이미지가 사라져버리고 있었다.

"그나저나 일이 이렇게 됐으니, 게임 벌칙 이야기는 숨겨야겠네요.”

쟈가가 말했다.

“응. 들켰다간 상황이 복잡해질 거야. 그러니까 잘 부탁한다. 특히 효로, 너. 알았지?”

“뭐? 왜 그래~, 난 비밀은 지키거든?”

“저도 당연히 비밀은 지킬 겁니다.”

“그래. 진짜로 잘 부탁한다.”

나는 한숨을 쉬고 음식에 손을 댔다. 오늘의 정식, 980제니, 가난뱅이 귀족 코스. 빨리 먹어치우고 이 불편한 식당에서 나가버려야지.

그런데 그때.

맞은편 자리에 오늘의 정식, 10만 제니, 대부호 귀족 코스가 출현했다. 하녀들이 솜씨 좋게 그 음식을 차려놨다.

이어서.

“여기 앉아도 돼?”

알렉시아 왕녀가 등장했다. 응, 그럴 줄 알았어. 그래서 빨리 먹으려고 했는데.

“무, 무무무무무, 물론이죠!”

“이, 이이이이, 이런 곳도 괜찮으시다면, 부디 앉아주세요!”

효로와 쟈가의 소심함이 넘치는 대응. 좀 전까지는 “나도 사귈 수 있다!” 하고 호언장담하던 남자들의 태도가 이렇단 말이지. 그래, 역시 너희들은 내가 인정한 순혈 몹이야.

“앉고 싶으면 앉아도 돼.”

내 대답을 기다리는 알렉시아 왕녀에게 그렇게 말했다.

"알았어."

왕녀가 자리에 앉았다.

"오늘 날씨가 좋네."

일단 날씨 이야기라도 하면 어떻게든 되겠지. 그런 나의 태도.

"그러게."

무난한 대화가 이어졌다.

왕녀는 아름다운 몸짓으로 호화로운 점심을 먹기 시작했다. 역시 왕녀는 매너가 좋구나. 하긴, 하급 귀족은 따지고 보면 평민보다 아주 조금 나은 수준이니까.

"대부호 귀족 코스는 양이 너무 많지 않아?"

"맞아. 그래서 늘 남겨."

"아깝다."

"실은 좀 더 급이 낮은 코스여도 상관없지만, 내가 이 코스를 주문하지 않으면 다른 사람들이 주문하기가 어려워지거든."

"아, 그렇구나. 그거 다 못 먹으면 내가 먹어도 돼?"

"먹어도 되긴 되는데……."

"아, 매너? 그런 건 신경 쓸 필요 없어. 어차피 여기는 하급 귀족 자리니까."

나는 망설이는 알렉시아한테서 메인 요리인 고기를 강탈해서, 상대가 뭐라고 하기도 전에 입에 쏙 집어넣었다.

오. 맛있다.

"앗……."

"생선도 먹을게."

"잠깐……!"

와~ 오늘은 운이 좋네. 네 덕분에 내 위장이 굉장히 행복해졌어. 이처럼 어제부터 나는 일관적으로 알렉시아를 무성의하게 대하고 있었다.

왜냐하면.

『빨리 나를 뻥 차버려!』라는 작전을 수행하는 중이기 때문이다.

"휴…… 그래, 마음대로 해."

"잘 먹었어. 그럼 다음에 봐."

"잠깐만!"

먹을 것만 챙겨 먹고 자연스럽게 떠나간다는 계획은 실패했다. 나는 어쩔 수 없이 자리에 앉았다.

"너 말이야. 오늘 오후 실기 수업은 왕도 무신류지?"

"어, 맞아."

이 학교의 수업은 오전 기초 수업과 오후 실기 수업으로 나뉜다. 기초 수업은 반별로 진행되고, 실기 수업은 선택형이어서 다양한 반과 학년이 한꺼번에 뒤섞여 진행된다. 수많은 무기 유파 중에서 자신에게 맞는 수업을 선택하는 것이다.

"나도 왕도 무신류야. 그러니까 수업 같이 듣자."

"아니, 그건 불가능하잖아. 알렉시아는 1부니까. 난 9부고."

무신류는 상당히 인기 있는 수업이라서 정원이 50명인 부가 무려 9부까지 있었다. 1부부터 9부까지는 실력별로 나뉘는데, 나는 우선 상황을 좀 보려고 9부에 들어갔다. 최종적으로는 5부에 안착하는 것이 잠정 목표다.

“괜찮아. 내가 추천해서 1부에 네 자리를 만들어놨으니까.”

“전혀 괜찮지 않잖아. 나도 다 알아.”

“그럼 내가 9부로 갈까?”

“하지 마. 내 입장이 난처해지잖아.”

“양자택일이야. 선택해.”

“싫어.”

“왕녀의 명령이야.”

“네네, 1부로 갈게요.”

그렇게 나의 점심식사는 끝났다. 효로와 쟈가는 끝까지 꿔다놓은 보릿자루 역할을 했다.

“와, 넓다…….”

왕도 무신류 1부 교실에 들어가자마자 저절로 그런 말이 튀어나왔다. 그것은 마치 거대한 체육관 같았다. 당연히 탈의실, 욕실, 간이식당 외 다양한 시설이 완비되어 있었고, 문은 하녀가 직접 열어주는 인력 자동문이었다.

참고로 9부는 비가 오나 바람이 부나 항상 실외에서 수업을 받는다. 문이 없으므로 하녀도 필요 없다.

나는 주목받지 않게 주의하면서 재빨리 옷을 갈아입고 한구석에서 알렉시아를 기다렸다.

잠시 후.

"가볍게 몸이나 풀까?"

그러면서 무신류 도복으로 갈아입은 알렉시아가 등장했다. 여성용 도복은 옆트임이 심한 스커트 형태였다. 밋밋한 치파오와 비슷한 이미지랄까. 색깔은 검정. 무신류는 색깔별로 실력이 나뉘는데, 검은색이 최상급이고 흰색이 최하급이다.

당연히 나는 흰색. 이 교실에 딱 하나밖에 없는 흰색. 미친 듯이 눈에 띈다.

나는 적의와 호기심이 7:3의 비율로 섞인 주위의 시선을 무시하고 가볍게 동적 스트레칭을 했다.

"흥미롭네."

그러면서 내 동작을 따라하는 알렉시아.

이 세계에서도 운동하기 전에 몸을 푸는 것이 좋다는 사실은 널리 알려져 있는데, 몸 푸는 방법은 아직 확립되지 않아서 다들 독자적인 방식으로 몸을 풀었다. 정식 스포츠를 하면서 스트레칭의 중요성을 무시하는 녀석은 언젠가 반드시 몸이 망가진다. 이 세계에서는 마력으로 그걸 어떻게든 해결하는 모양인데, 그래도 그것은 퍼포먼스에 영향을 미친다.

그 점에서 알렉시아는 비교적 자기만의 확고한 철학이 있어서 마음에 들었다. 나는 전투라는 분야에 관해서는 나만의 완벽한 철학이 있으니까. *서해안에서 마시는 익숙한 맛에도 뒤지지 않을 거라고 자부한다.

뭐, 그러는 사이에 수업이 시작됐다.

"오늘부터는 새로운 친구가 수업에 참가하게 됐다."

담당 선생님이 그렇게 나를 소개해줬다.

"시드 카게노입니다. 앞으로 잘 부탁드립니다."

그러자 주위의 시선이 나에게 꽂혔다. 전혀 나를 친구라고 생각하지 않는 시선이었다.

오. 과연 1부는 굉장하군. 주위를 둘러보니 중요 인물들이 널려 있었다. 저기 저 미남은 공작가의 차남이고, 저기 저 미녀는 현역 마검 기사단장의 딸이고, 또 담당 선생님은 놀랍게도 이 나라의 검술 교관이었다. 그것도 아직 28세밖에 안 된 금발 미남이었다.

"다들 사이좋게 지내라."

그리하여 훈련이 시작됐다.

명상 마력 제어부터 시작해서 검 휘두르기 연습 같은 기초적인 훈련이 이어졌다.

좋아, 좋아. 기본은 중요하지. 9부에서는 검 휘두르기 연습을 조금만 해도 금방 칼싸움이 벌어진다. 역시 강한 사람은 기본을 중시하는구나. 주위의 레벨도 높고. 이 정도면 순수하게 좋은 환경이라고 말할 수 있으리라.

그리고 제일 중요한 점은 이 왕도 무신류라는 검술이 매우 합

*"서해안에서 마시는 익숙한 맛" : 은 어느 일본인이 일본에 진출한 미국 커피 전문점 블루보틀을 평가하면서 했던 말. '자기만의 철학과 감성에 흠뻑 취한 태도'를 가리킨다

리적이라는 것이었다. 연습에 참가해도 괴롭지 않다는 것은 아주 멋진 일이었다.

"너는 왕도 무신류를 좋아하니?"

잘생긴 금발 담당 선생님이 나에게 말을 걸었다. 이름이 아마 제논 그리피라고 했나.

"그래 보이나요?"

"응. 즐거워 보여."

"그럴지도 모르겠네요."

내 대답에 제논 선생님은 상쾌한 미소를 지었다.

"왕도 무신류는 알다시피 무신류에서 분열되어 생겨난 아직 젊은 유파야. 전통적인 무신류, 혁신적인 왕도 무신류. 처음에는 주위의 시선이 곱지 않았지만, 아이리스 왕녀님 덕분에 지금은 이 나라에서 무신류 다음가는 유파라는 말까지 듣게 되었지."

"선생님도 왕도 무신류의 발전에 기여한 검사 중 한 명이시라고 들었는데요."

"아이리스 왕녀님에 비하면 내 공적은 별것 아니지만. 그래도 나는 왕도 무신류를 내가 성장시켰다고 생각해. 그러니까 네가 왕도 무신류를 좋아한다면, 나도 기쁠 거야. 미안하구나. 연습을 방해해서."

그러더니 제논 선생님은 다른 학생을 돌봐주러 갔다. 나도 그의 심정은 십분 이해할 수 있었다. 나는 알파를 비롯한 부하들이 내 방식대로 검을 휘두르는 장면을 보는 것이 좋았다. 내 검술은 내가 직접 만든 것이고, 타인이 그 방식을 인정해서 그렇게 검을 휘둘러주는 것은 각별한 기쁨이었다.

"무슨 이야기를 한 거야?"

알렉시아가 질문했다.

"왕도 무신류에 관한 이야기."

"흠, 그렇구나. 다음은 매스니까 나와 한 팀이 될래?"

매스는 가벼운 실전 형식의 대련이다. 서로 공격을 상대에게 명중시키지 않고, 기량 및 응수, 흐름을 확인하는 행위라고나 할까.

"실력 차이가 너무 많이 나지 않아?"

"괜찮아."

그리하여 우리는 목검을 들고 서로 때리게 되었다.

내가 검을 휘두르면 알렉시아가 대처한다.

반대로 알렉시아가 공격하면 내가 대처한다.

공격은 명중하지 않고 움직임도 느릿느릿했다. 마력도 거의 사용하지 않았다. 주위에서는 마력을 마구 남발하면서 꽤 격렬한 싸움을 벌이는 팀도 있었지만, 알렉시아는 의외로 나에게 잘 맞춰주는 것 같았다.

아니, 나에게 맞춰주는 것이 아니라…… 평소와 똑같이 하는 것일지도 모른다. 매스는 어디까지나 기량을 확인하는 행위이므로 속도나 파워 따위는 필요 없다. 알렉시아는 이 대련의 목적을 잘 알고 있는 것이었다.

그것은 알렉시아의 검술을 보면 알 수 있었다. 언니인 아이리스 왕녀의 실력은 모두가 찬양하는 가운데 왕국 전체에 널리 알려져 있었다. 천재, 귀재, 이제는 심지어 왕국 최강이란 소리까지 들을 정도였다.

그에 비해 동생인 알렉시아의 평판은 그다지 좋지 않았다. 마력은 가지고 있고, 바른 검술도 익혔다. 다만 아이리스 왕녀보다는 크게 뒤떨어진다. 그것이 알렉시아 왕녀에 대한 세상 사람들의 평가였다.

그러나 이렇게 대치해보니 알렉시아의 검술은 충분히 훌륭했다. 기본이 충실하고 기초가 튼튼한 검술. 단지 수수할 뿐.

그래. 수수했다. 하지만 이 수수함은 노력의 결정체였다. 군더더기 없이 잘 정제된 그 모습은 그동안 기초를 하나하나 잘 쌓아올렸다는 증거일 것이다.

델타. 너도 좀 본받아라.

나는 나로선 용납하기 어려운 검술을 사용하는 수인 소녀에게 속으로 그렇게 말했다.

"훌륭한 검술이네."

알렉시아가 말했다.

"칭찬 고마워."

"하지만 마음에 안 드는 검술이야."

칭찬해줬다가 후려치는 스타일이군.

"나 자신을 보는 것 같아. 이제 그만 끝내자."

알렉시아는 그렇게 말하고 뒷정리를 시작했다. 수업이 끝난 것이다.

나는 사람들 대부분의 예상을 깨고 이 수업을 무사히 끝까지 소화해낸 것 같았다. 재빨리 정리를 하고, 옷을 갈아입고, 전력 질주를 해서 기숙사로 돌아…….

"거기 서."

가지 못했다.

나는 알렉시아에게 덜미를 잡혀 끌려갔다.

"그것이 너의 대답이니?"

어째서인지 내 눈앞에 제논 선생님이 계셨다.

"네. 저는 이 사람과 사귀기로 했으니까요."

"계속 그런 식으로 도망칠 수는 없을 거야."

제논 선생님이 엄한 눈빛으로 말했다.

"어른의 사정을 어린아이가 알 리 없잖아요?"

호호호 웃는 알렉시아.

나는 이 상황을 보고 대충 눈치챘다. 알렉시아가 나를 이곳으로 데려온 이유도, 또 나와 사귀기로 결심한 이유도. 제발 부탁이니 나를 끌어들이지 말아줘. 나는 그렇게 기도하면서 존재감을 지운 채 두 사람의 주연급 이벤트를 지켜보고 있었다.

"알렉시아. 요컨대 제논 선생님은 너의 혼약자이고, 나는 그를 견제하기 위한 대항마인 거지?"

나는 방과 후 교사 뒤편에서 알렉시아와 대치하고 있었다.

"혼약자가 아니야. 혼약자 후보야."

알렉시아는 천연덕스러운 얼굴로 말했다.

"그게 그거니까 상관없잖아."

"아니, 전혀 달라. 아직 정해지지도 않았는데 억지로 이야기를 진행시키려고 해서 난처해하던 참이었어."

"그거야말로 나하고는 상관없는 이야기네. 미안하지만 나는 너희들 사정에 휘말리고 싶지 않아."

"어머, 애인에게 너무 차갑게 구는 거 아냐?"

"애인이라니? 넌 그냥 편리한 대항마를 원했던 거잖아?"

"응, 맞아. 하지만 그건 너도 마찬가지잖아."

알렉시아는 야릇한 미소를 지었다.

"마찬가지라고? 그게 무슨 소리야?"

"어머, 시치미 떼는 거야? 게임에 진 벌칙으로 고백한 시드 카게노 군."

알렉시아의 미소가 한층 더 짙어졌다.

오케이, 알았어. 잠깐만. 진정하자.

"너무해. 소녀의 순정을 가지고 놀다니."

훌쩍훌쩍. 소녀의 순정과는 전혀 거리가 먼 여자가 우는 척하면서 말했다.

괜찮아. 난 지금 냉정해.

"무슨 말인지 도통 모르겠는데. 뭔가 증거라도 있어?"

그래, 증거. 이 여자가 아무리 의심하더라도, 그 두 사람이 나를 배신하지만 않으면 증거는…….

"이름이 쟈가 군이랬나? 내가 말을 걸었더니 새빨개진 얼굴로 이것저것 술술 털어놓던걸. 내가 물어보지 않은 것까지 전부다. 참 좋은 친구네?"

나는 머릿속에서 쟈가를 퍽퍽 두들겨 패서 매시트포테이토로 만들어 버림으로써 정신적 평정을 유지할 수 있었다.

"너 괜찮니? 빰이 마구 뒤틀리고 있는데."

"괜찮아. 난 원래 성격이 뒤틀린 놈이라 입도 뒤틀리는 거야."

"아하, 그래. 이해했어."

"물론 너보다는 낫지만."

"응? 방금 뭐라고 했니?"

"아냐. 그래서 네가 원하는 게 뭐야……?"

나는 패배를 인정했다. 패인은 친구를 잘못 사귄 것이다.

"음, 글쎄……."

알렉시아는 팔짱을 끼고 교사 벽에 기대어 섰다.

"일단 계속해서 애인인 척해줄래? 기한은 그 남자가 포기할 때까지."

"나는 한낱 남작가 출신이야. 솔직히 말해서 대항마가 되기에는 역부족이야."

"나도 알아. 시간만 벌면 돼. 뒷일은 내가 알아서 할게."

"그리고 위험한 일은 사양하고 싶어. 상대는 검술 교관이잖아. 무슨 일이 생기면 나로선 대처할 방법이 없어."

"흥, 꼬치꼬치 따지는 것도 많네."

알렉시아는 그렇게 말하더니 주머니에서 금화를 꺼내 확 뿌렸다.

"주워."

한 닢이 10만 제니. 그것이 적어도 열 닢은 있었다.

"흥. 내가 돈에 넘어갈 남자처럼 보여?"

나는 바닥에 납작 엎드려 금화를 한 닢 한 닢 정성껏 주우면서 말했다.

"응, 그래 보여."

"정답이야."

열한 닢, 열두 닢, 열세 닢…… 앗, 하나 더 있다!

마지막 한 닢으로 손을 뻗었다. 그때 알렉시아의 로퍼가 내 눈 앞에서 금화를 콱 밟았다.

나는 알렉시아를 쳐다봤다. 알렉시아의 붉은 눈동자가 나를 내려다봤다. 플리츠스커트 안이 보였다.

"내 말 잘 들을 거지?"

알렉시아가 사악한 성격이 드러나는 미소를 지으며 말했다.

"물론이죠."

나는 만면에 미소를 머금고 대답했다.

"좋아. 착하다, 멍멍이야."

알렉시아는 내 머리를 톡톡 치더니 짧은 스커트를 휘날리면서 사라져갔다.

나는 알렉시아의 발자국이 남아 있는 금화를 꼼꼼히 닦아 주머니 속에 넣었다.

나는 이 학교에 입학한 다음에도 수면시간을 아껴가면서 수행을 계속해왔는데, 알렉시아와 가짜 연인 사이가 되고 나서는 그 시간이 줄어들었다.

“따라와.”

그 한마디에 나는 꼭두새벽부터 왕도 무신류 1부 교실로 끌려오게 되었다.

넓은 교실에는 우리 둘밖에 없었다. 아침 햇살이 스며드는 가운데 고요한 정적이 흘렀다.

새벽 훈련.

알렉시아는 열심히 검을 휘둘렀다. 나도 그 옆에서 검을 휘둘렀다.

알렉시아는 검에 대해서는 진지하다. 오직 그 점에 관해서만은 나도 싫어하지 않았다.

둘이서 대화는 하지 않았다. 묵묵히 검만 휘둘렀다. 그 시간은 나로선 드물게도 고통스럽지 않은 시간이었다.

“너의 검술은 신기하구나.”

알렉시아가 말했다.

“기초는 잡혀 있어. 단지 그뿐이고, 그 외에 특별한 점은 하나도 없는데.”

알렉시아는 거기서 잠깐 말을 끊었다.

나는 당연히 힘도 속도도 마력도 기량도 뭐든지 다 억제하고 검을 휘두르고 있었다. 그러니까 남은 것은 기초밖에 없는 것이다.

“그런데 왠지 눈길이 가.”

“칭찬 고마워.”

밖에서 작은 새들이 지저귀는 소리가 들렸다. 아름다운 그 소리는 노래하는 것이 아니라 실은 영역 다툼을 하는 소리였다. 티격태격 싸우는 것이다.

“그래도 역시 마음에 안 드는 검술이야.”

알렉시아는 그렇게 말했다. 그 후 우리는 한마디도 하지 않고 검을 휘둘렀다.

그로부터 2주일 동안 나는 그럭저럭 어떻게든 알렉시아의 애인 노릇을 해왔다. 가끔 다른 학생들이 나를 괴롭히기는 해도 그 정도는 충분히 참을 만했다. 아무튼 제논 선생님이 나를 직접 두들겨 패거나, 충동적이고 폭력적인 수단을 사용하지는 않아서 일단 안심이 됐다.

제논 선생님은 수업 시간에 나와 알렉시아를 평소처럼 친절하게 지도해줬다. 전처럼 가볍게 말을 걸지는 않아도, 공사를 구분할 줄 아는 어른으로서 적절하게 대해주고 있다는 생각이 들었다.

그에 비해 이 녀석은.

"그 남자, 짜증나지 않아? 검 좀 다룰 줄 안다고 잘난 척하잖아."

남들 앞에서는 내숭을 떨면서도 뒤에서는 그렇게 온갖 폭언을 퍼부어댔다.

"네, 네. 그렇죠."

나는 동의만 하는 로봇이었다. 반론해봤자 시간낭비라는 것은 알고 있었다.

"멍멍이야, 너도 봤지? 그 수상한 미소."

"네, 네. 봤지요."

요새 우리는 수업을 마치고 돌아갈 때 살짝 빙 돌아서 인적 없는 숲길을 따라 기숙사로 돌아가는 것이 습관이 되었다. 그동안에 나는 쭉 알렉시아의 이야기에 동의만 한다. 그 내용은 10퍼센트도 이해하지 못한 채.

우리는 황혼이 드리운 숲길을 천천히 걸어갔다. 평범하게 걸으면 10여 분 만에 통과할 길을 보통 30분 넘게 걸었다. 그러다가 날이 저물어 별까지 본 적도 있지만 어쩌겠어, 참아야지. 그냥 벽 보고 이야기하면 안 돼? 하는 생각이 든 적도 있지만 그래도 계속 참아야지.

참자, 참자. 무조건 참자. 하지만 이쯤 되니 나도 한마디 하고 싫어졌다.

"어, 저기. 궁금한 게 있는데."

"뭔데? 멍멍이야."

알렉시아가 제 마음에 드는 그루터기에 걸터앉아 다리를 꼬았다.

야, 앉지 말고 빨리 걸어. 그 말은 차마 하지 못하고, 나도 어쩔 수 없이 그 옆에 앉았다.

"제논 선생님의 어디가 그렇게 마음에 안 드는 거야? 객관적으로 봤을 때에는 상당히 괜찮은 결혼 상대인 것 같은데."

"뭐야. 여태 내 이야기 안 들었어?"

알렉시아는 약간 불쾌해하면서 말했다.

"전부 다 문제야. 그 녀석의 존재 자체가 싫다고."

"왜? 잘생긴 검술 교관으로서 지위도 명예도 돈도 다 가지고 있고, 덤으로 공사 구분도 잘하는 좋은 사람처럼 보이던데. 실제로 여자들한테 인기도 많고."

내 말에 알렉시아는 코웃음을 쳤다.

"겉보기에는 그렇지. 겉모습은 얼마든지 꾸며낼 수 있어. 마치 나처럼."

"아하. 그래, 설득력 있는 말이네."

그러고 보니 알렉시아도 인기가 많았다. 속이 메스꺼워질 정도로 엄청난 내숭을 떨고 있으니까.

"그래서 나는 사람을 겉모습만 보고 판단하지는 않아."

"그럼 뭘 보고 판단해?"

"결점."

알렉시아는 의기양양하게 말했다.

"부정적인 판단 방식이네. 너한테 잘 어울린다."

"그래? 고마워. 참고로 너는 그럴듯한 장점도 없는 결점투성이 인간이지만, 난 그런 네가 싫지 않아."

"고마워. 이렇게 달갑지 않은 칭찬은 처음 들어봤어."

그러자 알렉시아는 쓴웃음을 지었다.

"너는 투명한 쓰레기라서 마음에 들어. 그렇기 때문에 그 남자가 싫은 거고."

"어, 그래서 제논 선생님의 결점은 뭔데?"

"내가 아는 한 결점은 없어."

"진짜 완벽한 인간이네."

"그게 문제야. 원래 결점이 없는 인간은 없어. 만약에 있다면, 그 사람은 순 거짓말쟁이거나 미친놈이거나 둘 중 하나야."

"아하, 그래. 독단과 편견으로 가득 찬 대답을 해주셔서 고맙습니다."

"천만에요. 결점투성이 멍멍이 씨. 자~ 가서 물어 와~!"

알렉시아가 금화 한 닢을 던졌다. 나는 전속력으로 뛰어가서 그것을 잡았다.

와, 10만 제니다!

나는 금화를 주머니에 넣었다. 그리고 손뼉 치며 기뻐하는 알렉시아 곁으로 돌아왔다.

"옳지, 잘했어~."

알렉시아가 내 머리를 쓰다듬었다. 참자.

"하하, 싫어하네. 싫지?"

거칠게 쓰다듬는 손길을 느끼면서 나는 새삼스레 생각했다. 이 녀석은 멀쩡한 인간이 아니라고.

"네 생각. 얼굴에 다 드러나고 있거든?"

"일부러 드러내고 있는 거야."

알렉시아가 후후 웃더니 몸을 일으켰다.

"자, 돌아가자."

"네네."

"멍멍이야, 내일은 내가 반드시 그 짜증나는 인간의 얼굴을 목검으로 후려칠 거야. 두고 봐."

알렉시아의 그 말에 나는 갑자기 궁금해졌다.

"저기, 너 그거 진지하게 하는 거야?"

"……무슨 뜻이야?"

알렉시아가 고개를 돌려 나를 똑바로 바라봤다.

내가 쓸데없는 질문을 던진 게 틀림없었다. 그러나 나에게 그것은 무시하고 넘어갈 수 없는 문제였다.

"물론 제논 선생님은 너보다 실력이 좋긴 해. 하지만 내가 보기에는, 네가 그렇게 일방적으로 당하기만 할 정도로 실력 차이가 심하지는 않은 것 같은데."

나는 알렉시아의 검술을 좋아한다. 날마다 한 발 한 발 나아가면서 꾸준히 발전시켜온 검술이니까. 그런데 막상 진지하게 싸울 때에는 알렉시아의 검술에 쓸데없는 요소가 끼어든다. 나는 내가 인정한 검술에 그런 불순물이 섞여드는 게 싫었다.
"말을 참 쉽게 하네. 흰옷 주제에."
"맞아, 흰옷의 헛소리야. 네가 진지하게 받아들일 필요는 없어."
"좋아, 가르쳐줄게. 그것은 네 생각만큼 단순한 일이 아니야."
"그래?"
"나는 재능이 없어. 타고난 마력은 풍부하고, 스스로 노력도 했다고 생각해. 나 자신이 그럭저럭 강하다고 생각하기도 하고. 하지만 그래 봤자 진짜 천재에게는 결코 이기지 못해."
"그런가?"
"나는 지금까지 항상 아이리스 언니와 비교를 당했어. 주위 사람들의 기대도 있었지만, 무엇보다도 나 자신이 아이리스 언니를 존경하면서 언젠가 따라잡고 싶다고 생각했었어. 하지만 나는 아이리스 언니처럼 되지는 못했어. 처음부터 가진 것 자체가 전적으로 달랐거든. 그래서 나는 내 나름대로 궁리해서 강해지려고 했어. 그 결과 사람들이 내 검술을 뭐라고 부르게 됐는지, 너도 알지?"
아이리스와 알렉시아 자매의 검술을 비교할 때에는 십중팔구 등장하는 단어가 있었다.
"범재의 검술."
"맞아. 참고로 너도 나와 같은 범재의 검술이야. 아쉽게 됐네."
알렉시아는 한쪽 뺨만 일그러뜨리며 웃었다.
"아쉽진 않은데. 그리고 난 너의 검술을 좋아해."
내 말에 알렉시아는 한순간 숨을 들이켜더니 곧 날카롭게 쏘아봤다.
"옛날에 똑같은 말을 들은 적이 있어. 무신제 무대에서 형편없이 패배한 나에게 아이리스 언니가 그런 말을 했었지. '나는 알렉시아의 검술을 좋아해'라고."
뒤틀린 입술로 그 목소리를 흉내 내는 알렉시아.
"그 사람은 내 심정을 이해하지 못할 거야. 그때 내가 얼마나 비참했었는지. 나는 그날 이후로 내 검술이 너무너무 싫어졌어."
알렉시아는 웃었다. 그것이 어떤 웃음인지 나로선 알 수 없었지만, 적어도 즐거운 웃음처럼 보이진 않았다.
나는 꼭 해야 할 말이 있었다. 그 말을 하지 않으면, 나는 나 자신을 부정하게 될 것이다.
"나는 적당주의자야. 이 세상의 어두운 그늘에서 불행한 사건이 터져서 100만 명이 죽어 나가도 그다지 관심이 안 가고, 네가 갑자기 미쳐버려서 무차별 길거리 살인마가 되어도 신경 쓰지 않을 거야."
"내가 미치면 맨 먼저 너부터 베어줄게."
"그러나 내가 신경 쓰는 것도 있어. 그것은 딴 사람들에게는 별것 아닌 일일지 몰라도, 내 인생에서는 그 무엇보다도 중요한 거야. 난 내가 중요하게 여기는 극소수의 대상을 지키면서 살아가고 있어. 그러니까 지금부터 내가 하는 말은, 거짓 없는 진심이야."
딱 한마디만 했다.
"나는 알렉시아의 검술을 좋아해."

잠시 침묵이 흐른 뒤. 알렉시아가 대꾸했다.

"그 말에 무슨 의미가 있니?"

"없어. 다만 무슨 의미가 있다면, 내가 좋아하는 대상을 남이 부정하면 화가 난다. 뭐, 그런 걸 거야."

"그렇구나."

알렉시아는 몸을 돌리더니.

"오늘은 혼자 갈래."

떠나갔다.

"이렇게 셋이서 밥 먹는 것도 오랜만이네요."

배신자 쟈가가 말했다.

"맞아, 이 녀석이 만날 왕녀님하고 같이 먹었잖아."

효로가 말했다.

"그건 불가항력이었어."

내가 말했다.

우리는 오랜만에 셋이서 식당에 와 있었다. 웬일로 알렉시아는 여기 없었다.

"시드 군, 이제 그만 화 풀어요."

"그래그래, 남자가 사소한 일로 계속 꽁해 있으면 안 돼."

“오늘의 정식 980제니 가난뱅이 귀족 코스도 사줬잖아요, 네?”
“맞아, 밥 사줬잖아. 너도 이제 옛날 일은 잊어버려.”
“알았다니까.”
나는 한숨을 푹 내쉬었다.
“좋아! 사나이라면 응당 그래야지.”
“시드 군. 고마워요.”
“그래그래.”
“어, 그래서. 진도는 어디까지 나갔어?”
효로가 소리를 낮춰 물어봤다.
“무슨 소리야?”
“에이, 알잖아? 그거. 알렉시아 왕녀와의 그거 말이야. 2주일 동안 사귀었으니까 조금은 그것도 했을 거 아냐?”
자꾸 ‘그것’만 연호하는 멍청한 대화였다.
“아무 일 없었어. 있을 리 없잖아?”
“우와~ 너 진짜 한심한 겁쟁이구나. 나 같으면 벌써 끝까지 갔을 텐데.”
“맞아요. 저도 최소한 뽀뽀는 했을 거예요.”
“아니, 우리는 그런 관계가 아니라니까?”
나는 대충 대답하면서 식사를 계속했다. 그런데 그때.
“저기, 이야기 좀 해도 될까?”
금발 미남인 제논 선생님이 등장하셨다.
“네, 물론이죠!”
“물론 되고말고요!”

두 사람은 그렇게 말하더니 병풍이 되었다.

"저한테 볼일 있으세요?"

나는 약간 경계하면서 대꾸했다. 알렉시아가 없을 때 상대가 무슨 짓을 할지도 모르니까 일단 경계한 것이다.

"응. 혹시 너도 그 이야기 들었니? 알렉시아 왕녀가 어제 기숙사에 돌아오지 않았어."

당연히 처음 듣는 이야기였다. 글쎄, 아마도 자아 탐구 여행을 떠난 게 아닐까? 그럴 만한 나이니까.

"그래서 오늘 아침부터 수색해봤는데. 이것을 찾아냈어."

제논 선생님이 뭔가를 꺼냈다. 로퍼 한 짝. 알렉시아의 로퍼였다.

"근처에서 싸운 흔적도 발견됐어. 기사단은 납치 사건으로 보고 수사하기 시작했다."

"세상에, 그럴 수가……!"

나는 비통한 소리를 지르면서 속으로는 '아싸~ 꼴좋다!!' 하고 온 힘을 다해 주먹을 불끈 쥐었다.

"그래서 용의자를 추리다 보니 마지막으로 알렉시아 왕녀와 접촉한 인물을 알게 되었어."

그러더니 나를 응시하는 제논 선생님.

"기사단이 너에게 물어볼 것이 있다더구나."

식당 입구에서는 완전무장을 하고 살기를 뿜어내는 기사단 여러분이 진을 치고 계셨다.

"협력해줄 거지?"

나는 깨달았다.

아, 이거. 비상사태구나.

3장

『어둠의 실력자』 본격 시동!

The Eminence in Shadow
Volume One
Chapter Three

그 후 나는 유치장 비슷한 곳에서 취조를 받다가 5일 뒤 저녁에야 겨우 풀려났다.

"야, 썩 꺼져."

상대가 난폭하게 내 등을 떠밀어 건물 밖으로 쫓아냈다. 이어서 내 짐을 내던졌다. 속옷 바람이었던 나는 짐에서 옷을 꺼내 입고 신발을 신었다. 양손의 손톱 열 개가 모조리 뽑혔기 때문에 생각보다 시간이 오래 걸렸다.

나는 적당히 옷을 입은 뒤, 숨을 크게 내쉬고 걸음을 뗐다. 대로를 오가는 사람들이 나를 주목했다. 얻어맞아서 피투성이가 된 나를.

나는 한 번 더 숨을 내쉬었다.

"진정하자. 진정해. 저런 하찮은 놈한테 성질내봤자 아무 소용도 없잖아?"

나는 나를 취조한 기사의 얼굴을 가능한 한 떠올리지 않으려고 하면서 평정을 유지했다.

"저 사람들은 자기 일을 했을 뿐이야."

얻어맞은 상처는 표면적인 것에 불과하고, 뽑혀나간 손톱도 마음만 먹으면 금방 치료할 수 있다. 단지 완벽한 몸이 되기 위해 일부러 그러지 않는 것뿐이다.

"그래. 난 언제나 냉정해."

그렇다. 냉정하다.

크게 숨을 내쉬었다. 눈앞이 맑아졌다. 기척을 살펴봤더니, 좀 떨어진 뒤쪽에서 수상한 인기척이 느껴졌다.

"두 명이 미행하고 있군."

아직 납치범은 잡히지 않았다. 당연히 알렉시아의 생사도 불명. 나는 내가 무죄 방면 됐다고 생각할 정도로 낙천적인 바보가 아니었다. 증거 불충분으로 풀려난 것이지, 혐의가 완전히 풀린 것은 아니었다.

나는 고개 숙이고 몹시 초췌해진 척하면서 기숙사로 걸어갔다.

도중에.

"이따 봐……."

속삭임처럼 아주 작은 소리가 들렸다. 어디선가 맡아본 은은한 향수 냄새가 났다.

"알파……."

저녁 무렵의 대로에서는 수많은 시민들이 오가고 있었다. 알파의 모습은 어디서도 찾을 수 없었다.

기숙사의 내 방에 돌아와 불을 켰다. 그러자 흐릿한 어둠 속에서 한 소녀가 나타났다.

"먹을 거지?"

까만색 보디슈트는 온몸에 딱 달라붙어서 여자답게 성장한 몸의 곡선을 강조해주고 있었다. 소녀의 손에는 두툼한 참치 샌드위치가 들려 있었다. 왕도의 유명한 음식점 『맘스참치』의 상품이었다.

"응, 고마워. 알파. 오랜만이네. 베타는?"

5일 동안 변변한 음식을 못 먹었던 나는 당장 샌드위치를 베어 물었다. 최근에는 베타가 나의 보좌관 역할을 맡고 있었는데.

"베타한테서 연락을 받았어. 골치 아픈 일이 생겼네."

침대에 앉아 다리를 꼬는 알파.

등 뒤로 사르르 흘러내린 반짝반짝한 금발도, 가로로 길쭉한 아름다운 푸른 눈도 어쩐지 그립게 느껴졌다. 한동안 못 본 사이에 많이 어른스러워진 것처럼 보였다.

"응, 그렇지."

나는 마지막 샌드위치 한 조각을 입에 집어넣고 말했다.

"거기 물 있어."

"땡큐."

커다란 컵에 담긴 물을 단숨에 꿀꺽 마셨다.

"휴~ 이제야 살 것 같다."

나는 신발과 겉옷을 벗고 침대로 다이빙했다.

"잠깐만, 아무리 그래도 옷은 갈아입어."

"못해. 나 잘래."

"저기, 있잖아. 지금 당신 처지를 알기나 해?"

"일처리는 너에게 맡길게."

알파는 우수하다. 알파에게 맡기면, 최고의 무대를 준비해줄 것이다. 나는 그때까지 잠이나 자면……, 아니, 힘을 비축해두면 된다.

휴 하고 한숨짓는 알파.

"당신도 알 테지만, 이대로 가다간 당신이 범인이 될 거야."

"응, 맞아."

진범이 발견되지 않는 한, 십중팔구 가장 의심스러운 인간이 처형당할 것이다. 특히 이번 일은 왕족 납치 사건이다. 누군가는 죽지 않으면 해결되지 않을 것이다.

역시 중세 시대. 장난 아니네.

"일어나. 샌드위치 또 있어."

"일어날게."

나는 알파가 주는 샌드위치를 받았다.

"당신을 범인으로 만들려는 움직임이 포착됐어."

"그래? 어차피 그냥 놔두면 내가 범인이 될 텐데."

"빨리 해결하고 싶은 거겠지. 가난한 남작가 출신인 별 볼 일 없는 학생이라니, 딱 알맞은 희생양이잖아?"

"응. 나라도 그렇게 할 거야."

"기사단은 신용할 수 없어."

"교단이 잠입한 건가?"

"응. 틀림없어. 왕녀를 납치한 범인은 교단 소속일 거야. 목적은 농도 짙은『영웅의 피』일 테지."

알파를 비롯한 동료들은 이처럼 아직도 교단 설정을 지켜주고 있었다. 고맙게도.

"왕녀는 아직 살아 있나?"

"죽으면 더 이상 피를 뽑아낼 수 없잖아."

"아, 하긴."

"당신이 어쩌다 왕녀님과 로맨스 한 편을 연출하고 있었는지는 몰라도."

알파가 눈을 가늘게 뜨고 나를 째려봤다.

"로맨스는 연출한 적 없는데?"

"뭔가 이유가 있을 테지. 우리에게는 말할 수 없는 뭔가가."

내 눈동자를 들여다보는 알파. 나는 슬쩍 회피하듯이 시선을 돌리고 침묵했다. 당연히 대단한 이유 따위는 없었다.

"알아. 당신이 뭔가 커다란 것을 끌어안고 있다는 것은."

아무것도 안 끌어안고 있는 경우에는 대체 어떻게 반응하면 좋을까?

"하지만. 그래도 좀 더 우리를 믿어줘. 이번에도 당신이 미리 알려줬으면 이렇게까지 일이 커지지는 않았을 거야. 그렇지?"

"으, 응. 알았어."

"그래. 당신을 돕는 것이 우리의 역할이니까."

그러더니 알파는 미소를 지었다.

"이 사건이 해결되면 『맘스참치』에서 뭐라도 사줘. 방금 그 샌드위치는 내 거였으니까."

"응. 알파, 네 거까지 내가 먹어버려서 미안해."

"아냐, 신경 쓰지 마."

알파는 그렇게 말하고 일어나더니 창문을 열고 한쪽 발을 올렸다. 작은 엉덩이가 흔들렸다.

"슬슬 가볼게. 당신은 한동안 얌전히 있어."

"알았어. 작전은?"

"사람을 모을 거야. 현재 왕도에 있는 인원으로는 부족해. 그리고 델타도 불러야지."

"델타를 부를 거야?"

"응. 당신을 만나고 싶어 했어."

탄환 델타, 또는 특공병기 델타. 한마디로 전투에만 특화된 바보다.

다들 오랜만에 만나는 거니까 왠지 동창회 같아서 좋기는 한데. 제발 부탁이니, 정상적으로 잘 생활하고 있었으면 좋겠다.

"자세한 사항은 준비가 다 끝나면 알려줄게. 다음에 봐."

알파는 마지막으로 미소를 지었다. 그리고 보디슈트로 얼굴을 가리고 창밖으로 사라졌다.

"보고는 다 끝났습니까?"

불꽃같은 빨간 머리 미녀가 말했다. 곧게 뻗어서 등을 덮는 붉은 머리카락은 촛불 빛을 받아 반짝거렸고, 와인레드 색깔의 눈동자는 책상에 놓인 수사 자료를 훑고 있었다. 늠름하고 아름다운 그 모습에, 방금 보고를 마친 기사는 얼굴을 붉혔다.

"끄, 끝났습니다. 아이리스 님. 계속해서 수사를 진행하겠습니다."

아이리스는 고개를 끄덕였다. 그리고 보고를 마친 기사에게 퇴실 명령을 내렸다.

문이 닫혔다. 이제 실내에 남아 있는 사람은 아이리스와 또 한 사람, 단정하게 생긴 금발 남자밖에 없었다.

"제논 후작, 이번에 협조해주셔서 감사합니다."

"학교 부지 안에서 일어난 사건이니까요. 저에게도 책임이 있고, 또 무엇보다도 알렉시아 님의 신변이 걱정돼서……."

제논은 눈을 내리깔고 분하다는 듯이 입술을 깨물었다.

"당신은 검술 교관으로서 해야 할 일도 있었으니까요. 당신에게 개인적인 책임을 묻는 자는 없을 겁니다. 지금은 누가 잘못했느냐는 따지지 말고 우선 알렉시아를 무사히 구출할 방법을 생각해봅시다."

"네……."

"그래서 말인데요."

아이리스는 일단 말을 끊고 수사 자료를 덮었다.

"시드 카게노라는 학생이 범인일 가능성이 높다는 것은 사실입니까?"

"저도 우리 학교 학생이 범인이라고 생각하고 싶지는 않지만,

정황상 그가 의심스러운 것은 사실입니다. 다만 그의 실력을 보면, 알렉시아 님과 직접 맞붙어서 이기기는 어려울 겁니다."

제논은 신중하게 단어를 고르면서 그렇게 이야기했다.

"그럼 협력자가 있었거나, 약물을 사용했다는 건가요. 그러나 그는 기사단의 신문을 받고도 아무것도 실토하지 않았습니다. 정말로 그가 의심스럽다, 이겁니까?"

"모르겠습니다. 하지만 저는 그를 믿고 싶습니다."

아이리스는 고개를 끄덕이고 눈을 가늘게 떴다.

"현재 신뢰할 수 있는 기사를 시켜서 그를 감시하는 중입니다. 보고를 기다려보죠."

"네, 알렉시아 님께서 무사하시기를 기원합니다."

제논은 인사하고 나서 물러났다.

그런데 제논이 문을 열었을 때 한 소녀가 재빨리 방 안으로 들어왔다.

"아이리스 님! 드릴 말씀이 있습니다!"

"클레어 군! 이게 무슨 짓이야?! 실례했습니다, 당장 내보내겠습니다!"

제논은 방금 들어온 검은 머리 소녀, 클레어 카게노를 붙잡아 끌고 나가려고 했다.

"제논 후작. 그 사람은 누구인가요?"

아이리스가 제논을 저지하면서 말했다.

"이 친구는……."

"클레어 카게노입니다! 시드 카게노의 누나예요!"

"클레어 군! 이, 이 친구는 우리 학교의 우등생인데, 현재 기사단에 체험 입단 중입니다."

"그래요……? 좋아요. 이야기를 들어보죠."

"감사합니다!"

클레어 카게노는 아이리스 앞에 나서서 청원하기 시작했다.

"제 동생은, 시드는, 알렉시아 왕녀님을 납치할 만한 녀석이 아닙니다! 이건 틀림없이 오해나 실수일 겁니다!"

"기사단은 실수를 범하지 않기 위해 신중하게 수사하고 있어. 아직 당신 동생이 범인으로 확정된 것은 아니야."

"하지만 이러다가 진범이 밝혀지지 않으면 제 동생이 처형될 겁니다!"

"기사단은 신중하게 수사하고 있다. 실수로 사람을 처형하지는 않을 거야."

"아니, 하지만!"

"클레어 군!"

아이리스에게 필사적으로 대드는 클레어. 그러자 제논이 그녀를 말렸다.

"이제 그만해. 자네 심정도 이해하지만, 더 이상 반항하는 것은 기사단에 대한 모욕이야."

"윽……!"

클레어는 제논을, 이어서 아이리스를 쏘아봤다.

"만에 하나 그 아이에게 무슨 일이라도 생기면……!"

"클레어 군, 그만하라니까!!"

제논이 클레어의 말을 가로막고 억지로 그녀를 끌고 나갔다.

쾅!

아이리스는 세차게 닫힌 문을 보고 한숨을 내쉬었다.

"가족을 아끼는 마음은 다 똑같은 건가……."

조그맣게 혼잣말을 중얼거렸다.

"알렉시아. 부디 무사하길……."

옛날에는 사이좋은 자매였다. 그러나 언제부터였을까. 우리가 어긋나기 시작한 것은.

벌써 몇 년째 대화도 나누지 못했다. 어쩌면 두 번 다시 대화하지 못할지도 모른다.

"알렉시아……."

눈을 감았다. 와인레드 눈동자가 사라지면서 한 줄기 물방울이 또르르 흘러내렸다.

알렉시아가 눈을 뜬 장소는 어두운 실내였다.

창문은 없었다. 촛불 하나가 유일한 광원이었다. 벽은 돌로 되어 있었고, 튼튼해 보이는 문짝이 정면에 붙어 있었다.

"여긴……?"

학교에서 기숙사로 돌아가는 길. 멍멍이와 헤어진 다음부터는 무슨 일이 있었는지 기억나지 않았다. 몸을 움직였더니 찰카닥 하고 금속이 부딪치는 소리가 났다.

이제 보니 알렉시아의 사지는 대좌에 고정되어 있었다.

"마봉 구속도구……."

마력은 모을 수 없다. 자력으로 탈출하기는 어려울 것이다.

도대체 누가 무슨 목적으로 나를 데려왔을까. 납치, 협박, 인신매매……. 이것저것 생각해봤지만 확증은 얻지 못했다. 알렉시아에게 왕위 계승권은 없지만, 왕녀라는 그 입장은 나름대로 이용가치가 있다는 것은 스스로 알고 있었다. 결국 현재 가지고 있는 정보만으로는 해답을 찾기 힘들 것 같았다.

알렉시아는 사고를 중단했다. 그리고 문득 생각했다.

멍멍이는 무사할까?

최근에 사귀게 된 못된 친구. 알렉시아는 겁도 없이 입을 놀리는 그 녀석이 마음에 들었다. 혹시 이 일에 말려들었다면 그는 이미 목숨을……, 아냐, 관두자.

알렉시아는 머리를 움직여 주위를 살펴봤다.

석벽, 철문, 촛대, 그리고…… 검은색 쓰레기 같은 물체. 그 물체는 어째서인지 알렉시아 옆에 쇠사슬로 묶여 있었다.

알렉시아는 그것을 흥미롭게 관찰했다. 그러자 그것이 조금 움직이는 것처럼 보였다.

호흡하고 있었다.

그것은 누더기를 걸친 생물이었다.

"이봐, 당신. 내 말 들려? 말은 알아들을……!"

생물이 꿈틀거리더니 알렉시아를 보았다.
괴물이었다.
알렉시아가 지금까지 본 적도 없는 추하고 말라비틀어진 괴물이 사슬에 묶여 있었다.
꺼멓게 문드러진 그 얼굴에서는 간신히 눈과 코와 입은 알아볼 수 있었다. 온몸은 기괴하게 비대해져서 오른팔이 알렉시아의 다리보다 길 정도였다. 반대로 왼팔은 알렉시아의 팔보다 가늘고 짧았으며, 뭔가를 끌어안는 것처럼 몸통에 딱 붙어 있었다.
그런 괴물이 알렉시아 바로 옆에 있었다.
알렉시아는 사지가 고정된 상태인 데 비해 그 괴물은 목줄만 매고 있었다. 괴물이 저 기다란 팔을 쭉 뻗으면 알렉시아에게도 닿을지도 모른다.
알렉시아는 괴물을 자극하지 않기 위해 숨죽이고 시선을 딴 데로 돌렸다.
저놈이 보고 있다.
알렉시아는 자신을 관찰하는 괴물의 시선을 느꼈다.
한동안 시간이 멈춘 듯한 정적이 흐른 뒤…… 절그럭 사슬 부딪치는 소리가 났다.
알렉시아는 곁눈질로 옆을 힐끗 봤다. 괴물은 엎드려서 잠든 것 같았다. 알렉시아는 안도의 한숨을 쉬었다.
잠시 후 정면에 있는 문이 열렸다.
"드디어, 드디어 손에 넣었어."
백의를 입은 깡마른 남자가 안으로 들어왔다.

볼은 홀쭉하고, 눈은 푹 들어가고, 입술은 갈라져 있었다. 듬성듬성한 머리카락은 기름져서 착 달라붙어 있었다. 악취가 났다.

알렉시아는 냉정하게 그 남자를 관찰했다.

"왕족의 피, 왕족의 피, 왕족의 피."

왕족의 피.

백의의 남자는 그렇게 연호하면서, 가느다란 바늘이 붙어 있는 장치를 꺼냈다. 피를 뽑으려나 보다. 알렉시아도 왕궁의 의사에게 피를 여러 번 뽑힌 적이 있었다.

그러나.

왕녀를 납치까지 하면서 피를 얻으려고 하는 이유가 뭔지 알 수 없었다.

"뭐 좀 물어봐도 될까?"

알렉시아는 침착한 어조로 말했다.

"응? 으응?"

백의의 남자는 묘하게 신음하는 듯한 소리로 알렉시아에게 대답했다.

"내 피를 어디에 쓰려는 거야?"

"너, 너, 너의 피는, 마인의 피. 마인을 현대에 부활시킬 거야."

"아하, 그래. 멋진 생각이네."

무슨 뜻인지 전혀 이해하지 못했지만. 저 남자가 제정신이 아니라는 사실과, 어떤 종교 같은 것과 관련되어 있다는 사실은 알아냈다.

"그런데 피를 너무 많이 뽑으면 곤란해. 난 아직 죽고 싶지 않거든."

"히히, 히, 아, 알아. 많이많이 필요하니까. 그래서 날마다 조금씩 뽑을 거야."

"응, 그렇게 해줘."

알렉시아의 피에 이용가치가 있는 동안에는 살해될 위험은 없을 것이다. 반항하지 말고 순종하자. 알렉시아는 일단 누가 구하러 올 때까지 기다리기로 했다.

"이렇게, 이렇게 될 일이 아니었어. 이게 다 그 멍청이들 탓이야."

"그렇구나. 나도 멍청이는 정말 싫어해."

멍청이를 상대하려면 피곤하거든. 백의의 남자를 응시하면서 몰래 중얼거렸다.

"나의, 나의, 연구소를 파괴하다니. 오르바, 그 멍청이가 맨 먼저 당했어."

"그래. 오르바란 멍청이가 맨 먼저 당했구나."

"그다음부터 연달아, 아아아아아아악!"

"저런. 불쌍해라. 큰일이 났구나."

"맞아, 맞아! 내, 연구가, 조금만 더 하면 완성됐을 텐데! 조금 더 해서 완성시키지 않으면, 나는 파문당해, 파문……!"

"어머나. 너무하다."

"제, 제기랄, 이 쓸모없는, 쓸모없는 놈!"

백의의 남자는 사슬에 묶인 괴물에게 다가가더니 그놈을 발로 찼다. 몇 번이나 계속해서 차고 밟았다. 괴물은 그저 웅크린 채 가만히 있었다.

"내 피를 뽑으려던 거 아니었어?"

"아, 맞다. 네 피, 네 피가 있으면 완성될 거야."

"잘됐네."

백의의 남자는 장치를 들고 와서 바늘을 알렉시아의 팔뚝에 댔다.

"이로써, 이로써, 완성될 거야. 나, 나는, 파문되지 않아."

"안 아프게 해줘."

아프면 때리고 싶어지니까. 알렉시아는 속으로 그렇게 한마디 덧붙였다.

바늘이 알렉시아의 팔에 꽂혔다. 붉은 피가 유리용기를 채운다. 알렉시아는 그 장면을 남의 일 대하듯이 무심히 보았다.

"히히, 히히히……."

용기에 피가 꽉 차자, 백의의 남자는 그것을 소중히 들고 밖으로 나갔다.

알렉시아는 문이 닫힐 때까지 기다렸다가 한숨을 푹 내쉬었다.

모든 것은 오늘을 위해 존재했던 것이다.

취조에서 해방된 지 이틀이 지난 현재, 나는 기숙사의 내 방에서 내 자랑거리인 『어둠의 실력자』 컬렉션 중 쓸 만한 것을 고르고 있었다.

엽궐련은…… 내 나이에는 아직 안 어울리지. 빈티지 와인…… 프렌치 남서부 포르투의 일품, 90만 제니짜리다. 좋아, 달도 숨어버린 오늘 밤에 딱 알맞은 물건이야. 그럼 여기에 맞춰 최고의 잔을…… 이것도 프렌치로 통일. 비통 유리잔이다. 45만 제니. 그 외에 앤티크 램프도 꺼내고, 전에 우연히 주운 전설의 그림 『몽크의 절규』를 벽에 걸고……. 오케이, 훌륭해.

아아, 만족감이 차오른다.

그동안 도적 사냥을 했던 것도, 바닥을 기면서 금화를 주운 것도 다 이것을 위해서였다.

나는 엄선한 컬렉션으로 꾸며낸 내 방을 보고 감격의 눈물을 흘렸다. 이제는 오늘 막 도착한 초대장을 이 방에다 세팅해놓고 때가 오기를 기다리기만 하면 된다.

나는 그 순간을 기다렸다.

기다렸다.

기다렸다…….

만반의 준비를 하고 기다렸다……!

그리고…… 그 순간이 왔다.

나는 칠흑의 소녀가 창문으로 들어옴과 동시에 중얼거렸다.

"때가 됐다……. 오늘 밤은, 어둠의 세계……."

그렇다. 모든 것은 바로 이날을 위해…….

1

"때가 됐다……. 오늘 밤은, 어둠의 세계……."

그것이 섀도우를 찾아간 베타를 환영해주는 첫마디였다.

섀도우는 베타를 등진 채 다리를 꼬고 의자에 앉아 있었다. 무방비한 뒷모습. 그러나 베타는 알고 있었다. 그 뒷모습이 다른 무엇보다도 아득히 멀다는 사실을. 그의 손에 들린 와인잔은 앤티크 램프 불빛을 받아 빛나고 있었다. 그가 아무렇지도 않게 마시고 있는 와인의 브랜드는, 술에 무지한 베타조차도 알고 있는 고급 브랜드였다.

방 안에 채워진 온갖 일급품들. 그리고 벽에 걸린 그림을 발견한 순간, 베타는 경악하고 말았다. 전설의 명화『몽크의 절규』였다. 아무리 돈이 많아도 결코 손에 넣지 못하는 전설의 작품. 도대체 어떻게 손에 넣은 걸까? 베타는 무심코 물어보려다가 문득 깨달았다. 그런 짓은 무의미하다는 것을.

이 사람이니까 손에 넣은 거다. 그 한마디로 모든 것이 설명됐다.

이 사람이『몽크의 절규』를 소유하고 있는 것은 당연한 결과였다. 오히려 이 사람 외에 적당한 소유주는 전 세계를 뒤져봐도 찾지 못할 것이다.

"어둠의 세계. 달이 숨어버린 오늘 밤은 그야말로 우리에게 잘 어울리는 세계군요."

베타가 말했다.

섀도우는 베타를 힐끗 보더니 조용히 유리잔에 입을 댔다.

"준비가 끝났습니다."

"그래."

뭐든지 다 알고 있다. 그런 착각이 들 정도로 통찰력 있는 목소리였다. 아니, 실제로 그는 지금부터 베타가 하려는 이야기를 이미 거의 다 눈치챘을 것이다.

그래도 베타는 이야기를 계속했다. 그것이 자신의 사명이므로.

"알파 님의 명령대로 이 근처에서 움직일 수 있는 인원은 전부 다 왕도로 집결시켰습니다. 그 수는 114명입니다."

"114명?"

"……!"

너무 적은가?

『섀도우 가든』의 전투력을 생각해보면 오히려 이 정도면 충분할 텐데.

그러나. 베타는 곧 자신의 착각을 눈치챘다.

114명의 어중이떠중이는 어차피 조연에 불과하다. 사실 적응자는 전체의 10퍼센트도 되지 않는다. 오늘 밤 주인공은 이 사람이다. 주인공을 빛나게 해주는 조연으로서 생각해본다면 114라는 것은 너무나, 너무나 적은 숫자였다.

"죄, 죄송합……!"

"엑스트라라도 고용한 건가……?"

그는 베타의 말을 자르면서 중얼거렸다. 엑스트라? 베타가 모르는 단어였다.

"어, 신경 쓰지 마. 그냥 혼잣말한 거니까."

"네."

베타는 더 이상 묻지 않았다. 그의 말 한 마디 한 마디에는 베타로선 상상조차 할 수 없는 심오한 이유가 존재하며, 베타에게는 그것을 물어볼 권리도 실력도 없기 때문이다.

하지만. 그래도.

언젠가는 이 사람 옆에 서서 그 모든 것을 떠받치고 싶다. 베타는 그런 소망을 품지 않을 수 없었다.

언젠가 올 그날을 위해서. 베타는 속마음을 숨기고 이야기를 계속했다.

"작전은 왕도 곳곳에 흩어져 있는 디아볼로스 교단 펜리르파(派) 아지트들을 일시에 습격하는 것입니다. 습격과 동시에 알렉시아 왕녀의 마력 흔적을 조사하고, 왕녀가 어디 있는지 알아내면 즉시 보호 태세로 전환합니다."

섀도우는 말없이 고개만 끄덕이면서 이야기를 재촉했다.

"작전 전체 지휘는 감마가 합니다. 현장 지휘는 알파 님이 하시고, 제가 그분을 보좌할 겁니다. 입실론은 후방 지원을 담당하고, 델타가 선봉을 맡아서 작전 개시를 알립니다. 각 부대의 구성은……."

베타가 상세히 설명하려는데 섀도우가 한 손을 들어 그것을 막았다.

그의 손에는 편지 한 장이 들려 있었다.

"초대장이다."

베타는 휙 던져진 편지를 받았다. 그리고 그가 재촉하는 대로 내용을 읽어봤다.

"이건……."

편지에 적힌 더없이 치졸한 유도 문구. 베타는 기막힘과 분노를 느꼈다.

"델타에게는 미안하지만…… 프렐류드는 내가 연주해야겠군."

"네, 그러도록 준비해놓겠습니다."

"따라와. 베타."

그는 그렇게 말하고 이쪽을 돌아봤다.

"오늘 밤, 세계는 우리를 알게 될 것이다……."

이 사람과 함께 싸울 수 있다. 베타는 환희에 겨워 전율했다.

초대장에 적혀 있는 장소는 숲길을 따라 깊숙이 들어간 곳이었다. 알렉시아 왕녀 납치 현장과 가까운 곳. 그곳에 섀도우는 교복 차림으로 등장했다.

베타는 그와는 좀 떨어진 숲속에서 기척을 없애고 잠복했다.

잠시 후 새로운 인기척 두 개가 이쪽으로 접근했다.

그리고 뭔가가 섀도우를 향해 날아왔다. 섀도우는 그것을 한 손으로 받아내더니 흘끗 보고 중얼거렸다.

"이것은…… 알렉시아의 신발인가."

그 순간.

숲길에서 두 남자가 나타났다.

"오~ 인기남 씨. 알렉시아 왕녀의 신발을 가지고 뭐 하고 계시나?"

"어이쿠. 마력 흔적이 아주 제대로 남아 있네? 범인은 너다. 시드 카게노."

그 두 남자는 기사단 장비를 갖추고 있었다. 전에 시드를 신문했던 기사 두 명이었다.

"아하. 그런 거였군."

"그래, 그런 거다."

시드의 말에 기사단원은 변명조차 하지 않고 히죽히죽 웃었다.

"네가 그냥 빨리 실토했으면, 이렇게 귀찮은 짓까지 할 필요도 없었잖아."

"그러면 너도 안 아팠을 테고, 응?"

두 사람은 검을 뽑더니 거침없이 시드에게 접근했다.

어리석긴……. 베타는 그들의 어리석음에 질려서 할 말을 잃어버렸다.

"시드 카게노. 너를 왕녀 납치 혐의로 체포한다."

"저항하지 마. 어차피 저항해봤자 소용없어."

한 명이 웃으면서 시드에게 검을 들이댔다.

그 순간.

"어?"

시드는 상대의 검을 손가락 두 개로 붙잡더니 그대로 일격을 가했다. 시드의 오른발이 그의 목을 톡 건드렸다.

그 목에서 피가 솟구쳤다.

시드의 오른발에서는 칠흑의 단검이 쑥 튀어나와 있었다.

"앗…… 악……… 아……!!"

그는 목을 붙잡고 쓰러졌다. 곧 죽을 것이다.

"야, 이게 무슨 짓이야?!"

나머지 한 남자가 허둥지둥 시드를 향해 칼을 휘둘렀다. 그러나 그것은 너무 안이하고 멍청한 짓이었다.

시드는 살짝 고개를 꺾어 그 공격을 피하더니 곧바로 상대의 다리를 걷어찼다.

그의 한쪽 정강이가 싹 날아갔다.

"아아아아아아아아아아아악!!"

그는 피가 뿜어져 나오는 무릎을 붙잡고 절규했다.

"내, 내 다리이이이……!"

그러더니 바닥을 기어 시드에게서 도망쳤다.

"야, 너, 기사단한테 이런 짓을 하고도 무사할 것 같아……?! 우, 우리가 죽으면, 네가 제일 먼저 의심받을 거다!"

시드는 그저 천천히 피의 길을 밟으면서 그 남자에게 접근했다.

"흐, 흐이잇……! 너, 넌 이제 끝났어……! 끝났다고……!"

그 남자는 필사적으로 꼴사납게 바닥을 기었다.

"날이 밝으면…… 기사 두 명의 시체가 발견될 테지."

"그, 그래, 날이 밝으면 넌 끝장나는 거야……!"

그 남자는 바닥을 기었고, 시드는 핏자국을 따라 걸었다.

"하지만 아무것도 걱정할 필요 없어."

순식간에.

어느새 그 남자의 등 뒤에 시드가 서 있었다.

"흐악!"

시드는 오른발을 한 번 휘둘렀다.

"날이 밝으면…… 모든 것이 이미 끝났을 테니까."

남자의 머리가 허공을 날았다.

흩날리는 핏방울 속에서 시드가 이쪽을 돌아봤다. 그 모습에 베타는 전율했다.

교복을 입은 시드는 그곳에 없었다.

그곳에 있는 사람은 전신을 칠흑으로 감싼 섀도우. 칠흑의 보디슈트와 칠흑의 부츠. 손에는 칠흑의 칼을 들고 있었다. 칠흑의 롱코트가 바람에 나부꼈다. 코트의 후드를 푹 눌러써서 얼굴 윗부분은 그림자 속에 숨어버렸고 아랫부분만 빛을 받아 드러났다. 그 얼굴도 요술사를 연상시키는 가면으로 가려져 있어서, 맨살이 노출된 부분은 오직 입가와 가면 안쪽의 붉은 눈동자밖에 없었다.

베타는 늠름하고도 아름다운 그 모습을 보고 반쯤 기절하다시피 하면서도 황급히 자기 가슴골에 숨겨뒀던 자필 『섀도우 님 전기』 메모지를 꺼내서 촤라라라락! 하고 스케치를 했다. 스케치 옆에 오늘의 섀도우 님 어록을 덧붙여서 완성. 여기까지 겨우 5초밖에 안 걸렸다.

여담이지만 베타의 방에는 섀도우 님 그림과 섀도우 님 어록이 벽 전체에 다닥다닥 붙어 있었다. 잠자기 전에 섀도우 님 전기를 집필하는 것이 베타의 더없이 행복한 취미였고.

그런데 그때. 저 멀리서 울려 퍼진 폭발음이 베타를 다시 현실로 데려왔다.

"델타인가……. 녹턴이 시작됐다. 베타, 가자."

"아, 네! 갈게요!"

베타는 가슴골에 메모지를 밀어 넣고 그를 쫓아갔다. 당연히 그는 베타의 이런 생태에 대해서는 전혀 몰랐다.

"헉…… 넌, 누구냐? 우리가 대체 뭘 어쨌다고 이래?!"

피바다.

정확히 그런 표현이 어울리는 이곳에서 한 남자가 외쳤다.

『그것』은 돌연 들이닥쳤다.

예고도 없이, 이유도 설명하지 않고 갑자기 벽을 뚫고 들어와 살육을 개시했다.

방금 또 한 사람이 칠흑의 칼의 희생자가 되었다.

더 이상『그것』과 싸우려고 하는 사람은 아무도 없었다. 앞다투어 도망치고 싶은 마음밖에 없었다. 그러나 유일한 출구는『그것』의 등 뒤에 있었다.

"우리가 너한테 무슨 짓을 했는데?! 아무것도 안 했잖아?!"

『그것』이 남자를 향해 웃었다.

"히이익……!"

대부분 칠흑의 마스크로 가려진 얼굴인데도 흉악하게 웃는 것이 보였다.

"사, 살려……!"

남자의 몸이 좌우로 갈라졌다. 정수리부터 가랑이까지 일직선으로 절단되어, 피를 뿜으면서 좌우로 털썩 쓰러졌다.

『그것』은 온몸에 피를 뒤집어쓰면서 쏟아지는 피를 사랑스럽다는 듯이 받아냈다. 형태는 여성이어도 그 모습은 마치 악마 같았다.

『그것』은 주위를 둘러보더니, 사냥감이 얼마 남지 않았다는 사실을 깨닫고는 칼을 쭉 늘렸다.

칠흑의 칼이 늘어났다.

비유적인 표현이 아니었다. 실제로 벽을 뚫을 정도로 늘어났다.

『그것』은 늘어난 칼을 높이 치켜들더니.

"아, 안 돼……!!"

건물을 포함한 모든 것을 베어버렸다.

"시작됐구나."

황당하게도 건물이 싹둑 잘려 붕괴되어간다. 아름다운 엘프는 그 장면을 시계탑 위에서 바라보고 있었다. 긴 황금색 머리카락은 바람에 날리면서 밤의 어둠 속에서 빛나고 있었다.

"델타…… 저 애는 항상 도가 지나치다니까."

한숨지으며 고개를 흔들었다.

이미 엎지른 물이니 어쩔 수 없다. 알파는 시계탑 위에서 왕도를 둘러봤다.

왕도 전체가 바쁘게 움직이기 시작했다. 예정대로 모든 것이 시작된 것이다. 그리고 건물을 잘라버린 델타가 가장 많이 주목받고 있었다.

"뭐, 델타 덕분에 다른 동료들이 움직이기 쉬워지는 것도 사실이긴 하지……."

주변의 피해만 못 본 척하고 넘어간다면, 델타의 행동은 그야말로 최고였다.

"슬슬 나도 움직여볼까."

알파는 그렇게 중얼거리더니 칠흑의 마스크로 얼굴을 가렸다.

4

바깥이 소란스러웠다.

알렉시아는 몇 시간 만에 눈을 떴다.

이 방에 들어오는 사람은 그때 그 백의의 남자와 시중드는 여자밖에 없었고, 알렉시아의 사지는 여전히 대좌에 결박되어 있었다. 그래서 잠자는 것 말고는 할 일이 없었다. 동거인인 괴물과도 상호 불간섭 체재로 그럭저럭 잘 지내고 있었다. 그런데 바깥의 소란스러움은 점점 더 심해졌다. 아무래도 싸움이 난 것 같았다.

알렉시아는 구조될 것을 기대하면서 웃었다.

"화려하게 벽을 부숴주면 좋을 텐데."

이유 없이 그런 말을 중얼거려봤다. 스트레스가 꽤 많이 쌓였나 보다. 쓸데없는 짓이란 것을 알면서도 철컥철컥 구속도구를 움직여봤다.

그런데 그때.

"아, 미안해. 나 때문에 깼니?"

옆자리 괴물이 고개를 들었다.

"그런데 너도 일어나는 게 좋을 거야. 분명히 재미있을걸?"

상대가 대답하지 않으리란 것을 알면서도 알렉시아는 그렇게 말을 걸었다. 원래 사람이 심심하면 정신이 이상해지는 법이다.

잠시 후 잠겨 있던 방문이 열리는 소리가 났다. 그것도 침착성

없이 다급하게.

"제기랄, 제기랄!!"

백의의 남자가 문을 벌컥 열고 들어왔다.

"안녕?"

"조금만 더, 조금만 더 하면 되는데!!"

그 남자는 대놓고 즐거워하는 알렉시아의 인사를 무시했다.

"그, 그놈들이, 그놈들이 왔어!! 끄, 끝이야, 이제 끝장난 거라고……!"

"포기해. 저항해도 소용없어. 나를 풀어준다면, 당신 목숨은 빼앗지 말라고 부탁해볼게."

부탁만 해보는 거지. 알렉시아는 조그맣게 덧붙였다.

"그, 그놈들이, 봐줄 것 같아……?! 모, 몰살…… 몰살이야!!"

"기사단은 불필요한 살생은 하지 않아. 저항하지만 않으면 목숨까지 빼앗진 않을 거야."

사실 그건 아니지만. 알렉시아는 속으로 셀프 지적질을 했다.

"기사단? 기사단이 뭔 상관이야?! 그, 그놈들은, 그놈들은 무조건 몰살이야, 몰살이라고오!!"

"기사단이 아니야?"

그럼 도대체 누구일까. 아니, 어쩌면 이 남자가 그냥 혼란에 빠진 걸지도 모른다.

"아무튼 이제는 다 끝났어. 포기해."

"싫어, 싫어싫어싫어싫어싫어!! 나, 나는, 그것만 완성시키면!!"

백의의 남자는 머리를 쥐어뜯더니 시뻘게진 눈으로 괴물을 쳐다봤다.
"시, 시작품은 만들었어. 이, 이거라면, 실패작인 너도 쓸모 있어질 거야."
이어서 백의의 남자는 바늘 달린 장치를 괴물의 팔뚝에다 가져다 댔다.
"관두는 편이 좋을 거야. 왠지 불길한 예감이 들어."
이번에는 알렉시아도 꽤 진지하게 말했다.
백의의 남자는 당연히 그 의견을 무시하고, 괴물의 팔뚝에 바늘을 꽂고 뭔가를 주입했다.
"조, 좋아, 이제 보여줘, 디아볼로스의 편린을!!"
"와~ 궁금하네."
그러자 괴물의 몸이 팽창하기 시작했다. 근육이 순식간에 발달하고 골격까지 성장해서 길게 늘어났다. 안 그래도 굵고 길었던 오른팔은 더더욱 흉악하고 기괴하게 비대해졌고, 사람 다리만큼이나 기다란 손톱이 돋아났다. 왼팔은 변함없이 뭔가를 끌어안은 것처럼 몸통에 딱 달라붙어 있었다.
괴물은 날카롭게 비명을 지르듯이 포효했다.
"후, 훌륭해, 훌륭해애애애애!!"
"이거…… 놀랍네."
그런데 괴물이 이렇게 급격히 성장하자, 당연히 괴물의 구속도구는 더 이상 버티지 못하고 튕겨져 날아갔다.
"그래서 내가 관두라고 했잖아."
퍽.

괴물의 오른팔이 백의의 남자를 덮쳤다. 그는 단말마의 비명조차 지르지 못하고 으깨져 사망했다.

"그럼 이제……."

괴물과 알렉시아의 눈이 마주쳤다.

알렉시아는 괴물의 행동을 주시했다. 사지가 구속된 알렉시아가 할 수 있는 일은 한정되어 있었다. 그러나 아무것도 못하는 것은 아니었다. 멍청이의 바보짓에 휘말려 같이 죽고 싶지는 않았다.

괴물의 오른팔이 날아왔다.

알렉시아는 그 움직임에 맞춰 가능한 한 몸을 비틀어봤다. 치명상만 피하면……!

"……윽!!"

괴물의 오른팔은 알렉시아를 비켜가서 그녀를 구속해둔 대좌를 파괴했다. 알렉시아는 벽에 쿵 부딪쳐 신음했다.

"크윽……!"

뼈는 무사했고 특별한 외상도 없었다. 아직 움직일 수 있다. 알렉시아는 자신의 손상 상태를 확인하고 즉시 일어났다.

그런데.

그곳에 이미 괴물은 없었다.

부서진 대좌와 파괴된 벽만 눈에 띄었다.

"설마…… 구해준 거야……?"

괴물의 팔은 알렉시아가 몸을 비틀기도 전에 비켜갔다. 그렇다면…… 아니, 그냥 실수로 엉뚱한 곳을 때린 걸지도 모른다.

"뭐, 됐어."

알렉시아는 으깨져버린 백의의 남자한테서 열쇠를 빼앗아 마봉의 구속을 해제했다. 이제는 마력을 모을 수 있다. 알렉시아는 한번 쭉 기지개를 펴서 몸을 풀고, 괴물이 부순 벽을 통과해 밖으로 나왔다.

그곳은 어둡고 긴 복도였다. 괴물이 죽이고 간 병사들이 겹겹이 쓰러져 있었다.

"이 검. 내가 가질게."

알렉시아는 시체가 들고 있던 미스릴 검을 가져갔다. 싸구려지만 아마 최저한의 기능은 해낼 것이다.

긴 복도를 따라 걸었다. 그리고 모퉁이를 돌았는데.

"마음대로 도망치면 곤란해."

"다, 당신이, 왜 여기에……."

알렉시아는 경악하여 눈을 휘둥그렇게 떴다.

도대체 무슨 일이 일어난 걸까.

아이리스는 붉은 머리카락을 휘날리면서 심야의 왕도를 질주했다.

건물이 절단됐다고 한다. 이 최초의 보고는 도저히 믿어지지 않는 것이었다. 그런데 반신반의하면서 현장으로 달려가는 아이리스에게 잇따라 보고가 들어왔다.

왕도에서 대규모 동시 습격 사건이 발생하고 있다.

그런 결론을 내리는 데 시간이 오래 걸리지는 않았다. 그런데 습격당하는 장소의 통일성이 전혀 없었다. 상점, 창고, 음식점, 귀족의 사저……. 이건 분명히 계획성 있는 범행일 텐데, 그 목적은 도무지 알 수가 없었다.

어쨌든 왕도가 요동치고 있는 것은 사실이었다.

기사단은 긴급 출동 명령을 받았고 요인들도 대피하기 시작했다. 시민은 심야임에도 불구하고 창문 너머로 상황을 살피는 중이었고 아예 구경하러 나오는 사람도 적지 않았다. 아이리스는 밖에서 돌아다니는 시민에게 집으로 돌아가라고 소리 지르면서 서둘러 현장으로 달려갔다.

무슨 일이 일어나고 있다. 틀림없이 이것은 보통 사건이 아니다.

아이리스의 직감이 그렇게 주장했다.

바로 그때.

아이리스의 귀에 비명이 들려왔다.

"괴, 괴물이다!! 증원을 요청……!!"

기사단의 목소리였다. 멀지 않았다. 아이리스는 방향을 바꿔 그 비명이 터져 나온 곳으로 뛰어갔다. 모퉁이를 돌고 뒷골목을 지나 큰길로 나왔더니, 그곳에 괴물이 있었다.

추악하고 거대한 괴물이었다.

그놈은 비대해진 피투성이 오른쪽 손톱을 휘둘러서 기사들을 고깃덩이로 만들고 있었다.

"이게 뭐야?"

아이리스는 그렇게 중얼거리면서도 몸을 움직였다.

"비켜!"

물 흐르듯이 칼을 뽑았다. 밤의 어둠 속에서 칼날이 번뜩이더니 괴물의 몸통을 가르고 지나갔다.

양단.

괴물의 거체를 칼질 한 번으로 양단했다.

"다치진 않았어?"

아이리스는 쓰러져가는 괴물을 힐끗 보고 기사단한테 말을 걸었다.

"아이리스 님! 사, 살았다……!"

"역시 아이리스 님은 굉장하셔! 저 괴물을 단번에 쓰러뜨리다니!"

그들은 다친 곳은 없었다. 현재 여기서 살아 있는 기사들은 모두 대체로 멀쩡했다. 그래, 살아 있는 기사들은.

"여덟 명이 죽었습니다."

사망자는 전원 일격에 사망했다.

그 처참한 시체를 본 와인레드 눈동자가 슬픔에 젖어 흔들렸다.

"당신들은 시신을 수습해서 후퇴해. 대장에게 보고를……."

"아, 아이리스 님!"

돌연 기사 한 명이 소리쳤다. 아이리스의 배후를 손가락으로 가리키면서, 나머지 기사들도 소리 없는 비명을 질렀다.

"뭐야……?!"

아이리스는 뒤를 돌아보며 반사적으로 검을 휘둘렀다.

아이리스의 검과 괴물의 오른팔이 충돌했다.

"윽……!"

아이리스는 한순간 힘 대결에서 질 뻔했지만, 즉시 거대한 마력을 해방시켜 상대의 강력한 팔을 멋지게 막아냈다. 그리고 곧장 괴물의 품속으로 뛰어들었다. 이번에는 그놈의 다리를 베어 버리고, 재빨리 괴물의 반격을 예측해 뒤로 물러났다.

그 직후 괴물의 오른팔은 아이리스가 있던 공간을 후려쳤다. 그녀의 길고 붉은 머리카락 몇 가닥이 공격에 휘말렸다.

"재생하는 건가……?"

아이리스가 좀 전에 반으로 갈라놓은 상처는 이미 사라졌다. 또 방금 낸 다리의 상처도 재생되기 시작했다.

"이럴 수가……. 아이리스 님이 반으로 갈라놨는데도 재생하다니……."

"이게 뭐야, 꿈인가……?"

"다들 물러나."

아이리스는 동요하는 기사들에게 그렇게 말하고 괴물의 연이은 공격을 막아냈다.

그 일격은 속도도 빠르고 파워도 있고 중량감도 있었지만——

너무 단조로웠다.

"어차피 괴물은 괴물이구나."

아이리스는 가차 없이 반격했다.

팔을 자르고 다리를 베어내고 목을 날려버렸다. 재생할 수 있으면 해봐라! 하는 것처럼 노도의 연격을 퍼부었다.

반격 따윈 허용치 않았다. 그저 일방적으로 상대를 난도질했다.

하지만. 그럼에도 불구하고.

"아직도 재생을 하네?"

괴물은 살아 있었다. 아이리스의 연격이 잠깐 멈췄을 때 그놈은 태세를 정비하고 오른팔을 휘둘러 아이리스를 쫓아버렸다.

그리고.

밤하늘을 향해서 소리 높여 포효했다.

이에 호응하듯이 달 없는 하늘에서 비가 내리기 시작했다. 처음에는 똑, 똑, 한 방울씩. 이윽고 점점 빗발이 굵어지더니 괴물의 피에 닿으면서 하얀 연기를 피워냈다.

"시간이 좀 걸리겠는걸……."

아이리스는 조기 해결은 포기하고 찬찬히 싸우는 길을 선택했다.

지지는 않을 것이다. 그동안 아이리스는 자신이 질 거라고 생각해본 적은 한 번도 없었다. 그러나 그에 상응하는 시간은 걸릴 것이다.

아이리스는 검을 쥐고, 재생을 마친 괴물을 향해 질주했다.

그 직후.

날카로운 소리와 더불어 아이리스의 검이 튕겨나갔다.

엄청난 충격. 아이리스의 팔이 한순간 마비되었다.

저 멀리 뒤쪽으로 빙글빙글 돌며 날아가는 애검. 아이리스는 그것을 무시하고 방금 갑자기 난입한 불청객을 쏘아봤다. 그 불청객도 아이리스를 힐끗 봤다.

두 사람의 시선이 부딪쳤다. 먼저 침묵을 깨뜨린 사람은 불청객이었다.

"그게 한낱 괴롭힘이라는 것을 왜 모르는 거지?"

칠흑의 보디슈트를 입은 여자였다. 얼굴은 가려져서 보이지 않았지만 목소리는 젊었다.

"누구냐?"

아이리스는 방심하지 않고 칠흑의 여성과 괴물을 둘 다 지켜보면서 질문했다.

"알파."

그 여성은 딱 한마디만 했다. 그리고 흥미를 잃어버린 것처럼 아이리스를 등지고 섰다.

"잠깐만. 도대체 뭐 하려는 거지? 기사단을 적대할 생각이라면 용서할 수……."

"적대……?"

알파는 아이리스의 말을 자르더니 여전히 등을 보인 채 쿡쿡 웃었다. 조소하는 것처럼.

"뭐가 우스워?"

"적대…… 그보다 더 우스꽝스러운 말이 또 있을까? 아무것도 모르는 어리석은 자가 적대 운운하다니? 가소롭구나."

"뭐라고……?!"

아이리스의 마력이 확 부풀었다. 그 막대한 마력은 파도처럼 확산되어 비를 흩어버리고 바람을 일으켰다.

그러나 알파는 그런 아이리스에게 눈길도 주지 않았다. 변함없이 등을 보인 자세로 "관객은 관객답게 무대를 쳐다보기나 해. 우리를 방해하지 마"라는 말만 남기고 괴물을 향해 걸어갔다. 그 뒷모습에는 특별한 기백 같은 것도 없었다. 아이리스에게는 더 이상 신경도 안 쓰는 눈치였다.

"관객이라고……?"

아이리스는 그 뒷모습을 쏘아봤다. 아직도 찌릿찌릿한 손바닥을 움켜쥐고서.

"가엾게도. 많이 아팠지?"

알파는 평범하게 걸어가면서 괴물에게 말을 걸었다.

"이제는 괴로워할 필요 없어. 슬퍼할 필요도 없어."

칠흑의 칼이 뻗어 나왔다. 알파의 키보다도 더 길게.

"그러니까 더 이상 울지 마."

그리고 자연스럽게 한 걸음 다가가서 괴물의 몸을 양단했다.

아무도 반응하지 못했다.

아이리스도, 괴물도, 아무런 반응조차 못하고 베이는 모습을 지켜보기만 했다. 너무나 자연스러웠다. 살기도 뭣도 없었다. 그저 베이는 것이 당연한 결과로서 존재할 뿐이었다.

괴물의 거체가 쓰러졌다. 그것은 하얀 연기를 피워내면서 쭈그러들더니 평범한 소녀만 한 크기로 축소됐다. 그리고 그 왼팔에서 단검 하나가 툭 떨어졌다.

그것은 빨간 보석이 박힌 단검이었다.

『사랑하는 딸 밀리아에게』

칼자루에는 그런 글귀가 새겨져 있었다.

"부디…… 다음 세상에서는 평화롭게 살기를."

알파는 그렇게 말하더니 하얀 연기 속으로 사라졌다.

멀리서 천둥소리가 났다. 아이리스는 멍하니 서 있었다. 쏟아지는 비가 머리카락을 적시고 얼굴 위로 흘러내렸다.

몸이 떨렸다. 이 떨림의 의미가 무엇인지 아이리스는 몰랐다.

"알렉시아……."

아이리스가 중얼거렸다. 이 소동의 중심에 내 동생이 있다. 그런 예감이 아이리스를 움직이게 했다.

"알렉시아, 무사해야 해……."

아이리스는 검을 주워 들고 달리기 시작했다. 비는 여전히 세차게 퍼붓고 있었다.

"다, 당신이, 왜 여기에……."

모퉁이를 돈 알렉시아의 눈앞에 낯익은 얼굴이 나타났다.

"왜냐고? 이것은 내가 소유한 시설이니까. 내가 그 남자에게 투자한 거지. 단순한 이야기야."

금빛 머리카락과 단정한 얼굴, 자신감 넘치는 미소. 제논 선생님이 그곳에 있었다.

"다행이다. 그동안 난 당신이 미친놈인 줄 알았거든. 내 예상대로 진짜 미친놈이었네."

알렉시아는 한 발, 두 발 뒤로 물러나면서 말했다. 제논의 등 뒤에 계단이 있었다. 아마 밖으로 나가는 길일 것이다.

"그런가? 뭐, 상관없어. 네 피만 있으면 돼."

"다들 이구동성으로 피, 피 하고 노래를 부르네. 흡혈귀 연구라도 하는 거야?"

"글쎄, 네가 보기에는 그런 존재일지도 몰라."

"설명은 안 해줘도 돼. 오컬트에는 관심 없어."

"응, 그럴 테지."

"당신도 알지? 이제 곧 기사단이 올 거야. 당신도 끝이야."

"끝이라니? 나의 무엇이 끝난다는 건가?"

제논은 변함없이 미소를 유지하며 말했다.

"지위도 명예도 박탈. 당연히 처형될 거야. 기요틴의 칼은 내가 직접 떨어뜨려줄게."

"그런 미래는 오지 않아. 난 너를 데리고 비밀통로를 통해 탈출할 거니까."

"낭만적인 제안이네. 하지만 난 당신을 무척 싫어해."

"그래도 너를 데려갈 거야. 네 피와 연구 성과가 있으면 나는 라운즈의 서열 12위로 내정될 거야. 검술 교관이라는 하찮은 지위와는 영영 이별할 수 있는 거지."

"라운즈? 미치광이 집단 같은 건가?"

"교단에서 엄격하게 선발된 열두 명의 기사, 나이츠 오브 라운즈. 지위도 명예도 부도 지금까지와는 비교도 안 될 정도로 얻을 수 있지. 난 이미 실력은 인정받았어. 이제는 실적만 있으면 되는데, 그것도 네 피와 연구 성과가 있으면 충분해."

제논은 극적으로 두 팔 벌려 웃었다.

"그런 건 관심 없고, 아무튼 피 이야기는 질렸어."

"실은 아이리스 왕녀를 손에 넣고 싶었는데. 아쉽지만 너로 만족할게."

"죽을래?"

"아, 미안. 넌 언니와 비교당하는 것을 싫어하지?"

"……!"

알렉시아의 기백 넘치는 일격이 전투의 신호탄이 되었다. 그 공격은 일직선으로 제논의 목을 노렸는데.

"오, 무서워라."

명중하기 직전에 제논이 그걸 쳐냈다. 이어지는 알렉시아의 추가 공격도 막아냈다.

두 자루 검이 충돌했다. 허공에서 몇 번이나 불꽃이 튀었다.

그 싸움은 허공에서 춤추는 두 자루 검만 보면 호각이라고 할 만했다.

그러나 검을 다루는 두 사람의 표정은 대조적이었다. 알렉시아는 험악했고, 제논은 여유로운 미소를 띠고 있었다.

실제로 알렉시아가 먼저 기피했다.

가볍게 혀를 차더니 뒤로 물러났다.

"잠시 못 본 사이에 싸구려 검을 쓰게 되었구나?"

제논의 시선은 알렉시아의 검에 닿아 있었다. 알렉시아도 씁쓸한 얼굴로 그것을 보았다. 싸움이 시작된 지 얼마 되지도 않았는데 알렉시아의 검은 이미 수없이 이가 빠져서 엉망이 되어 있었다.

"고수는 검을 가리지 않는다. 그런 말이 있잖아?"

알렉시아는 굳은 표정으로 허세를 부렸다.

"맞아. 고수는 그렇지."

제논이 웃으며 말을 이었다.

"하지만 너는 범재야. 검술 교관인 내가 보증할게."

알렉시아의 얼굴이 눈에 띄게 일그러졌다. 한순간 울상이 되더니, 그 슬픔을 뒤덮을 듯한 분노가 드러났다.

"좋아, 그럼 직접 확인해봐. 내가 진짜 범재인지."

그리고 기백 넘치는 공격을 펼쳤다.

알렉시아는 알고 있었다. 자기 실력으로는 평범하게 싸워봤자 제논을 이기지 못한다는 사실을. 게다가 현재 무기는 싸구려 검이라서 오래 버티지 못한다. 그러나 알렉시아는 날마다 아무 생각 없이 검을 휘둘렀던 게 아니었다. 언니를 목표로, 자신에게 부족한 것이 무엇인지 이해하고 그것을 보완하기 위해 노력해왔다. 그리고 그 누구보다도 언니의 검술을 가까이에서 지켜봐

왔다. 알렉시아는 이미 언니의 검술을 한 치의 오차도 없이 정확하게 떠올릴 수 있는 경지에 도달했다.

그렇다면. 그걸 재현하는 것은 누워서 떡 먹기였다.

"하아아아아아아앗!!"

그것은 그야말로 아이리스 왕녀를 방불케 하는 일격이었다.

"윽……!"

제논의 얼굴에서 처음으로 미소가 사라졌다. 이번에는 검에도 마력을 불어넣어 방어했다.

두 자루 검은 격렬하게 부딪쳤다. 그리고 동시에 튕겨나갔다.

호각…… 아니.

알렉시아가 약간 우세했다.

제논의 뺨에 한 줄기 붉은 선이 생겼다. 제논은 경악한 표정으로 자기 뺨을 문질러 그 피를 확인했다.

"놀랐어."

순수한 한마디였다.

"이런 재주를 숨기고 있을 줄은 몰랐는데."

제논은 피의 색깔을 확인하는 것처럼 이리저리 각도를 바꿔 손바닥을 들여다봤다.

"나를 얕본 것을 후회하게 만들어줄게."

"크큭."

그러나 제논은 웃었다.

"물론 놀라긴 했지만, 그래 봤자 짝퉁이잖아. 진짜와는 하늘과 땅 차이야."

제논은 머리를 흔들었다.

"그래? 말은 참 잘하네."

"좋아, 이왕 이렇게 됐으니 나도 좀 진심으로 싸워볼까?"

그러더니 제논은 검을 똑바로 들었다.

"……?!"

분위기가 바뀌었다.

제논이 발산하는 마력이 한층 날카롭고 농밀하게 변질됐다.

"일단 한마디 해둘게. 나는 지금까지 한 번도 외부인 앞에서 진심으로 싸운 적이 없어. 지금부터 보여주는 검술이야말로 진정한 나의 검술이고, 차기 라운즈의 검술이다."

그리고 공기가 떨렸다.

"이럴 수가……."

차원이 달랐다.

제논의 검술은 알렉시아가 지금까지 본 적도 없는 위력을 가진 일격이었다. 천재와 범재의 절망적인 차이가 바로 그곳에 존재했다. 그것은 어쩌면 자기 언니에게도 필적할지도 모른다.

압도적인 압력과 더불어 날아오는 검. 알렉시아로선 막을 방법이 없었다.

그저 오랜 수련으로 몸에 밴 반사적인 동작으로 받아냈을 뿐이다.

충격은 없었다.

단지 검과 검이 부딪쳐 부서지기만 했다.

알렉시아의 검만 일방적으로 부서져서 가루가 되어 흩어졌다.

알렉시아는 반짝반짝 빛나는 미스릴 조각들을 바라봤다. 어쩐지 먼 곳에서 보는 듯한 느낌이 들었다.

먼 곳에서.

마냥 즐겁게 검을 휘둘렀던 어린 시절의 머나먼 기억이 알렉시아의 뇌리에서 되살아났다.

알렉시아 옆에는 늘 언니가 있었다. 그것은── 오래전에 잊어버린 머나먼 기억이었다.

"너는 언니처럼 될 수 없어."

알렉시아의 눈에서 한 줄기 눈물이 흘러내렸다.

"자, 같이 가자."

알렉시아의 손에서 자루만 남은 검이 미끄러져 떨어졌다. 메마른 소리가 울려 퍼졌다.

그 순간.

저벅, 저벅.

제논의 뒤에 있는 계단에서 소리가 났다.

저벅, 저벅, 저벅.

누군가가 계단을 내려왔다.

저벅, 저벅, 저벅, 저벅.

이윽고 소리가 멈춘 그곳에는…….

칠흑의 롱코트를 입은 남자가 있었다. 전신이 온통 칠흑이었다. 후드를 깊이 눌러썼고, 얼굴에는 요술사 같은 가면을 착용하고 있었다.

그 남자는 유유히 걸어오더니, 전투 간격에서 한 발짝 벗어난 곳에 멈춰 섰다.

"칠흑을 두른 자……. 요새 교단을 물어뜯는 들개가 바로 너냐?"

제논은 날카로운 안광으로 칠흑의 남자를 노려봤다.

"내 이름은 섀도우. 어둠 속에 숨어서, 어둠을 사냥하는 자……."

깊고 낮은 목소리. 마치 심연에서 흘러나오는 듯한 음성이었다.

"그렇군. 소규모 거점 몇 개를 파괴하고 우쭐하는 모양인데, 사실 너희가 파괴한 거점에는 교단의 주력은 하나도 없었어. 너희는 단지 힘없는 말단만 노리는 비겁한 놈들이야."

섀도우라고 이름을 밝힌 남자는 아무래도 제논과 적대 관계인 듯했다. 그것은 알렉시아에게는 희소식이었다. 그러나 이 남자는 아군처럼 보이지도 않았다.

"누구를 사냥하든, 어디서 사냥하든. 다 똑같아."

"유감스럽게도 똑같지 않아. 교단의 주력은 여기 있다. 넌 오늘 나에게 사냥을 당할 운명이야."

제논이 섀도우에게 검을 겨눴다.

"차기 라운즈 서열 12위, 제논 그리피. 네 목숨을 빼앗아 라운즈에 바치겠다."

그리고 질풍 같은 찌르기를 섀도우에게 선보였다.

그러나.

섀도우의 모습이 사라졌다. 찌르기 공격은 허공을 갈랐다.

"앗……?!"

그 직후, 제논의 등 뒤에 섀도우가 서 있었다. 눈 깜짝할 사이에 완벽하게 적의 후방에 침투한 것이다.

움직일 수 없었다.

제논은 마치 시간이 정지한 것처럼 검의 움직임을 멈추고, 호흡조차 멈춘 채 등 뒤에 온 신경을 집중시켰다.

아무도 움직이지 않았다.

그렇다. 섀도우는 제논과 등을 맞댄 형태로 팔짱을 끼고 가만히 서 있기만 했다.

그리고 한마디 했다.

"그래서……? 그 교단의 주력이란 놈은 어디 있는데?"

제논의 얼굴이 굴욕으로 일그러졌다. 뒤를 휙 돌아보면서 검을 가로로 휘둘렀다.

그러나. 아무도 없었다.

"말도 안 돼……!"

펄럭 하고 코트가 나부끼는 소리가 났다.

어느새 섀도우는 처음 그 장소에 아무 일도 없었다는 듯이 서 있었다.

제삼자로서 지켜본 알렉시아조차도 섀도우의 움직임을 전혀 알아보지 못했다. 이게 무슨 속임수나 사기가 아니라면, 상당한 실력자…… 아니, 파격적인 실력자일 것이다.

제논은 애써 동요를 감추고 천천히 뒤를 돌아봤다.

"아, 그래. 내가 너를 좀 얕봤나 보군. 이 정도면 확실히 소규모이긴 해도 거점을 몇 개나 괴멸시킬 만한 실력이야."

그리고 이번에는 방심하지 않고 섀도우를 응시하면서 마력을 모았다. 강해진 마력이 공기를 진동시켰다. 그것은 알렉시아의 검을 부순 일격보다도 더 강력했다.

물론 섀도우는 파격적인 실력자였다. 그러나 제논도 터무니없이 강한 실력자였다. 어린 시절부터 신동으로 소문났고, 수많은 대회에서 우승했으며 마침내 검술 교관까지 된 남자. 이 나라에서 제논 그리피의 이름을 모르는 검사는 없을 정도였다.

"보여주마. 이것이 차기 라운즈의 실력이다."

빠르다……!

알렉시아는 제논의 검을 간신히 눈으로 따라가기도 벅찼다.

칼날의 잔상이 허공을 가르며 섀도우의 목으로 돌진했다.

그러나.

"느린 검이네……."

섀도우는 어느새 뽑아든 칠흑의 칼로 너무나 쉽게 그 칼을 막아냈다.

"윽……!"

제논은 맞붙은 칼을 힘으로 밀면서 어떻게든 이기려고 했다.

그러나 오히려 힘을 뺀 섀도우는 제논의 그 기세를 역이용해서 가볍게 그를 날려버렸다.

"흐읏……!"

제논은 벽에 쾅 부딪치기 직전에 가까스로 낙법을 썼다. 그리고 검을 고쳐 쥐었다. 그 얼굴에서는 동요의 기색이 역력히 드러나고 있었다.

둘 다 움직이지 않았다.

그러나 섀도우는 단순히 움직이지 않는 것이고.

반대로 제논은 움직이지 못하는 것이었다. 모든 움직임이 봉쇄된 것 같은 착각이 그를 사로잡았다.

"공격 안 해? 차기 라운즈."

"……!"

제논의 얼굴이 분노로 뒤덮였다. 적에 대한 분노, 그리고 자신에 대한 가장 큰 분노였다.

"얕보지 마라아아아아앗!!"

포효하면서 검을 옆으로 휘둘렀다.

질풍 같은 찌르기 공격을 펼쳤다.

열화 같은 연격을 선보였다.

그러나. 그 모든 것이 통하지 않았다.

"아아아아아아아아아아아아악!!"

우렁찬 기합소리가 허망하게 울려 퍼졌다. 마치 어른과 아이의 대련 같았다.

알렉시아는 충격에 휩싸여 그 싸움을 바라봤다. 과연 지금까지 제논이 이런 모습을 보여준 적이 있었을까. 여유로운 미소도, 인격자의 가면도 다 내팽개치고 발버둥 치는데도 상대에게는 전혀 미치지 못했다. 알렉시아가 아는 최강의 존재는 언니였다. 그런데 그 언니조차도 제논을 이 정도로 압도하지는 못할 것 같았다.

캉, 캉, 캉.

분위기에 어울리지 않게 가벼운 칼 소리가 주위에 울려 퍼졌다. 정말로 대련하는 듯한 소리였다.

칠흑의 칼과 하얀 칼이 그리는 검의 궤적.

어느새 알렉시아는 넋을 잃고 그 대련을 바라보고 있었다. 칠흑의 칼에 매료되어 거기서 눈을 뗄 수 없었다. 왜냐하면, 그것은…….

"범재의 검술……."

알렉시아의 검술의 미래였으므로.

어린 시절에 알렉시아가 생각하고 또 생각했던 이상적인 검의 완성형. 그것은 재능도, 힘도, 속도도 없이, 오로지 꾸준히 기본기만 갈고닦아서 마침내 도달하는 경지인 '재능 없는 자'의 검술이었다. 그러나 그것은 언니와 비교되어 범재의 검술이라는 식으로 조롱을 당했다. 그래서 알렉시아는 길을 잃었다.

하지만 그래도 완전히 버릴 수는 없었다.

그런 범재의 검술이. 지금 이 순간, 제논 그리피라는 천재를 압도하고 있었다.

"굉장해……."

알렉시아는 이 검술이 좋았다. 검술을 보면, 그 사람이 밟아온 길이 보인다. 이 검술은 일편단심으로 쭉 바르게 쌓아온 검술이었다.

혹시 언니도 나와 같은 감정을 느꼈던 걸까.

"언니……."

언젠가 언니가 했던 말. 그 의미를 이제야 알 것 같았다.

“커헉…… 제, 제기랄……!”

제논의 몸이 허공을 날아 쾅 부딪쳤다. 그게 벌써 몇 번째인지 몰랐다.

제논은 거친 숨을 뱉으면서 섀도우를 노려봤다. 그 분노의 눈동자는 아직도 이 현실을 제대로 받아들이지 못한 듯했다.

“네, 네놈은, 대체 누구냐……! 그토록 강하면서 정체를 숨기는 이유가 뭐냐?!”

섀도우만큼 강하다면 부도 명예도 얼마든지 얻을 수 있을 것이다. 그리고 그 실력도 세상에 널리 알려질 테고. 그런데 아무도 섀도우의 검술을 알지 못했다. 아무리 얼굴을 감췄어도, 섀도우의 검술을 한 번이라도 봤다면 그 검 놀림을 결코 잊어버리진 못할 것이다. 그러나 제논도 알렉시아도, 이렇게까지 검을 잘 다루는 인물의 존재를 오늘 처음 알았다.

“우리는『섀도우 가든』. 어둠 속에 숨어서, 어둠을 사냥하는 자. 우리는 단지 그것을 위해 존재한다…….”

“뭐? 제정신이냐……?!”

제논과 섀도우의 시선이 부딪쳤다.

알렉시아는 완전히 제삼자가 되고 말았다. 저들이 왜 싸우는지, 그 이유도 목적도 아무것도 알 수 없었다.

피, 마인, 그리고 교단. 키워드는 여러 개 있었다.

그러나 알렉시아는 그 의미를 몰랐다. 미치광이의 헛소리 같다고 생각할 뿐이었다.

하지만 만약에. 만약에 저게 단순한 헛소리가 아니라면. 세계의 어두운 뒤편에서 알렉시아가 모르는 중대한 사건이 벌어지고 있다면.

"좋다. 네놈이 진심이라면, 나도 기꺼이 응해주마."

제논은 그렇게 말하더니 품속에서 붉은 알약을 꺼냈다.

"이 알약을 사용하면 인간은 인간을 초월한 각성자가 된다. 그러나 보통 사람은 그 힘을 완벽하게 다루지 못하고 결국 자멸해서 사망하게 되지. 그러나 라운즈는 달라. 그 압도적인 힘을 제어할 수 있는 사람만이, 라운즈가 될 자격을 얻는 거다."

제논은 알약을 단숨에 삼켰다.

그리고.

"각성자 3rd."

마력이 폭풍이 되어 휘몰아쳤다.

순식간에 제논의 상처가 낫기 시작했다. 근육이 단단해지고 눈이 충혈되고 모세혈관이 불거진다. 압도적인 힘의 중압에 짓눌리는 기분이 들었다.

"최강의 힘을 보여주마."

여유로운 미소를 되찾은 제논이 그렇게 말했다.

확실히 현재의 제논은 아이리스 왕녀조차 능가하는 힘을 가진 것처럼 보였다. 그야말로 세계최강. 알렉시아는 그렇게 생각해서 위축되고 절망했을 것이다. 그래……, 섀도우의 검술을 알기 전의 알렉시아라면 그랬을 것이다.

그러나 현재의 알렉시아에게는 눈앞의 제논이 전혀 최강처럼 보이지 않았다.

아니, 오히려.

"추하네……."

"추하군……."

알렉시아와 섀도우가 이구동성으로 말했다. 두 사람은 같은 검술을 지향하고 있었다. 그래서 느끼는 바도 같았다.

"추하다고……?"

제논이 웃음을 싹 지우고 물어봤다.

"겨우 그 정도로 최강이라고 사칭하지 마. 최강에 대한 모독이다."

"이 자식이……!"

"빌려온 힘으로 최강이 되는 길은 없어."

섀도우의 마력이 이날 처음으로 강하게 발산됐다. 그동안 섀도우는 거의 마력을 사용하지 않았던 것이다. 섀도우의 마력은 치밀했다. 너무 치밀해서 그 존재를 지각하기 어려울 정도였다.

그런데 이게 뭘까.

강해진 마력은 청보라색 선이 되어 모습을 드러냈다. 한없이 가느다란 선 몇 가닥. 그것이 번개처럼, 혈관처럼 섀도우를 휘감으면서 아름다운 빛을 그려냈다.

"예쁘다……."

알렉시아는 넋을 잃고 그 광경을 바라봤다. 빛의 아름다움이 아니라, 치밀하게 정제된 마력의 아름다움에 반하여 동경하게 된 것이다.

"이게, 뭐야……?"

제논도 똑같이 충격을 받았다. 마력을 이토록 아름다운 형태로 만들어낸 자는 지금까지 본 적이 없었다.

"진정한 최강이 무엇인지…… 그 눈동자에 똑똑히 새겨라."

칠흑의 칼에 마력이 모여들어 형태를 이룬다. 그것은 회오리 같은 모습으로 힘을 집약시켜 나갔다.

마치 모든 것이 그 회오리로 빨려 들어가는 것처럼.

엄청난 힘이 칠흑의 칼에 깃들었다.

"이것이 나의 최강이다."

섀도우가 검을 들어 올렸다.

찌르기 자세.

오직 찌르기만을 위한 자세.

"아, 안 돼……."

덜덜 떨리는 것은 대지인가, 대기인가, 제논인가.

아니, 전부였다.

모든 것이 떨리고 있었다.

알렉시아도 자신이 떨고 있다는 사실을 깨달았다. 그러나 알렉시아의 떨림은 공포가 아닌 환희의 떨림이었다.

이것이 도달점.

이것이 바로…… 최강의 검술.

"괄목하라……."

빛을 두른 칠흑의 검이 한껏 뒤로 당겨지더니.

『오의, 아이 엠 아토믹.』

발사됐다.

소리가 사라졌다.

빛의 분류가 제논을 집어삼키고 알렉시아 옆을 지나쳐갔다. 벽도, 대지도, 모든 것을 꿰뚫고 집어삼키면서 머나먼 밤하늘 저편을 향해 날아가더니.

폭발했다.

밤하늘에 빛의 무늬가 생겼다. 왕도가 청보랏빛으로 물들었다.

아득히 먼 곳에서…… 폭풍이 불어와 뒤늦게 왕도를 덮치면서 비구름을 날려버리고, 가옥을 흔들고, 대지를 흔들며 지나갔다.

그 후에 남은 것은 아름다운 별하늘과 만월.

제논은 흔적도 없이 증발했다.

벽에 뚫린 거대한 구멍은 지상까지 연결되어 있었다.

그리고…… 섀도우는 칠흑의 코트를 펄럭이며 모습을 감췄다.

과거에…… 핵에 도전한 남자가 있었다.

그는 육체를 단련하고 정신을 단련하고 기술을 단련했다.

하지만 아무리 애써도 핵이 있는 저 높은 곳에는 다다를 수 없었다.

그래도 남자는 포기하지 못했고, 광기 어린 수행을 쌓은 끝에 기어이 해답을 찾아냈다.

【문제】핵 공격에 의해 증발되지 않으려면?

【해답】핵이 되면 된다.

이런 단순명쾌한 사고를 바탕으로 탄생한 것이 궁극 오의『아이 엠 아토믹』이다. 그 위력은 그야말로 핵폭탄 수준!

얼마나 오랫동안 우두커니 서 있었을까. 알렉시아는 문득 자기를 부르는 소리를 들었다.

"알렉시아…… 알렉시아……!"

멀리서 누군가가 숨차게 외쳐 부르고 있었다. 알렉시아에게는 익숙한 목소리였다.

"언니…… 아이리스 언니……!"

그렇게 외치면서 달려갔다.

큰 구멍을 빠르게 통과해 밖으로 나갔다.

"알렉시아, 알렉시아!!"

아이리스가 뛰어왔다.

"언니, 나, 나……!"

다짜고짜 알렉시아를 끌어안는 두 팔. 아이리스의 온몸은 흠뻑 젖어 있었다. 차갑고도 따뜻했다.

"무사해서 다행이야……, 정말로."

꽉 안겼다.

알렉시아도 머뭇머뭇 아이리스의 등에 팔을 둘렀다.

"미안해. 너무 차갑지?"

알렉시아는 아이리스의 품속에서 고개를 흔들었다. 눈물이 흘러넘쳐 그칠 줄 몰랐다.

두 명의 학생이 초여름 옥상에 올라와 있었다. 한 명은 은빛 머리카락을 지닌 아름다운 소녀. 나머지 한 명은 평범한 흑발 소년.

"뭔가 내막이 있을 것 같은 사건이지만 표면적으로는 일단 해결됐어. 그러나 언니는 전문 수사대를 만들 준비를 하고 있고, 나도 협력할 거니까. 진짜 싸움은 지금부터야."

소녀가 말했다.

"응, 적당히 잘해봐."

소년이 말했다.

"고로 너의 혐의는 풀렸어. 그동안 폐를 많이 끼쳤지."

"어, 그건 괜찮은데."

두 사람 사이로 바람이 지나갔다. 소녀의 스커트가 흔들리면서 하얀 다리가 드러났다.

"더워 죽겠거든? 안으로 들어가지 않을래?"

오늘은 날씨가 화창해서 한낮의 햇볕이 쨍쨍 내리쬐고 있었다. 두 사람의 발밑에 짙은 그림자가 드리웠고, 저 먼 곳에서는 벌써부터 여름벌레의 울음소리가 들려오고 있었다.

"잠깐만. 두 가지. 너에게 하고 싶은 이야기가 있어."

"여기서?"

"여기서."

소녀는 눈을 가늘게 뜨고 푸른 하늘을 우러러봤다.

"첫째. 일단 고맙다는 인사는 해두고 싶어. 전에 내 검술을 좋아한다고 말해줬잖아? 늦었지만 인사할게. 고마워."

"에이, 뭘. 됐어."

"이제야 겨우 나도 내 검술을 좋아하게 되었어. 네 덕분은 아니지만."

"사족이 하나 붙은 것 같지 않아?"

"아니, 그게 사실이니까."

두 사람의 시선이 부딪쳤다. 먼저 시선을 피한 사람은 소녀이었다.

"어, 아무튼 좋아하게 됐다니 다행이네. 안 그래?"

"맞아. 다행이야."

소녀는 미소 지었다.

"그래서 두 번째는 뭔데?"

"지금까지 우리는 사귀는 척을 했잖아? 그런데 이번 사건으로 제논이 죽었으니까."

"드디어 나도 해방되는 거구나."

"그래서 제안을 하나 하고 싶어."

소녀는 거북한 이야기라도 하는 것처럼 신중하게 단어를 골랐다.

"저기, 너만 괜찮다면……."

소녀의 붉은 눈동자가 이리저리 방황했다.

“이런 관계를, 앞으로도 좀 더 유지해보지 않을래?”

조금 작아진 목소리로 소녀가 말했다.

소년은 상쾌한 미소를 지었다.

“거절한다.”

가운뎃손가락을 곧게 세우면서 소년이 말했다.

소녀는 칼을 쑥 뽑았다.

저녁 무렵에 이 옥상을 방문한 학생은 거기서 대량의 혈흔을 발견했다.

그런데 다량의 피가 흘렀음에도 불구하고 그 근처에서 시체는 발견되지 않았다. 학생들과 학교 관계자들을 살펴봐도 중상을 입거나 행방불명된 사람은 없었다. 그리하여 사건은 미궁에 빠졌다.

훗날 이 사건은 『시체 없는 살인 사건』으로서 학교의 7대 불가사의가 되었다.

어느 날 아이리스는 동생 알렉시아에게 이상한 질문을 받았다.

“100퍼센트 용서받을 수 있는 사과 방법을 가르쳐주세요”라는 말을 듣고 아이리스는 눈썹을 찡그렸다.

도대체 이 동생이 나에게 뭘 기대하는 걸까. 속으로 그렇게 생각하면서 아이리스는 당연한 사실을 가르쳐줬다. “그런 사과는 없어”라고.

부루퉁해진 알렉시아. 아이리스는 아주 평범한 상식을 설명해줬지만, 알렉시아는 그런 것은 한 귀로 듣고 한 귀로 흘려버렸다.

“몰라, 난 원래 사과하는 거 싫어해요” 하고 고개를 팩 돌리는 알렉시아. 아이리스도 ‘아, 안 되겠다’ 하고 포기하는 것으로 그 날 하루는 끝났다.

그러나 아이리스는 불타는 사명감을 느꼈다.

이 동생을 어떻게든 해줘야 한다.

이야기의 흐름상 아마도 이 못난 동생이 친한 사람에게 뭔가 폐를 끼친 것은 확실했다. 그런데 동생의 상태를 보니, 아무래도 상대와 제대로 화해하진 못한 것 같았다.

그러고 보니 동생이 사과하는 방법을 물어본 것은 처음이었다.

지금까지 알렉시아는 뭔가 잘못하면 알아서 예의 바르게 사과했었다. 전혀 진심이 담기지 않은 형식적인 사과였지만, 어차피 형식적인 관계라면 상대도 그걸 눈치챌 리 없었다. 그래서 그동안 문제없이 잘 지내왔던 것이다.

그런데 이제 와서 사과하는 방법을 물어보다니. 그렇다는 것은, 형식적인 친구가 아닌 진짜 친구가 생겼다는 뜻이다.

저런 동생에게.

친구가 생긴 것이다.

아이리스의 마음은 기쁨과 약간의 쓸쓸함, 그리고 압도적인 사명감에 사로잡혔다.

그런데 말로 타일러봤자 알렉시아는 반발하기만 할 것이다. 역효과다. 아이리스는 밤늦게까지 열심히 고민해봤지만 결국 좋은 해결책은 떠오르지 않았다.

애초에 아이리스가 사람을 대하는 방식은 진지하지만 능숙하진 않았다. 정면으로 부딪치는 교제 방식은 알렉시아에게는 적합하지 않을 테고, 그러라고 말해봤자 본인이 듣지도 않을 것이다. "이거 봐요, 언니. 나 소름 돋았어요"라고만 할 테지. 사실이 자매는 인간관계뿐만 아니라 모든 것이 근본적으로 정반대였다.

그래서 아이리스는 어떤 소문을 한번 믿어보기로 결심했다.

오랜만에 두 자매의 휴일이 겹쳤다. 아이리스는 알렉시아를 데리고 요즘 입소문이 난 상점을 방문했다.

"언니, 여기는 어디예요?"

"미쓰고시 상회. 요새 왕도에서 유명하다던데. 굉장히 맛있는 디저트를 파는 가게래."

"디저트요? 뭐, 싫어하는 건 아니지만……."

오묘한 표정을 짓는 알렉시아. 아이리스는 허둥지둥 부연 설명을 했다.

"저, 저기, 초콜릿이라는 게 있는데, 여자들에게 무척 인기 있는 디저트래. 그러니까, 어, 선물로 주기도 좋을 것 같아서. 안 그래?"

알렉시아의 눈빛이 차가워졌다.

"그, 그러니까 예를 들어, 친한 친구가 있다면, 그 친구가 기뻐할 것 같은데……."

아이리스는 거짓말을 진짜 못하는 사람이었다. 억지로 꾸며낸 미소가 덧없었다.

"네, 대충 이해했어요. 얼른 들어갑시다."

알렉시아는 대책 없는 대상을 보는 듯한 눈빛으로 언니를 보면서 말했다.

"앗, 안 돼. 다들 줄 서 있잖아."

미쓰고시 상회는 대성황이었다. 줄이 길게 늘어서 있었다.

"우리가 줄을 서면 오히려 민폐예요."

알렉시아가 그렇게 말하자, 마치 그때를 노린 것처럼 상점의 여직원이 나타났다.

"아이리스 님과 알렉시아 님이시죠? 환영합니다."

파란 원피스 제복을 입은 그 여성은 공손히 고개 숙여 인사하고 두 사람을 인도했다. 주위를 둘러보니 두 명의 왕녀는 상당히 주목받고 있었던 모양이다.

"아, 그렇구나."

아이리스가 고개를 끄덕였다. 알렉시아는 한숨을 쉬었다.

혼잡한 가게 안을 통과해 조용한 한구석으로 안내되었다. 그들을 안내해준 진갈색 머리카락의 여성은 이곳이 '유명인 전용 매장'이라고 설명해줬다.

매장 인테리어는 차분하면서도 깔끔하고 센스 있는 스타일이었다. 화려한 장식적 디자인에 익숙한 두 사람에게는 그것이 신선해 보였다. 상품 하나하나도 새롭고 신기했다. 심드렁하던 알렉시아도 점점 눈을 반짝반짝 빛내기 시작했다.

남색 머리카락을 지닌 절세미인 엘프가 두 사람 앞에 등장했다.

"오래 기다리셨지요? 저는 미쓰고시 상회의 회장인 루나라고 합니다. 여기 이것이 신제품 초콜릿입니다."

그가 아이리스와 알렉시아에게 내민 것은 한 입 사이즈인 동글동글한 갈색 덩어리였다.

"이것은 이제 막 발매한 『트러플』이란 상품입니다."

"『트러플』……."

"모양새는 별로 맛있어 보이진 않네요."

탐탁지 않은 반응을 보이는 알렉시아.

"하, 하지만 냄새는 좋아요."

재빨리 수습하는 아이리스.

"시식도 가능합니다. 한번 드셔보세요."

루나는 여유로운 미소를 지으며 대응했다.

"네, 그럼 시식을 해보죠."

"하나만 먹어볼게요."

입에 넣자마자 두 사람의 얼굴이 환해졌다.

"이건……. 무척 깊은 단맛이 나네요. 질리지 않고 계속 먹을 수 있겠어요."

"쌉쌀한 맛이 단맛을 더 끌어올려주네요. 부드러우면서도 감칠맛 있고 향기도 굉장히 좋아요. 이거 살게요."

알렉시아는 물론이고 아이리스까지도 초콜릿 상품을 종류별로 다 샀다. 구입한 상품은 성으로 배달해준다고 한다. 서비스도 빈틈이 없었다.

"알렉시아, 선물용으로 포장해 달라고 하는 게 낫지 않아?"

"그럴 필요 없습니다. 언니."

"그, 그래?"

일을 마치고 돌아가려는 두 사람에게 루나가 말을 걸었다.

"괜찮으시다면 다른 상품도 한번 봐주시겠어요? 틀림없이 마음에 드는 상품이 있을 겁니다."

"음, 글쎄요……."

그렇게 오래 머물 생각은 아니었는데, 초콜릿을 개발한 상회의 상품에는 아무래도 관심이 갔다. 알렉시아도 좀 흥미가 있어 보였다.

"네. 보여주세요."

"알겠습니다."

루나는 능숙하게 직원에게 지시를 내려서 상품을 차근차근 소개하기 시작했다.

디저트만 있는 것이 아니었다. 별미, 보존식품, 차, 술, 일용품, 액세서리…….

전부 다 신선하고 매력이 넘쳐서 두 사람에게 예상외의 지출을 하게 만드는 것이었다.

그리고 두 사람 앞에 조그만 천 조각이 놓였다.

"이게 뭐죠……?"

레이스가 달린 까만 천 조각을 손가락으로 집어 들고 고개를 갸웃거리는 알렉시아.

"이건 여성용 속옷입니다."

루나가 웃으며 대답했다.

"속옷이라고요?"

"이게……?"

아이리스와 알렉시아는 그 천을 찬찬히 살펴봤다. 까만색 T자 형태의 천이 하얀 레이스로 장식되어 있었다.

자세히 보니 진짜로 여성용 속옷처럼 보이기도 했지만, 속옷 치고는 천의 면적이 지나치게 좁았다. 이러면 엉덩이가 거의 다 드러날 텐데. 게다가 군데군데 비치는 부분도 있고.

"이것은 T팬티라는 상품입니다."

"T, T팬티……."

아이리스는 전율했다. 이건 진짜로 최소한의 부분밖에 감추지 못한다. 물론 디자인은 귀엽지만 의도가 너무 노골적이었다.

이, 이런 속옷이 세상에 존재해도 되는 건가?

"남성분들이 무척 좋아하신다고 하더군요."

그 한마디에 알렉시아가 움찔! 하고 반응했다.

"언니……."

"알렉시아, 너 설마……."

"나 엉덩이는 예쁘다고 자부해요."

“그, 그게 문제가 아니잖아?!”

이 동생님이 도대체 무슨 말을 하는 거야?!

“이, 이, 이, 이런 천박한 속옷은, 왕녀가 입을 만한 것이 아니야!”

“엉덩이는 예쁘다고 자부해요.”

“그건 아까도 말했잖아! 안 돼, 용납할 수 없어, 절대로 용납 못해!!”

“원하신다면 시착도 가능합니다.”

쓸데없는 말 하지 마! 하고 아이리스는 반사적으로 소리 지르려다가 간신히 꾹 참았다.

“시착을 해볼게요.”

“안 돼!”

“언니, 시착 정도는 괜찮잖아요.”

“안 돼. 넌 그렇게 해서 꼭 사야만 하는 분위기를 조성함으로써 얼렁뚱땅 사버리려고 하는 거잖아. 난 다 알아!”

쳇 하고 알렉시아가 혀를 찼다.

“아이리스 님께서 뭔가 오해하고 계시나 봐요. T팬티는 원래 여성을 위한 속옷입니다.”

루나가 그렇게 말하더니 몸을 일으켰다.

“실은 저도 같은 제품을 착용하고 있답니다.”

그러더니 뒤로 돌아서는 루나.

검은 드레스에 감싸인 루나의 멋진 엉덩이에 두 사람의 시선이 고정됐다.

“자, 아시겠어요? 저는 얇은 드레스를 입고 있습니다만, 속옷 라인이 전혀 눈에 띄지 않죠.”

“아, 진짜다.”

얇은 옷을 입으면 속옷 라인은 저절로 드러난다. 격식 차리는 자리에서는 그게 싫어서 일부러 속옷을 안 입는 여자도 있을 정도였다.

그런데 T팬티를 입으면 그런 걱정을 할 필요가 없었다. 옷만 봐서는 그 밑에 속옷을 입었다는 사실을 전혀 알 수가 없었다.

“진짜로 입은 거 맞아요……?”

“확인해보실래요?”

루나가 천천히 드레스 자락을 걷어 올렸다. 매력적인 허벅지가 노출되었다.

“아, 아뇨, 됐어요!”

“네. 농담이었어요.”

루나는 섹시한 미소를 짓더니 드레스를 다시 내렸다.

“가볍게 시착이라도 한번 해보세요.”

“해볼게요.”

“그, 그냥 시착만 하는 거라면…….”

두 사람은 루나의 안내를 받아 넓은 피팅룸으로 이동했다.

얇고 흐물흐물한 속옷을 들고 즐겁게 옷을 갈아입는 알렉시아. 아이리스는 그런 동생을 불안하게 지켜봤다.

알렉시아는 스커트를 걷어 올리고 하얀 팬티를 내렸다. 또르르 말린 팬티가 발목에 걸렸다. 알렉시아는 다리를 들어 한 발씩 밖으로 빼내고, 방금 벗은 팬티를 벽의 고리에 걸었다. 그리고 T팬티를 펼쳐 들었다.

"세상에, 다 비쳐 보이잖아……."

기막혀하는 아이리스의 목소리.

"통기성이 좋아 보이네."

즐거워하는 알렉시아의 목소리.

알렉시아는 엉거주춤한 자세로 오른발을 들어 올렸다. T팬티에 발을 쏙 집어넣더니 나머지 한쪽도 똑같이 했다.

그리고 스커트 안으로 팬티를 확 끌어올렸다. 고개를 갸웃거렸다.

"어? 어째 착용감이……."

그러더니 자기 스커트를 들추는 알렉시아. 그걸 본 아이리스는 말문이 막혀버렸다.

"저게 무슨……."

아이리스는 눈앞이 새하얗게 변하는 기분을 느꼈다.

"알렉시아 님, 앞뒤를 거꾸로 입으셨어요."

"아, 그랬구나."

알렉시아와 루나는 사고가 정지된 아이리스를 내버려두고 자기들끼리 대화를 나눴다.

알렉시아는 재빨리 T팬티를 벗더니 앞뒤를 바꿔 입었다.

"촉감이 좋네요."

"네. 질 좋은 신소재를 사용했습니다."

다리를 올려보기도 하고, 웅크리기도 하고, 넓게 벌리기도 하면서 착용감을 확인해보는 알렉시아.

"언니, 이거 봐요."

그 말에 아이리스는 정신을 차렸다.

"자, 보세요."

알렉시아가 자기 스커트를 들췄다.

그러자 예쁘게 생긴 엉덩이가 거의 고스란히 드러났다.

하얗고 고운 피부가 조명을 받아 빛났다.

알렉시아가 재미있어하면서 허리를 움직이자, 엉덩이 두 짝도 탄력 있게 흔들렸다.

"그, 그만해, 너무 천박하잖아!"

"보세요. 팬티 라인이 하나도 안 보여요."

스커트를 내렸더니 정말로 팬티 라인이 감쪽같이 사라졌다.

"앞쪽도 보세요. 예쁘죠?"

다시 스커트를 올리고 앞으로 돌아서는 알렉시아.

실제로 예쁜 디자인이었다. 하지만, 이건…….

"아, 아, 아, 알렉시아, 그거, 훤히 비쳐 보이잖아……."

"이 정도면 아슬아슬하게 괜찮아요."

괜찮지 않아, 괜찮지 않아, 괜찮지 않아. 아이리스는 머릿속으로 세 번 외쳤다.

"이거 살게요. 같은 거 세 개랑 다른 색깔도 주세요."

"구입해주셔서 감사합니다."

"안 돼, 절대 안 돼!!"

퍼뜩 정신을 차린 아이리스.

"이, 이런 천박한 속옷은 미드갈 왕국의 왕녀로서 용납할 수 없어!!"

"언니……!"

"저어어얼대로 용납 못해!!"

"그냥 속옷인데 뭐 어때요?!"

아이리스와 알렉시아는 서로 쏘아봤다. 루나는 거기서 불꽃이 튀는 듯한 환상을 보았다.

"알았어요."

"알렉시아. 드디어 알아준 거니?"

"나는 언니 말은 잘 듣기로 마음먹었어요. 지금까지 나는 들을 필요도 없는 말에 휩쓸려 다니면서, 정작 들어야 할 말은 잃어버린 상태였어요. 언니가 전에 말했었죠. 내 검술을 좋아한다고."

알렉시아는 훤히 비치는 속옷을 내보인 채 진지한 얼굴로 아이리스를 응시했다.

"응. 그랬지."

"내 검술은 곧 나라는 하찮은 인간 그 자체입니다. 그러니까 그것을 인정해준 사람의 말은 소중히 새겨듣고 싶어요."

"알렉시아……."

아이리스는 감동하여 부르르 떨었다. 드디어 자매의 마음이 통한 것이다.

"언니가 T팬티를 용납하지 못한다면 나도 포기할게요. 나는 정말로 T팬티를 입고 싶지만, 그래도 포기하겠습니다. 그러니까 언니, 대답해주세요. 정녕 T팬티란 것은 절대로 용납될 수 없는 것인가요?"

마음속 깊은 곳을 들여다보는 듯한 알렉시아의 시선. 아이리스는 당황했다.

"으, 으윽…… 그건, 어, 절대로 그런 것은……."

"절대로 그런 것은 아니군요?"

"……응."

"그럼 살게요!"

"구입해주셔서 감사합니다~!"

어쩐지 동생이 나를 교묘하게 구워삶은 것 같은데. 아이리스는 그런 생각을 하면서도, 환하게 웃는 동생의 얼굴을 보고 '뭐 어때, 괜찮겠지' 하고 미소 지었다.

Not a hero, not an arch enemy,
but the existence intervenes in a story and shows off his power.
I had admired the one like that, what is more,
and hoped to be.
Like a hero everyone wished to be in childhood,
"The Eminence in Shadow" was the one for me.
That's all about it.

The Eminence in Shadow

I can't remember the moment anymore.
Yet, I had desired to become "The Eminence in Shadow"
ever since I could remember.
An anime, manga, or movie? No, whatever's fine.
If I could become a man behind the scene,
I didn't care what type I would be.
Not a hero, not an arch enemy,
but the existence intervenes in a story and shows off his power.

4장

『섀도우 가든』의 표면과 이면?!

The Eminence in Shadow
Volume One
Chapter Four

곧 여름이 온다.

그것이 느껴지는 날씨. 그런 날에 나는 힘차게 목검을 휘두르고 있었다. 지금은 오후 실기 수업 시간. 알렉시아한테서 해방된 나는 효로, 쟈가와 함께 수업을 받고 있었다. 제논 선생님의 불상사로 인해 왕도 무신류를 수강하는 학생이 감소했으므로, 우리는 자연스럽게 7부로 올라가게 되었다.

"어, 그래서 알렉시아 왕녀님하고는 어떻게 됐어?"

옆에 있는 효로가 목검 휘두르기를 하면서 질문했다.

"말했잖아. 헤어졌어. 끝."

덤으로 살해될 뻔했고.

"아깝네요. 뽀뽀도 못 해봤잖아요?"

쟈가가 말했다.

"응, 안 했지."

그런 식으로 시시한 잡담이나 하면서 타성에 젖어 시시하게 검을 휘둘렀다. 그야말로 7부다운 느낌이었다. 완벽한 시간낭비였지만, 이것이 몹의 삶이라면 따를 수밖에 없었다.

"슬슬 무신제 축제가 시작될 텐데요. 둘 다 선발 대회에 참가 신청은 했어요?"

"당연하지! 대회에서 활약하면 여자애들 두세 명쯤은 얼마든지 낚아챌 수 있잖아?"

효로가 말했다. 참고로 모솔이다.

"우후후, 세 명이나 상대하려면 힘들겠네요."

쟈가가 말했다. 참고로 모솔이다.

"시드, 넌 참가 신청 안 했지?"

무신제란 것은 2년에 한 번씩 개최되는 대대적인 검술 대회다. 국내는 물론이고 국외에서도 이름난 검사들이 모여든다. 이 무신제에는 '학교 출전권'도 따로 배정되어 있는데, 이 출전권으로 출전할 사람을 결정하는 것이 선발 대회다. 당연히 평범한 몹인 나는 그런 대회에 참가해서 주목을 받고 싶은 마음은 요만큼도 없었다. 말도 안 되는 이야기였다.

"나는 안 나갈……."

"내가 대신 참가 신청을 해놨으니까 감사하도, 로호옥?!"

돌연 배를 붙잡고 고통스러워하는 효로.

"효, 효로 군?! 갑자기 왜 그래요?!"

귀신같이 빠른 보디블로. 나 같은 사람이 아니면 보지도 못할 정도였다.

"야, 효로. 복부를 라이트 보디 훅으로 공격당한 것처럼 쓰러지다니, 대체 무슨 일이야?"

나는 주먹 쥔 오른손을 펴면서 말했다.

"시, 시드 군. 이상할 정도로 구체적인 지적이네요."

"저런. 이거 완전히 실신했네. 보건실로 데려갈 거니까 좀 도와줘. 아 참, 선발 대회 참가 신청 말인데. 취소도 가능해?"

"어? 글쎄요. 앗, 효로 군이 거품을 물고 있어요."

효로가 돌연 발작을 일으켜 쓰러졌다. 그런 이유로 선생님께 허가를 받아서 보건실로 그를 데려갔다.

도중에.

"저게 뭐야?"

나는 학교 건물로 들어가는 위풍당당한 집단을 발견했다.

"저건…… 아, 아이리스 왕녀님도 계시네요."

알렉시아도 있었다. 알렉시아는 한순간 나와 눈이 마주치자 흥! 하고 고개를 돌렸다.

나는 알렉시아가 미쳐 날뛰는 무차별 길거리 살인마로 변해버렸다는 사실을 아직 아무에게도 이야기하지 않았다. 알렉시아가 나를 건드리지 않는 한, 나도 그날 옥상에서 있었던 사건을 아무에게도 이야기하지 않을 것이다. 상호 불가침 조약. 알렉시아는 알아서 사람 베는 놀이를 즐기면 된다. 최근 들어 검술 실력도 많이 좋아진 것 같고, 기량을 연마하는 것은 바람직한 일이다. 나를 베지만 않는다면.

"그러고 보니 아이리스 왕녀님이 미드갈 학술 학교에 무슨 조사를 의뢰하셨다는 소문을 들었는데요."

쟈가는 이래 봬도 정보통이었다. 우리가 재학 중인 이 미드갈 마검사 학교는 무지무지 넓어서, 같은 건물 안에 미드갈 학술 학교도 있었다. 그쪽은 학문과 연구 위주의 학교라고 한다. 자세히는 몰라도.

"어~ 그렇구나."

그러고 보니 새로운 부대를 만든다고 했던가.

나와 쟈가는 기사단 일행이 지나가는 모습을 지켜봤다. 그 후 효로를 보건실 안에 던져놓고 수업을 쨌다.

넓은 응접실에서는 소수의 인간들끼리 대화하고 있었다.

"왕국 최고의 두뇌로 이름난 당신에게 이 아티팩트의 해독을 의뢰하고 싶어."

그렇게 말하면서 커다란 펜던트 같은 물건을 내민 사람은 붉은 머리 미녀 아이리스였다.

"하지만 저는 아직 학생인데요."

아티팩트를 보고 거절한 사람은 분홍 머리 미소녀였다.

"당신의 연구 성과는 국내외에 널리 알려져 있어. 이 분야에서 당신보다, 셰리 바넷보다 더 훌륭한 연구자는 없을 거야."

"하지만……."

"좋은 기회인데 수락해보지 그러냐?"

셰리의 말허리를 자른 것은 초로의 남성이었다.

"루슬란 바넷 부교장 선생님……."

"그냥 아버지라고 불러도 돼."

루슬란은 웃으며 말했다.

셰리는 난처한 미소를 지었다.

"셰리. 넌 언젠가 세계적인 연구자가 될 거야. 아이리스 왕녀님의 의뢰는 너의 빛나는 미래의 초석이 되어줄 거다."
"하지만, 전 그렇게……."
"셰리. 내가 늘 말했잖니. 자신감을 가지렴. 너는 할 수 있어. 이건 오직 너만 할 수 있는 일이야."
루슬란은 셰리의 가냘픈 어깨에 손을 올렸다.
"알겠습니다……."
셰리는 아이리스가 내민 아티팩트를 받았다.
"고대문자네요. 그것도 암호로 된 문장."
"디아볼로스 교단이라고 하는 종교단체의 시설에서 발견된 거야. 아마 고대문명을 연구하던 모양인데, 자세한 것은 모르겠어. 그리고 암호도 고대문명과 관련이 있을 거야."
"이건 확실히 저에게 의뢰할 만한 일이군요."
셰리는 흥미진진하다는 듯이 아티팩트를 관찰했다.
"응, 그래서 그 아티팩트를 경비할 기사단원을 파견하고 싶어."
"경비라뇨……?"
아이리스의 말에 루슬란이 반응했다.
"실은 디아볼로스 교단이라는 종교단체가 이 아티팩트를 노리고 있습니다."
"그것 참 무서운 이야기군요."
루슬란의 눈빛이 날카로워졌다.
"원래 이 아티팩트 자체도 디아볼로스 교단의 시설에서 압수한 겁니다. 당연히 이것 외에도 다양한 자료와 물품을 압수해서 보관하고 있었습니다. 그런데 유감스럽게도 얼마 전에 누군가가 그 보관창고에 불을 질러서 물건이 다 타버리고 이 아티팩트 하나만 남았습니다."

"아, 네. 얼마 전의 그 화재 사건이요. 그러고 보니 그 후에 아이리스 님께서 새로운 기사단을 설립하셨지요."

"네. 아직 규모는 작지만요."

"이름이 아마 『주홍 기사단』이던가요. 오늘도 『주홍 기사단』으로서 방문하신 거죠."

"네……."

"기존의 기사단이 그렇게 못 미더우신가요?"

루슬란의 예리한 질문에 아이리스는 대답하지 않았다. 눈썹 하나 까딱하지 않고 루슬란을 쳐다볼 뿐이었다.

"흠, 좋아요. 두 명까지는 허가하겠습니다."

"두 명이요……. 내가 직접 경비하면 문제없을 텐데."

아이리스는 고민하는 표정을 지었다.

"아이리스 님께서 항상 현장에 나가 계시면 기사단 일에 지장이 생깁니다."

그렇게 말한 사람은 아이리스 왼쪽에 앉아 있는 덩치 큰 기사였다. 사자 갈기 같은 수염과 탄탄하게 단련된 육체. 뺨에는 크게 베인 흉터가 남아 있었다.

"그렇죠……. 글렌, 경비는 당신에게 일임하겠습니다."

"네! 맡겨주십시오."

글렌은 고개를 숙였다.

"언니, 그럼 나도 협력할게요."

아이리스의 오른쪽에 앉아 있는 알렉시아가 말했다.

"경비에 인력을 할애하면 그만큼 칠흑 사건에 대응하는 사람이 줄어들잖아요."

아이리스는 침묵했다.

"『주홍 기사단』은 인원이 많이 부족합니다. 게다가 나는 **'그'**를 알고 있어요. 그러니까 내가 적임자입니다."

"알렉시아. 하지만 넌 아직……."

"학생이죠. 학생이지만 실력이 있으면 상관없다. 언니가 그렇게 말했잖아요."

"그런 말은 하지 않았어."

"비슷한 말을 셰리 씨에게 했어요."

아이리스는 뾰로통해졌고, 알렉시아는 여유로운 미소를 지었다.

"뭐야. 옛날에는 진짜 귀여웠는데……."

그렇게 중얼거리는 아이리스.

"다 들려요. 언니. 나는 알고 싶어요. **'그들'**의 목적이 무엇인지. 그리고…… 그들이 우리와 대적할 생각인지."

"하지만 위험하잖아."

"나도 알아요."

아이리스와 알렉시아는 잠시 말없이 눈싸움을 벌였다.

"알았어. 학업에 지장이 가지 않는 범위 내에서, 위험성이 적은 임무에 대해서만 협력을 요청할게."

"네. 감사합니다."

알렉시아는 미소 지으며 고개를 숙였다.

"그럼 아티팩트 건은 잘 부탁해."

아이리스는 한숨을 내쉬고 셰리에게 말했다.

저녁나절. 수업을 마친 나는 선발 대회 참가 신청을 취소하러 갔다.

"네, 안녕히 계세요."

나는 인사하고 나서 학생과를 나왔다.

"어떻게 됐어?"

밖에서 기다리던 효로와 쟈가가 다가왔다.

"이미 토너먼트 대진표가 정해졌기 때문에 안 된대."

나는 한숨을 쉬었다.

"야, 기운 내. 거기서 멋진 모습을 보여주면 되잖아. 인기 폭발할걸?"

"맞아요. 위기는 곧 기회라고 하잖아요."

나는 고개를 설레설레 저었다.

"승패가 문제가 아니야. 난 그냥 출전하기 싫은 거야."

"어휴, 진짜. 알았어, 내가 끝내주는 가게를 소개해줄 테니까.

기운 내.”

“끄, 끝내주는 가게라고요?”

쟈가가 거친 콧김을 뿜으며 말했다.

“아냐~ 그런 가게 아니야. 요새 유명해진 미쓰고시 상회란 가게인데. 거기서 신기한 상품을 판다고 했어. 특히 초콜릿이라는 디저트가 달콤하고 무지무지 맛있대.”

“달콤한 디저트요? 와, 좋네요.”

“바보야. 네가 먹으면 어떡해?”

딱! 하고 효로가 쟈가의 머리에 꿀밤을 먹였다.

“그건 여자한테 선물하는 거야. 여자는 단순해서 단것만 먹여주면 된다니까?”

“그, 그렇군요. 역시 효로 군은 굉장해요. 한 수 배웠습니다.”

“후후, 내가 좀 굉장하지.”

의기양양해진 효로.

“자, 그럼 가자. 시드.”

“시드 군, 우리 가요.”

눈을 반짝반짝 빛내는 두 사람.

“알았어. 가자.”

나는 한숨지으며 말했다. 실은 이 세계의 초콜릿은 어떤지 조금 궁금하기도 했다.

효로가 이끄는 대로 왕도의 중심가까지 왔다. 저녁 무렵의 거리에는 사람이 아주 많았다. 입지가 좋은 가게는 모두 다 대성황이었다. 그중에서도 또 유난히 손님이 많은 곳이 그 유명한 미쓰고시 상회였다.

"우와, 엄청나네요."

우뚝 솟은 신축 호화 건축물. 더구나 센스도 좋고 현대적인 분위기까지 느껴졌다. 뭐랄까. 전생에 명품 브랜드 매장을 방문했을 때 느꼈던 위화감이 극한까지 치솟는 것 같았다. 그리고 입구에는 기다란 줄이 형성되어 있었다. 거기 줄 서 있는 손님들도 모두 귀족이나 그쪽 관계자였다. 척 봐도 귀한 손님들뿐이었다. 맨 끝에는 플래카드를 든 제복 차림의 누님이 서 있었다. 현재 대기 시간은 80분이란다.

"80분 기다려야 한대."

내가 말했다.

"기숙사 통금 시간까지는 아슬아슬하게 들어가겠네요."

쟈가가 말했다.

"여기까지 왔잖아. 일단 줄 서자."

효로가 말했다.

"그런데 요새는 위험한 칼잡이가 출몰한다는 소문도 있어요. 너무 늦게 다니면……."

"바보야, 지금 여기 마검사가 세 명이나 있잖아. 확 때려잡으면 되지.”

효로가 허리에 찬 검을 툭툭 두드렸다.

“그, 그건 그렇죠.”

“저기, 칼잡이라니? 그게 뭐야?”

내가 대화에 끼어들어 질문했다.

“최근에 밤이 되면 왕도에 칼잡이가 출몰한대요. 실력이 꽤 좋아서, 기사단에서도 희생자가 나왔다는 소문이…….”

쟈가가 소리 죽여 말했다.

“아~ 그래. 무서워서 밤에는 못 돌아다니겠네.”

칼잡이 이벤트라니. 진짜 재미있겠다. 나도 꼭 참가하고 싶다.

“야~ 빨리 줄 서자. 꾸물거리면 기숙사 못 들어간다?”

효로가 재촉하는 바람에 우리는 줄 맨 끝에 서게 되었다.

“누, 누, 누나. 예, 예쁘시네요. 혹시 취, 취, 취미는 뭔가요?”

당장 플래카드를 든 누님에게 작업을 걸기 시작한 효로. 그러나 상대는 노련한 미소를 지으며 무시했다. 그리고 어째서인지 생긋 웃는 얼굴로 나를 쳐다봤다.

“손님, 실례지만 시간 좀 내주시겠어요?”

진갈색 머리카락과 똑같은 색깔의 눈동자. 차분하고 우아한 외모. 상당한 미인이었다. 깔끔한 청색 미니 원피스에 상회 로고가 박힌 제복을 입고 있었다. 왠지 전생의 스튜어디스를 연상시키는 옷차림이었다.

“네? 저요?”

나는 나를 가리키면서 물었다.

"네. 금방 끝나니까요. 설문조사에 협조해주시길 바랍니다."

설문조사. 이 세계에서는 흔치 않은 일인데.

"아, 네, 그래요……."

"감사합니다."

"어, 나, 나도 협조할게요!"

"저, 저도요!"

효로와 쟈가가 온 힘을 다해 어필했다.

"한 분만 계시면 됩니다."

그 누님은 나와 팔짱을 끼더니 긴 줄 옆을 지나쳐서 가게 안으로 들어갔다. 내가 막판에 잠깐 뒤를 돌아보자, 효로와 쟈가가 절망적인 눈으로 나를 쳐다보고 있었다.

누님을 따라서 호화로운 가게 안으로 들어갔다.

내부는 표면적인 화려함은 억제하고, 그 대신 세세한 부분까지 완벽하게 신경 써서 차분한 분위기를 자아내고 있었다. 문외한조차도 '센스 있다'고 생각할 정도로 역시나 현대적인 분위기가 느껴졌다.

매장을 지나 직원용 문 앞까지 안내되었는데, 가면서 힐끗 본 상품이 굉장했다.

인기 상품인 초콜릿은 물론이고 그 외에도 커피, 화장품, 비누 등 이 세계에서는 처음 보는 물건들이 잔뜩 있었다. 게다가 옷, 액세서리, 신발, 속옷까지도 전부 다 세련된 디자인이라서 신기하고도 아름다웠다. 이 세계에 이런 물건이 존재한다면 잘 팔리는 게 당연하지. 나조차도 그렇게 여길 만한 물건들이 주르르 진열되어 있었다.

아무리 생각해봐도 굉장했다. 이 상회는 조만간 패권을 차지할 것이다. 나는 그렇게 확신했다.

직원용 문을 지나 통로로 이동했더니 호화 여객선 영화에서 본 것 같은 환상적인 계단이 등장했고, 그 계단을 올라가자 레드카펫이 깔린 넓고 밝은 복도가 나타났다. 그 복도 끝에는 눈부시게 빛나는 문이 있었다. 우아하게 조각된 거대한 문이었다.

문 앞에 아름다운 여자 두 명이 서 있었다. 그들은 나를 보고 인사하더니 천천히 문을 열었다.

문 너머에는 거대한 홀 같은 공간이 있었다. 그리스 신전을 연상시키는 원기둥이 늘어선 공간. 대리석 바닥이 반짝반짝 빛났다.

그리고 안쪽으로 이어진 레드카펫 좌우에는 아름다운 여자들이 줄 지어 서 있었다.

"어?"

내가 방 안으로 발을 들여놓은 순간, 여자들이 일제히 무릎을 꿇었다.

"어, 저기, 설문조사는……?"

방의 맨 안쪽에는 커다란 의자가 있었다. 섬세한 공예품 같은 그 의자 위로 천창의 진홍색 석양빛이 쏟아져 내렸다.

그곳에는 아직 아무도 앉아 있지 않았다.

의자 옆에 남색 머리카락을 지닌 아름다운 엘프가 있었다. 모델 같은 몸을 요염한 검은 드레스로 감싼 세련된 여성. 낯익은

얼굴이었다.

"오래 기다렸습니다. 주인님."

마치 여배우처럼 무릎을 꿇은 그 여성은.

"감마……."

알파, 베타에 이어 세 번째로 들어온 고참 멤버. 총명한 외모와 이지적인 푸른 눈동자. 누가 봐도 '아, 이거 엄청 똑똑한 녀석이다!' 하고 한눈에 알아볼 만한 이 여자가 바로 『섀도우 가든』의 두뇌인 감마였다.

이 감마란 녀석은 머리가 좋았다. 머리는 좋은데 실은 중대한 결점이 있었다.

그녀의 별명은 최약체 감마.

그렇다. 감마는 『일곱 그림자』 중에서도 고참인데도 전투력은 가장 약했다. 『일곱 그림자』란, 『섀도우 가든』에 맨 처음 들어온 일곱 명이다. 멋있으니까 그렇게 부르기로 했다. 감마는 그중에서도 특히 운동 센스와 전투 센스가 둘 다 치명적으로 안 좋았다.

『일곱 그림자』 가운데 그런 센스가 가장 뛰어난 것이 델타라면, 가장 부족한 것은 감마였다. 그러나 나의 개인적인 감상으로는 그 두 명은 아무리 봐도 같은 부류였다. 감마는 격노하고 델타는 기뻐할 테지만. 아무튼 100퍼센트 같은 부류였다.

나는 감마와 델타에게 검술을 가르쳐주면서 두 가지 사실을 깨달았다.

첫째, 아무리 센스가 있어도 머리가 나쁜 녀석한테는 뭘 가르쳐도 소용없다는 것.

둘째, 아무리 머리가 좋아도 센스가 없는 녀석한테는 뭘 가르쳐도 소용없다는 것.

그래서 나는 둘 다 똑같은 방식으로 지도하기로 했다.

『마력을 잔뜩 쏟아부어서 쪼개버려.』

더 이상은 바랄 수도 없었다. 내가 엄청 싫어하는 스타일, 즉 힘으로 밀어붙이는 스타일이었다. 그렇다. 내 신념은 그 두 여자 앞에서 허무하게 패배해버린 것이다. 그날을 떠올리면 지금도 머리가 지끈지끈 아파올 정도다. 아, 안 돼. 관두자. 잊어버리자.

"오랜만입니다. 주인님."

감마는 우아한 모델 워킹으로 걸어왔다. 섹시하게 허리를 흔들면서. 또각, 또각, 또각 하고 멋지게 하이힐 소리를 내면서.

그러나.

"끼약!"

아무것도 없는 데서 넘어졌다.

"이, 이거, 굽이 너무 높은데?"

그리고 굽을 탓했다.

감마는 코를 붙잡고 일어났다. 그러자 주위에 있는 누님들이 후다닥 움직여서 굽 낮은 펌프스를 준비해줬다.

"그, 그럼. 주인님. 이쪽으로 오세요."

하이힐을 바꿔 신은 감마는 아무 일 없었다는 듯이 이야기했다.

그래, 그건 좋다. 여자의 부끄러운 실수에 대한 대처법은 둘

중 하나다. 못 본 척하거나, 일부러 장난스럽게 놀리거나. 나는 못 본 척하는 타입이다. 하지만 그래도 지금은 하고 싶은 말이 있었다.

"너 코피 나."

후다닥! 주위의 누님들이 코피를 닦아줬다.

"어, 어서 이쪽으로 오세요."

얼굴을 붉히는 감마. 나는 그 모습을 보고 생각했다. 전혀 성장하질 못했구나.

나는 감마가 안내해주는 대로 거대한 의자에 앉았다. 거기서 보이는 풍경은…… 좋았다.

이거 좋네.

뻥 뚫린 거대한 공간, 천창에서 쏟아지는 진홍색 햇빛, 레드카펫 옆에서 무릎 꿇고 있는 미녀들. 그야말로 왕, 어둠의 세계의 왕이 된 듯한 기분이었다. 감마도 참 굉장하네. 이렇게까지 돈 들인 세트를 준비해주다니.

감동이 내 심금을 울렸다. 나는 다리를 꼬고 왼손으로 턱을 괴고 오른손을 들어 올렸다. 그리고 오른손 손바닥에 청보라색 마력을 모아 하늘로 던졌다.

청보라색 빛은 천장 근처까지 올라가더니 무수히 분열되어 방 안에 비처럼 내렸다.

"선물이다. 받아라……."

빛의 비. 그 비는 무릎 꿇은 여자들에게 내려서 그들의 몸을 잠시 청보라색으로 물들였다.

이건 단순히 피로가 회복되고 마력 순환이 잘되고 가벼운 상처가 낫고…… 뭐 그런 효과밖에 없지만.

"오늘 이 날을 평생의 보물로 삼겠습니다."

누군가가 떨리는 목소리로 그렇게 말했다. 내 옆에 무릎 꿇고 있는 감마였다. 와, 연기력이 상당한데?

그런데 감마 혼자만 떨고 있는 것이 아니었다. 카펫 옆에서 무릎 꿇고 있는 미녀들도 하나같이 부르르 떨고 있었다. 심지어 눈물까지 흘리는 자도 있었다. 나를 안내해준 누님은 훌쩍훌쩍 소리 내어 우는 중이었다. 연기 지도도 완벽하게 잘해둔 모양이다.

"잘했어. 감마. 그런데 이 상회에 관해 물어보고 싶은 것이 있다."

그래, 이 상회가 문제다. 초콜릿도 그렇고, 좀 전에 매장을 지나가면서 봤던 물건들도 그렇고. 실은 이 건물 디자인까지 포함해서 모든 것들이 아무리 봐도 이 세계에 속한 것이 아니었다.

"뭐든지 물어보십시오."

"이 미쓰고시 상회의 상품 말인데. 혹시 내가 옛날에 이야기했던 그건가?"

감마는 예전부터 이상하리만치 나의 지식에 관심이 많았다. 그래서 델타에게 두들겨 맞을 때마다 울상이 되어 나한테 찾아와서 이야기를 해달라고 졸라댔다. 그때 나는 전생의 일본에 존재했던 것들(이를테면 초콜릿)을 적당히 각색해서 『어둠의 지혜』로서 감마에게 가르쳐줬었다.

"네. 주인님께서 가르쳐주신 신의 지식 중 극히 일부분을 부족한 능력으로나마 재현해봤습니다."

"그, 그랬구나."

아니, 지식이라고 해봤자 나는 '쓴맛 나는 콩에 설탕을 마구 넣어서 굳히면 초콜릿이라는 맛있는 음식이 돼'라는 식으로만 이야기했을 뿐인데. 도대체 그걸 어떻게 재현할 수 있었던 걸까? 두뇌? 이게 바로 두뇌의 차이인가?

아니 뭐, 그래. 그건 그렇다 치자. 이 세상에는 천재와 바보가 있다. 그냥 그런 거다.

그런데 꼭 물어봐야 할 것이 있었다.

"알파나 다른 동료들은 이 상회의 존재를 알고 있어?"

"네. 물론이죠."

응, 요컨대 그거구나.

나 혼자만 왕따 당한 것이다. 그래, 이해해. 나만 남자니까, 여자들끼리의 모임에 끼워주기는 좀 어렵겠지.

"그, 그래서? 돈은 잘 벌어?"

"현재 국내외 주요 도시에 점포를 내면서 순조롭게 사업을 확장시키고 있습니다. 그런데 이렇게 상회 사업을 확장시키는 과정에서 얼마나 어둠의 세계에 뿌리를 뻗느냐가 중요한 문제지요."

그렇게 억지로 어둠의 설정을 갖다 붙일 필요는 없어. 요컨대, 요컨대, 그거다.

이 여자들은 나를 따돌리고 내 지식을 바탕으로 돈을 왕창 벌고 있었던 것이다. 나한테도 아주 조금이라도 배당금을 줬더라면 내가 그렇게 바닥을 기면서 금화를 줍거나 개 흉내를 내면서 금화를 쫓아다닐 필요도 없었을 텐데.

으음, 아냐. 이 여자들은 나를 위해 이런 대규모 세트를 준비해줬으니까. 그거면 충분해.

하지만, 그래도 좀. 조금.

"저기, 상담할 것이 있는데. 돈 좀 빌려주면 안 돼?"

언젠가는 갚을게. 아마도?

"네! 당장 준비하라고 하겠습니다."

감마는 즉답했다. 그리고 나를 안내해준 누님에게 지시를 내렸다.

잠시 후 상대가 카트에 금화를 실어 가져왔다.

산더미처럼.

반짝반짝 빛나는 금화가 평생 본 적도 없을 정도로 잔뜩 쌓여 있었다. 대충 봐도 10억 제니는 될 것이다.

"이, 이건 너무……."

안 돼. 이건 그냥 떼먹기에는 너무 많은 돈이야.

"?! 아, 너무 적은가요? 당장 더 가져오라고……."

"아냐, 됐어."

나는 감마의 말을 가로막고 금화 쪽으로 손을 뻗었다.

오른손을 화려하게 금화 더미 속에 쑥 집어넣었다. 짤랑짤랑 금화 소리가 났다.

여기서 중요한 것은 모두가 내 오른손을 주목하게 만드는 것이다. 나는 온 신경을 집중시켰다.
이어서.
"흡!"
오른손으로 열다섯 개쯤 되는 금화를 쥐었다. 그것을 남들에게 보여주고 나서 천천히 오른쪽 주머니에 집어넣었다. 오케이, 이게 150만 제니.
그런데 내 왼쪽 주머니에도 똑같이 150만 제니의 금화가 들어 있었다.
아까 내 오른손으로 모두의 시선을 사로잡았을 때, 극한의 속도로 왼손을 내밀어 금화를 확 움켜쥐어 몰래 주머니 속에 집어넣은 것이다. 알파나 델타라면 또 몰라도 감마에게는 들킬 걱정이 없었다.
"겨, 겨우 그걸로 되시겠어요? 전부 다 드리……."
그렇게 말하는 감마의 모습이 우스꽝스러워 보였다.
감마는 내가 150만 제니만 빌렸다고 생각하고 있었다. 그러나 나는 두 배인 300만 제니를 손에 넣었다.
"이거면 됐어. 충분해."
나는 터지려는 웃음을 애써 참으며 말했다.
"네. 그럼 치우겠습니다."
감마가 손뼉을 치자 누님들이 금화를 치웠다. 그리고 감마는 내 앞에 무릎 꿇고 앉았다.
"주인님께서 오늘 이곳을 방문하신 이유는 짐작하고 있습니다. 당연히 그 사건 때문이겠지요."

"그래."

나는 고개를 끄덕였다. 그 사건이 뭔데?

"죄송합니다. 현재 수사는 계속하고 있습니다만 아직 범인을 찾아내지 못했습니다. 그러나 조금만 더 기다려주세요. 왕도에 나타난 칼잡이. 칠흑의 옷을 입고 『섀도우 가든』을 사칭하는 그 어리석은 자는 이 감마가 반드시 처치하겠습니다."

"흠……."

처음 듣는 이야기였다.

"흠……."

그렇게 중얼거리더니 조용히 생각에 잠긴 섀도우. 감마는 그 모습을 지켜보고 있었다. 푸른 눈동자가 어쩐지 불안하게 흔들렸다.

갑자기 감마의 눈꼬리에서 한 줄기 눈물이 흘러내렸다. 그리운 청보랏빛 마력을 본 순간부터 감마는 옛날 일을 떠올리고 있었다.

감마의 삶은 청보라색 빛에서부터 시작됐다.

그가 없었다면 감마는 썩은 고깃덩이 상태로 죽음을 맞이했을 것이다. 가족에게 버림받고 정부의 추격을 받아 모든 것을 잃어버린 채 고통과 공포와 절망의 구렁텅이에 빠져 있었던 감마. 그런 감마를 구해준 사람이 이 청보라색 빛을 발하는 소년이었다. 감마는 그 빛을 평생 잊지 못할 것이다. 그것은 감마에게는 생명의 빛이었다.

청보라색 빛에는 생명이 깃들어 있다. 언젠가 알파가 말했었다. 논리가 아닌 본능에 의해 감마는 그 말에 동의했다.

그 빛은 결코 표면적인 상처만 치유해주는 것이 아니라, 그보다 더 깊이 파고들어 사람의 생명을 치유해준다. 감마는 청보라색 빛을 접했을 때 자기 내부에 있는 족쇄가 풀린 듯한 감각을 느꼈다. 그동안 억눌려 있던 소중한 뭔가가 해방되면서 진정한 자신을 되찾은 기분이 든 것이다.

그날 감마는 다시 태어났다. 감마라는 이름을 받았을 때 그녀는 새로운 삶을 그에게 바치기로 결심했다.

그러나 그 마음과는 달리 감마는 『일곱 그림자』 중 가장 낮은 위치에 있었다. 자기보다 늦게 들어온 신인에게 추월당하고 수없이 패배하면서 바닥을 기고 굴욕을 계속 맛봤다. 어느 순간 감마는 깨달았다. 자신이 아무리 노력해도 절대로 이길 수 없다는 사실을.

감마는 고뇌했다. 자신의 존재가치는 무엇일까. 이대로 짐짝이 되어 꼴사나운 모습을 보여줄 바에야 차라리 사라져버리는 게 낫겠다. 그렇게 결심한 그날, 어째서인지 그가 감마를 불러냈다. 그리고 『어둠의 지혜』를 가르쳐줬다.

그것은 무력이 아니라 지력으로 싸우는 길이었다. 감마는 미친 듯이 그『어둠의 지혜』에 매달렸다. 자신이 살아남을 길은 이것밖에 없다. 그런 식으로 말 그대로 목숨 걸고『어둠의 지혜』를 재현했다.

이제 와서 생각해보면 그는 모든 것을 꿰뚫어 봤던 것이리라. 감마의 고뇌도, 앞으로 나아가야 할 길도 다 알고서 그는『어둠의 지혜』를 가르쳐준 것이다.

그때 감마가 느낀 것은 안타까움이었다. 결코 범접할 수 없는 곳에 존재하는 그가 한없이 안타깝게 느껴졌다.

그에게 감마는 필요한 존재일까. 그걸 생각하면 저절로 감마의 눈에서 눈물이 흘러넘쳤다. 그래서 눈물을 닦으면서 노력하는 것이다.

좀 더 크게, 좀 더 강하게.『섀도우 가든』을 그에게 걸맞은 조직으로 성장시켰을 때에는 틀림없이…… 이 욕구도 충족될 것이다.

"흠, 그래. 그렇게 된 건가."

그의 음성이 감마를 현실로 다시 데려왔다.

"짚이는 것이 있다. 한번 알아볼게."

모든 것을 꿰뚫어 본 듯한 그의 음성. 감마는 가슴이 죄어드는 기분을 느꼈다.

이번에도 또 자신은 아무 도움이 안 될지도 모른다. 그는 언제나 아주 약간의 정보만으로도 해답을 얻어버린다. 감마가 부하들을 총동원했는데도 얻지 못했던 단서를 너무나 쉽게 찾아내버리는 것이다 그래도 감마는 포기하지 않는다. 언젠가는 그에게 인정받겠다고……, 그 꿈을 더 이상 포기하지 않기로 결심했으니까.

"뉴, 이리 오렴."

감마는 그를 여기까지 안내해준 진갈색 머리 여성을 불렀다.

"이 아이는 뉴입니다. 열세 번째 넘버스예요."

"그래?"

그는 눈을 가늘게 뜨고 뉴를 봤다. 그 예리한 눈동자로 뉴의 역량을 모조리 꿰뚫어 보고 있을 것이다.

"아직 들어온 지 얼마 되지 않았지만, 뉴의 실력은 알파 님께서도 인정하셨습니다. 심부름꾼이나 연락원으로 마음껏 쓰시길 바랍니다."

"안녕하세요, 뉴입니다. 잘 부탁드립니다."

뉴의 음성은 긴장해서 약간 떨리고 있었다.

"일이 있으면 부를게."

"네!"

뉴는 고개를 숙이고 물러났다.

"그럼 이제 슬슬 돌아갈까."

그는 그렇게 말하고 일어났다.

"아 참. 나 초콜릿 사고 싶은데. 제일 싼 거, 지인 할인으로 더 싸게 팔아주면 안 돼?"

"이봐, 최고급 초콜릿을 당장 준비해."

"어…… 그거, 얼마야?"

"지인 할인으로 100퍼센트 할인해드립니다."

"100퍼센트…… 공짜잖아? 아싸! 아, 그럼 3인분 줄래?"

"알겠습니다."

일반인 시드 카게노의 모습으로 완벽히 변신한 그의 모습을 보고 감마는 흐뭇함을 느꼈다.

"이러다 통금 시간 넘기겠어~!"

"시드 군이 늑장부려서 그래요!"

"아, 미안하다니까. 그래서 초콜릿 줬잖아."

우리 세 사람은 완전히 어두워진 왕도를 달려가고 있었다.

물론 내가 늦게 나온 것도 이유 중 하나지만, 효로와 쟈가가 끈질기게 그 누님에 관해 물어본 것도 문제였다. 뉴라고 했나? 아무튼 나는 대충 얼버무려 대답했다.

그나저나.

설마 진짜로 알렉시아가 무차별 길거리 살인마가 됐을 줄은 몰랐다. 범인이 델타가 아니라면 알렉시아일 수밖에 없었다. 그 녀석이 기어코 일을 저질렀구나. 나는 감마의 이야기를 들으면서 확신했다. 운 좋게 왕녀로 태어난 녀석이 대체 뭐가 아쉬워서 그렇게 된 걸까……?

여자 마음은 알 수가 없다니까.

뭐, 사실 무차별 길거리 살인마가 되는 것은 개인적으로는 그렇게까지 나쁜 삶은 아니라고 생각한다. 그런 인생이 있어도 괜찮지 않나? 그러나 그 녀석이 『섀도우 가든』을 사칭한다면 이야기가 달라진다. 유감스럽게도 나는 그것을 용납해줄 마음은 없었다.

그런데 그때.

"야, 방금 무슨 소리 안 들렸어?"

"네? 난 모르겠는데요."

앞에서 뛰어가는 효로와 쟈가가 말했다.

두 사람은 제대로 듣지 못한 모양이지만, 나는 그 소리를 확실히 들었다.

그것은 검과 검이 부딪치는 소리였다. 멀리서 누군가가 싸우고 있었다.

나는 멈춰 섰다.

"야, 왜 그래?"

"이러다 늦겠어요!"

한 박자 늦게 효로와 쟈가도 멈췄다.

나는 뒷골목을 가리키면서 말했다.

"똥 싸고 올게."

효로와 쟈가는 '이놈이 미쳤나' 하는 얼굴로 나를 봤다.

"지금 여기서 싸지 않으면, 뛰면서 질질 흘리게 될 거야."

"그건 진짜 큰일이네."

"지각이냐, 존엄이냐. 그것이 문제네요."

두 사람의 표정이 심각해졌다.
"난 놔두고 먼저 가. 이런 모습은 아무에게도 보여주고 싶지 않아……."
"윽! 아, 알았어. 네가 길바닥에 똥 싸느라 늦었다는 이야기는 아무한테도 안 할게!"
"시드 군의 선택은 누가 뭐래도 올바른 선택이었어요……. 나는 그렇게 생각해요!"
"더는 못 버텨, 빨리…… 빨리 가!"
"시드…… 너를 잊지 않을게!"
"시드 군……, 길에다 똥을 싸도, 우리는 쭉 친구일 거예요!"
"가, 가라고오오오오오옷!!"
두 사람은 몸을 홱 돌려 뛰어갔다.
나는 그 뒷모습을 지켜본 후 뒷골목으로 들어갔다. 잠시 기다렸다가 싸움소리가 나는 곳으로 향했다.
그 소리를 추적해서 도착한 곳은 어두운 뒷골목 안쪽이었다.
거기서 마검사 두 명이 싸우고 있었다.
한 명은 눈에 익은 교복과 짧은 치마를 입은 알렉시아가 확실했다. 그런데 나머지 한 명은 온몸을 검은색으로 감싼 가면 쓴 남자였다.
뭔가 이상했다. 『섀도우 가든』을 사칭하는 알렉시아가 검은 옷을 입었다면 납득할 수 있을 테지만, 이건 입장이 반대였다. 나는 건물 지붕 위로 올라가 기척을 숨기고 두 사람을 관찰해보기로 했다.

"그만 포기해. 당신은 나를 이길 수 없어."

싸움은 알렉시아에게 유리하게 진행되고 있었다. 검은 남자도 약하진 않았지만, 최근에 실력이 크게 향상된 알렉시아에 비할 바는 아니었다.

검은 외투는 갈기갈기 찢어졌고 핏자국이 돌바닥을 더럽히고 있었다. 한 방만 더 먹이면 결판이 날 것이다.

"어째서 죄 없는 사람을 죽이는 거지? 이런 것이 당신들의 싸움이야?"

"우리는『섀도우 가든』……."

『섀도우 가든』. 검은 남자는 틀림없이 그렇게 말했다.

"아까부터 그 말만 하네. 이게 섀도우란 남자의 의지야?"

"우리는『섀도우 가든』……."

검은 남자는 되풀이했다.

더는 의심의 여지가 없었다. 이 검은 남자가『섀도우 가든』을 사칭하는 범인이다.

미안. 알렉시아. 넌 결백했어. 나는 속으로 사과했다.

그런데 이 남자는 어째서『섀도우 가든』을 사칭하는 걸까.

그것은 당연한 의문이었지만, 나는 그 답을 저절로 알 수밖에 없었다. 나라서 알 수밖에 없었다.

그것은. 동경이다.

저 남자는『섀도우 가든』을……, 그리고『어둠의 실력자』를 동경하는 것이다. 나는 그 마음을 부정할 수 없었다. 왜냐하면 나의 모든 것도『어둠의 실력자』에 대한 동경에서 비롯된 거니까.

영화나 애니메이션이나 만화에 나오는 『어둠의 실력자』를 동경해서 모방한 것이 모든 것의 시작이었다.

저 남자도 그 길을 선택해서 『섀도우 가든』을 모방하는 것이다. 그래, 그는 이 세상 최초의 『섀도우 가든』 추종자였다.

내 가슴속에서 뜨거운 것이 울컥 치밀었다. 내가 걸어온 이 길이 옳았다는 것, 그리고 제삼자에게 인정받았다는 것이 순수하게 기뻤다.

하지만 그것을 인정할 수는 없었다. 왜냐하면 나는 『어둠의 실력자』니까. 내 조직의 이름을 사칭하는 놈을 그냥 놔두면 나는 더 이상 『어둠의 실력자』가 아니게 된다. 그가 『어둠의 실력자』인 것처럼, 나도 『어둠의 실력자』다. 그 부분에서 제멋대로 굴거나 타협하는 것은 용납될 수 없다.

"이제 끝이야."

알렉시아의 검이 추종자의 검을 쳐서 날려버렸다. 그런데 그때 나는 새로운 기척이 다가오는 것을 감지했다.

"이제 끝이야."

알렉시아가 남자의 검을 쳐서 날렸다.

뎅그렁. 검이 돌바닥에 부딪치면서 소리를 냈다.

그 순간.

"……!"

돌연 등 뒤에서 칼이 날아왔다. 알렉시아는 몸을 굴려 피했다.

이어지는 추가 공격을 반사적으로 막아내고 상대의 배를 발로 걷어찼다. 그렇게 상대와 좀 떨어지고 나서, 알렉시아는 다소 거칠어진 숨을 고르며 새로운 적을 똑바로 봤다.

마검사가 두 명 늘었다. 둘 다 온통 검은색인 남자였다.

게다가 맨 처음 싸웠던 남자도 검을 주웠다. 그 모습을 본 알렉시아는 혀를 찼다.

이로써 세 명. 모두 다 실력자다.

한 명은 이길 수 있다. 두 명이어도 지지는 않는다. 그러나 세 명은…….

"연약한 소녀와 3 대 1로 싸우려고 하다니. 너무해."

대화에 응해주면 좋을 텐데.

"그래, 1 대 1로 세 번 싸우자. 그럼 안 될까?"

천천히 포위망이 형성됐다.

알렉시아는 조금씩 자리를 옮기면서 그들에게 자기 등만은 노출시키지 않으려고 했다.

"이봐, 뒤 좀 봐. 달님이 저렇게 아름답잖아."

자기 등 뒤에 파고들려고 하는 적을 시선으로만 견제했다. 검을 살짝 움직이면서 서로 눈치 싸움을 벌였다.

"어머, 안 볼 거야? 그래도 보는 게 좋을걸."

알렉시아는 미소 지었다. 달빛 아래 그녀의 붉은 눈동자가 빛났다.

"당신들 뒤에 언니가 있거든."

"……!"

걸려들었다.

알렉시아는 즉시 움직였다. 어설프게 뒤를 돌아본 적의 등을 칼로 베어버렸다.

『죽어.』

알렉시아는 소리 없이 웃었다.

검은색 외투를 베자 선혈이 튀었다.

그러나 아직 불충분했다. 한 번 더 결정타를…….

그 순간 알렉시아의 복부에 충격이 가해졌다.

"크윽……!"

옆구리에 검은 부츠가 꽂혀 있었다.

우직우직. 늑골이 부러지는 소리가 났다.

알렉시아는 피를 토하면서 검을 휘둘러 검은색 부츠를 푹 찔렀다.

그러나 상대가 그 직전에 피하는 바람에 알렉시아의 검은 돌바닥을 때렸다.

서로 간격이 벌어졌다.

알렉시아는 퉤! 하고 피를 뱉어내고 입가를 닦았다. 손이 붉게 물들었다.

아까 두 명은 분명히 걸려들었었다. 그러나 한 명은 속지 않았다. 그 녀석이 자기 옆구리를 발로 차서 결정타를 가하지 못하게 만든 것이다. 알렉시아는 원망하는 눈빛으로 그놈을 노려봤다.

3 대 1. 숫자는 변하지 않았다.

그러나 상황은 악화됐다. 적 두 명은 멀쩡했고, 한 명은 중상을 입었지만 아직 검을 들고 있었다. 무시할 수 없는 상대였다.

그에 비해 자기는 늑골이 부러졌다. 심지어 그 뼈가 폐를 찔렀다. 죽는다. 알렉시아는 그렇게 생각했다.

그러니까 어쩔 수 없었다.

알렉시아는 교복 주머니에서 빨간 알약을 꺼냈다. 그것은 방화사건이 발생하기 전에 몰래 훔친 약이었다. 추한 검술을 쓰고 싶지는 않았지만, 그래도 죽는 것보다는 나았다.

알렉시아는 약을 입으로 가져갔다. 난 원래 실전에 강하니까 괜찮을 거야. 그렇게 기도하면서 약을 삼키려고 했다.

그 순간.

하늘에서 칠흑이 내려왔다.

마치 밤을 가르고 나는 올빼미처럼. 소리도 없이 내려와 섰다.

칠흑의 칼은 그대로 한 명을 양단해서 피의 꽃을 피워냈다. 숨막히는 피 냄새가 뒷골목에 가득 찼다.

칠흑의 남자…… 섀도우는 칼을 흔들어 피를 떨어냈다. 벽에 피로 된 한일자가 생겨났다.

"『섀도우 가든』을 사칭하는 어리석은 자여……."

섀도우. 잊을 수도 없었다. 검술의 완성형을 알렉시아에게 보여주고 간 최강의 존재.

그 사람이, 대립하는 건가……?

섀도우와 검은 남자는 서로 대립하는 것 같았다.
"그 죄, 그 목숨으로 속죄해라."
섀도우가 그렇게 말함과 동시에 검은 남자들이 움직이기 시작했다.
순식간에 이루어진 판단이었다. 그들은 돌바닥을 박차고 벽을 박차면서 지붕으로 올라가 도망쳤다.
그러나.
"어리석긴……."
섀도우가 쫓으려 했다.
"자, 잠깐만……!"
알렉시아의 목소리가 섀도우를 붙잡았다. 섀도우는 천천히 몸을 돌려 알렉시아를 봤다.
알렉시아의 검이 덜덜 떨렸다. 멍청한 짓을 하고 있다……고 스스로도 느꼈다.
"나는 알렉시아 미드갈. 이 나라의 왕녀다."
섀도우는 그저 말없이 알렉시아를 응시했다. 그가 마음만 먹으면 순식간에 알렉시아의 목숨을 빼앗아갈 것이다.
"당신의 목적을 가르쳐줘. 무엇을 위해 그 능력을 사용하는 건지, 무엇과 싸우고 있는지, 그리고…… 이 나라에 도전할 셈인지."
섀도우는 뒤로 돌아섰다.
"상관하지 마라. 아무것도 모르는 편이 행복할 테니까."
"윽……! 기다려, 당신이 만약 우리와 대적하겠다면……!"

"대적하겠다면? 어쩔 셈이지?"

살기가 알렉시아를 덮쳤다.

절대로 이길 수 없는 존재. 그 앞에서 본능이 위축됐다. 그러나 본능에 저항하는 것이 인간이다.

"싸울 거야. 당신은 틀림없이 우리 언니를 죽일 테니까. 난 그걸 용납하지 않을 거야."

섀도우는 코트를 펄럭였다.

"나는 당신의 검술을 이해할 수 있어. 지금은 못해도, 언젠가는 반드시……."

"죽일 수 있다, 이건가?"

그 말을 남기고 섀도우는 암흑 속으로 사라졌다.

알렉시아는 아무도 없는 암흑을 향해 중얼거렸다.

"그래, 맞아……."

밤은 또다시 고요해졌다.

홀로 남겨진 알렉시아는 복부를 누르면서 웅크려 앉았다. 떨리는 손에서 검이 미끄러져 떨어졌다.

어리석은 짓을 했다. 그건 스스로도 알았다. 그러나 알렉시아는 최근 들어 겨우 깨닫게 되었다. 자신이 검을 휘두르는 이유, 자신이 소중하게 여기는 극소수의 대상이 무엇인지. 그것은 단 하나뿐인 언니와 단 하나뿐인 친구였다.

"큰일이네……."

의식이 흐려져갔다.

이런 뒷골목에서 기절하면 위험할 것이다. 알렉시아도 그걸 알았다. 그래서 어떻게든 벽을 짚고 일어나려고 했다.
그런데 그때.
"알렉시아⋯⋯ 알렉시아!"
멀리서 이름을 부르는 소리가 들렸다.
"어, 언니⋯⋯ 언니, 여기예요!"
"알렉시아⋯⋯!!"
발소리가 다가왔다.
무너지려는 알렉시아의 몸을 부드러운 뭔가가 끌어안아 받쳐줬다.
"알렉시아, 왜 제멋대로 이런 짓을⋯⋯!"
"언니⋯⋯."
알렉시아는 언니의 가슴에 얼굴을 묻었다.
"무슨 일이 있었는지 나중에 자세히 물어볼 거야. 각오해."
"⋯⋯네."
"그리고 이게 뭔지도 물어볼 거야."
"네⋯⋯?"
보니까 돌바닥 위에 빨간 알약이 흩어져 있었다. 떨어뜨린 것이다.
"어, 언니, 난 아무것도 몰라요."
"조용히 해."
"진짜, 진짜로 난 모른다니까요."
"용서 못해."
"앗, 머리가⋯⋯."

알렉시아는 얼렁뚱땅 넘어가려고 기절 전법을 사용하기로 했다.

밤의 왕도에서 두 개의 그림자가 달려가고 있었다.

검은 옷을 입은 그들은 뒤쪽을 신경 쓰면서 좁은 골목으로 들어가 멈춰 섰다. 어지간히 서둘렀었나 보다. 그들은 벽을 짚고 거친 숨을 가다듬었다. 한동안 그들의 숨소리만 어두운 골목에 울려 퍼졌다.

그런데 그때.

저벅. 하고.

골목 안쪽에서 소리가 났다.

그들은 재빨리 고개를 돌려 암흑 속을 응시했다. 어둠 속에서 시커먼 무언가가 이쪽으로 다가왔다.

저벅, 저벅.

그것은 부츠 소리를 내면서 걸어왔다.

검은 옷을 입은 두 사람이 경계하여 검을 들어 올린 순간.

남자의 머리에서 칠흑의 칼이 생겨났다.

그것은 아무런 예고 없이 갑자기 남자의 머리를 관통했다.

"아, 아…… 아악……!"

칠흑의 칼이 뽑혀 나가자, 남자는 단말마의 비명과 더불어 핏방울을 뿌리며 쓰러졌다.

"……!"

나머지 한 남자가 허둥지둥 뒤로 물러나자, 암흑 속에서 한 남자가 나타났다. 그 남자는 칠흑의 롱코트를 입고 칠흑의 칼을 들고, 요술사 같은 가면으로 얼굴을 가리고 있었다.

"오래 기다렸나……?"

마치 지저에서 울리는 듯한 낮은 목소리로 그가 말했다.

"흐윽……!"

검은 남자는 질겁한 소리를 내면서 후퇴했다.

"왜 그렇게 무서워하는 것이냐."

그가 말했다.

"설마…… 도망칠 수 있을 거라고 생각했나?"

검은 남자는 홱 뒤돌아 뛰기 시작했다.

그러나.

"헉?!"

"훌륭하십니다. 섀도우 님."

뒤돌아본 곳에 한 여자가 서 있었다. 미니 원피스를 입은 우아한 미녀였다.

"이렇게 빨리 잡으시다니. 역시 굉장하시군요."

"뉴, 너냐?"

"네."

두 사람은 남자를 사이에 두고 이야기했다. 포위된 남자는 벽을 등지고 허둥거렸다.

"뒷일은 저희에게 맡겨주세요. 정보를 얻어내겠습니다."

그러자 그는 칠흑의 칼을 거두고.

"……실수하지 마."

"네."

곧바로 몸을 돌려 어둠 속으로 사라졌다. 미녀는 고개 숙여 그 모습을 전송했다.

비좁은 골목길에 검은 남자와 미녀가 남았다. 남자는 완전무장 상태인 데 비해 미녀는 원피스와 하이힐 차림이었고 무기도 없었다.

남자의 판단은 신속했다.

그는 재빨리 검을 가로로 휘둘러서 비무장인 미녀를 베어 죽였다.

아니…… 그러려고 했다.

원피스 자락이 위로 올라가면서 하얗고 아름다운 다리가 어둠을 갈랐다.

땡그랑.

남자의 검이 돌바닥 위에 떨어졌다.

뒤이어 남자의 손가락 여덟 개가 검 옆에 떨어졌다.

"아, 아아악……!"

손가락을 주우려고 한 걸까, 아니면 검을 주우려고 한 걸까. 그 남자는 엄지만 남은 손을 뻗었다.

그러나 하이힐이 그 손을 콱 밟았다.

"으극……!"

하이힐 앞코에 칠흑의 칼날이 돋아나 있었다.

손가락에서 흘러나온 피가 돌바닥 위로 퍼져 나갔다.

"나는 섀도우 님만큼 자비롭지는 않아."

차가운 음성이 내려앉았다.

남자가 위를 쳐다봤다. 그곳에는 얼어붙을 듯이 날카로운 눈동자가 있었다.

"편안한 죽음 따위는 꿈도 꾸지 마."

원피스 자락이 올라갔다. 하얀 무릎이 남자의 턱에 명중했다.

다음 날 아침, 왕도의 대로에 처참한 시체가 내걸렸다. 그 시체의 배에는 피로 된 글귀가 쓰여 있었다.

『어리석은 자의 말로』

시체의 얼굴은 고통과 공포로 일그러져 있었다.

알렉시아는 청결한 침대 위에 누워서 언니의 진지한 얼굴을 쳐다봤다.

"무슨 말인지는 이해했어."

침대 옆에 앉아 있는 아이리스가 말했다.

"칼잡이 살인 사건은 『섀도우 가든』이 아니라, 그들을 사칭하는 어떤 집단의 소행이란 말이지?"

"섀도우는 그렇게 말했습니다."

"섀도우……. 결국 그들의 실태는 여전히 파악하지 못했네."

아이리스는 살짝 눈을 내리깔고 생각에 잠겼다.

"나도 일전의 왕도 동시 습격 사건 당시에, 『섀도우 가든』의 멤버로 추정되는 강력한 마검사의 존재를 확인했었어."

"스스로 알파라고 말했다고 했죠?"

아이리스는 고개를 끄덕였다.

"다른 보고를 통해서도 『섀도우 가든』이란 조직이 엄청난 전투력을 보유하고 있다는 사실은 파악했어. 그리고 네가 보고해준 내용 덕분에 섀도우라는 남자와 『섀도우 가든』이라는 조직 이름도 알아냈지. 그러나 『섀도우 가든』에 관해 밝혀진 정보는 겨우 그것밖에 없어. 나머지는 온통 베일에 싸여 있지. 조직의 목적조차 알 수가 없어."

"섀도우는 디아볼로스 교단과 대립했습니다. 그들의 목적은 아마 교단이 아닐까요?"

"단서는 디아볼로스 교단인가……."

아이리스는 한숨을 쉬었다.

"언니, 왜 그러세요……?"

"마인 디아볼로스를 신봉하는 평범한 종교단체인 줄 알았는데. 상상보다 훨씬 더 뿌리가 깊고 복잡한 것 같아."

"예의 방화 사건 말씀이신가요?"

"응, 그것도 그렇지만. 실은『주홍 기사단』의 예산안이 통과가 안 되고 있어. 한동안 자비로 운영해야 할 것 같아."

알렉시아는 눈살을 찌푸렸다.

"기사단뿐만 아니라 문관들 중에도 교단의 신도가 있다는 건가요?"

"모르겠어. 교단의 신도인지, 아니면 단순히 뇌물을 받고 조종당하는 건지……. 애초에 기사단 자체를 억지로 설립한 거라서 나도 마음껏 발언하기는 어려워."

"돈은 나도 보탤게요."

"아냐, 마음만 받을게.『주홍 기사단』인원수가 몇 명인지는 너도 알잖아?"

아이리스는 쓴웃음을 지었다.

"여덟 명이죠."

"맞아. 고작 여덟 명. 내 자산만 가지고도 10년은 문제없이 운영할 수 있어."

"하지만 그러면 기사단을 키울 수가 없잖아요."

"지금 당장 키워봤자 소용없어. 아직 적과 아군이 누구인지도 모르잖아."

"언니, 저……."

알렉시아는 말하기 거북하다는 듯이 언니를 쳐다봤다.

"『주홍 기사단』의 적은『섀도우 가든』인가요, 아니면 디아볼로스 교단인가요?"

아이리스는 미소 지으며 대답했다.

"둘 다야. 이 나라에 있는 한, 제멋대로 굴게 놔둘 수는 없어."

"언니…… 섀도우와는 싸우면 안 됩니다."

알렉시아는 시트를 꽉 움켜쥐었다.

"알렉시아, 넌 아직도 그런 소리를 하는 거니……?"

"언니는 섀도우를 모르니까 그런 말씀을 하실 수 있는 거예요. 하지만 언니, 그날 왕도의 밤을 물들였던 일격은 언니도 보셨잖아요!"

"그것은 아티팩트의 폭주라는 결론이 나왔어."

"말도 안 돼요! 섀도우가 그 일격을 날리는 장면을 내가 분명히 봤다고요!"

그러자 아이리스는 침대로 가까이 다가가 알렉시아의 붉은 눈동자를 들여다봤다.

"그것은 인간이 보여줄 수 있는 위력이 아니야. 그때 너는 며칠이나 감금돼서 기억이 불분명한 상태였어. 또 이상한 약물 때문에 환각을 봤을 수도 있어. 난 네가 거짓말을 한다고 생각하지는 않아. 단지 네가 좀 지쳐 있었을 뿐이지."

"언니!"

아이리스는 알렉시아의 손을 양손으로 감쌌다.

"게다가 만에 하나 정말로 섀도우라는 남자가 그 일격을 날렸다 해도. 도망칠 수는 없어. 내가 도망쳐버리면 누가 이 나라를 지키겠니?"

"언니……."

아이리스는 알렉시아의 머리를 쓰다듬어주고 몸을 일으켰다.

“느긋하게 쉬면서 상처를 치료하도록 해.”

“……상처가 나으면 도와드릴게요.”

“그럴 필요 없어.”

“네?”

“깜빡하고 말을 안 했는데. 너 한동안 근신이야.”

“네?!”

“증거품 도난.”

아이리스가 빨간 알약을 보여주자, 알렉시아는 그저 입만 뻥긋거렸다.

“제대로 반성해. 알았지?”

탁. 문이 닫혔다.

but the existence intervenes in a story and shows off his power.
I had admired the one like that, what is more
and hoped to be.
Like a hero everyone wished to be in childhood,
"The Eminence in Shadow" was the one for me.
That's all about it.

The Eminence in Shadow

I can't remember the moment anymore.
Yet, I had desired to become "The Eminence in Shadow"
ever since I could remember.
An anime, manga, or movie? No, whatever's fine.
If I could become a man behind the scene,
I didn't care what type I would be.
Not a hero, not an arch enemy,
but the existence intervenes in a story and shows off his power.

The Eminence in Shadow
Volume One

Chapter Five

평화로운 일상 속의 완벽한 몹 인생!

5장

주목받고 있다.

교실에 들어갔을 때 느낀 것은 복수의 시선이었다. 다들 나를 보고 소곤소곤 이야기하고 있었다.

"저기 봐, 재가."

"뛰면서 똥을 질질 흘렸대……."

"길바닥에서 남들한테 보여줬다던데?"

효로와 쟈가를 쏘아봤다. 둘 다 동공 지진을 일으켰다.

"어, 아, 안녕? 어제는 좀, 운이 안 좋았지?"

"아, 안녕하세요. 어제는 많이 힘들었죠?"

"응, 안녕. 오늘이 훨씬 더 힘든 시련의 날이 될 것 같네."

두 사람은 어색한 미소를 지었다.

나는 한숨을 푹 내쉬었다.

"그, 그나저나, 어제 그 초콜릿은 가져왔어?"

포장된 초콜릿을 꺼내는 효로.

"가져왔어요."

쟈가도 마찬가지.

"일단 가져왔어."

나도 마찬가지.

"좋아, 그럼 점심시간에 선물 대작전을 수행한다."

"으흐흐, 기대되네요."

"응."

점심시간이 됐다.

우선 내가 시범을 보여주마! 하고 말하는 효로. 우리는 그 뒤를 따라갔다.

그곳은 2학년 교실이었다. 효로는 복도에서 스탠바이. 우리는 좀 떨어진 곳에서 지켜봤다.

"상급생이라니. 효로 군, 제법이네요. 그렇죠?"

"응."

잠시 기다렸더니, 귀엽게 생긴 소녀가 나왔다.

"저, 저기, 이거……."

효로는 소녀에게 초콜릿을 내밀었다. 그 순간.

"야, 내 약혼자한테 뭐 볼일 있어?"

꽉. 어깨를 붙잡혔다.

효로의 등 뒤에는 건장한 상급생이 서 있었다.

"아, 아뇨, 그게……."

"잠깐 대화 좀 하자."

우리는 도움을 요청하는 효로의 시선을 무시하고 빙글 돌아섰다.

"갑시다."
"응."
뒤에서 효로의 절규가 들려왔다.

야가의 목적지는 도서관. 이 학교의 도서관은 학술 학교와 공유하고 있기도 해서 상당히 컸다. 물론 마검사 학교의 근육질 단세포들은 이런 시설은 거의 이용하지 않는다. 당연히 나도 그렇고.
"상대는 학술 학교 학생이야?"
"네. 저는 효로 군 같은 전철은 밟지 않을 거예요. 상대의 정보는 벌써 다 조사했어요. 교우 관계는 물론이고 좋아하는 음식, 기숙사 방 번호, 평소에 자주 이용하는 화장실, 신발 사이즈와 냄새, 속옷 색깔과 쓰리사이즈, 사용한 컵에서……."
"어, 알았어. 빨리 가봐."
나는 도서관 안으로 야가를 밀어 넣었다. 결과는 보지도 않고 떠났다.
"꺄아아아아아아아아악!! 이 사람, 스토커예요!"
곧바로 등 뒤에서 비명소리가 터져 나왔다.
나는 초콜릿 주머니를 덜렁덜렁 들고 걸음을 옮겼다. 도서관 주변은 평소에 거의 와본 적이 없어서 신선했다.

나는 우연히 맨 처음 마주친 학술 학교 여학생에게 말을 걸었다.

"이 초콜릿. 너 줄게."

"네?"

분홍 머리 미인이었다. 나는 그 손에 초콜릿 주머니를 쥐여주고 빠르게 그곳을 떠났다.

"어? 어어?"

등 뒤에서 당황한 소리가 들렸다.

왠지 어디서 본 것 같은 얼굴이었는데. 끝까지 기억은 나지 않았다.

"이게 뭘까."

연구실에서 한 소녀가 고개를 갸웃거리고 있었다. 아름다운 분홍 머리 소녀였다. 그녀가 잔잔한 눈으로 보고 있는 것은 상자에 들어찬 갈색 물체였다.

달콤한 냄새가 나는 그것을 집어 들고 살펴봐도 정체는 알 수 없었다. 이것을 건네준 소년은 분명히 『초콜릿』이라고 했었는데.

"셰리, 뭐 하고 있니?"

뒤에서 누가 그녀에게 말을 걸었다. 초로의 남성. 희끗희끗한 머리카락을 뒤로 빗어 넘긴 남자였다.

"루슬란 부교장 선생님……."

"단둘이 있을 때에는 아버지라고 부르기로 약속했잖니."

"아버지."

셰리는 난처한 미소를 지었다.

"그래, 그 초콜릿은 웬 거냐?"

"초콜릿이요? 아, 이건 마검사 학교 남학생이 준 거예요."

"흐음?"

루슬란은 콧수염을 만지작거렸다.

"그건 요즘 여자들 사이에서 인기 있는 고급 디저트인데. 너한테 특별히 선물로 줬나 보구나."

"네? 하지만, 처음 보는 사람이었는데요."

"첫눈에 반했나 보지. 그건 아침부터 줄을 서도 구하기 힘든 희귀한 최고급 초콜릿이야. 그 친구가 너를 위해 상당히 애쓴 모양이구나."

"첫눈에 반했다고요……?"

셰리는 살짝 얼굴을 붉히고 중얼거렸다.

"그래서 대답은? 어떻게 할 거니?"

"대답이요……?"

"그 친구는 틀림없이 너의 대답을 기다리고 있을 거야."

"하, 하지만, 저는……."

셰리의 얼굴이 새빨개졌다. 눈동자가 이리저리 방황했다.

"연구뿐만이 아니라 사람과 사귀는 방법도 배우는 것이 좋아. 학교는 그런 장소니까."

"……네."

고개 숙이는 셰리. 루슬란은 다정하게 웃었다.

"그나저나 아티팩트 연구는 잘 진행되고 있니?"

"아뇨, 이제 막 시작했는걸요."

셰리는 여전히 얼굴을 살짝 붉힌 채 난처한 미소를 지었다.

"하긴, 그런가."

"다만 한 가지 알아낸 것이 있어요. 그 아티팩트에는 특징적인 암호가 사용되었어요."

"특징적인 암호?"

셰리는 자료를 펼쳐서 루슬란에게 보여줬다.

"아마도 고대 국가나 조직에서 사용된 암호일 거예요. 그리고…… 어머니가 연구하셨던 암호와도 매우 흡사해요."

"그렇구나. 루크레이아……, 그 사람도 우수한 연구자였지."

루슬란은 과거를 회상하는 것처럼 눈을 감았다.

"어머니가 돌아가시기 직전에 연구했던 이 암호. 저는 그 의미를 알고 싶어요."

자료를 뚫어져라 보는 셰리의 옆얼굴은 냉철한 연구자의 얼굴이었다.

"좋은 일을 의뢰받았구나."

"네."

루슬란이 머리를 쓰다듬어주자 셰리는 수줍어했다.

"그래, 그 아티팩트는 지금 어디 있니?"

"그건 별실에서 기사님이 지켜주고 계세요."

"직접 살펴보지 않아도 되겠어?"

"필요할 때에만 그러면 돼요. 혼자 생각해보는 것도 중요하고, 기사님 앞에서는 아무래도 긴장이 돼서요."

"그렇구나. 쿠, 쿨럭, 아, 잠깐만……."

루슬란이 고개를 옆으로 돌리고 기침했다.

"아버지! 괜찮으세요?"

셰리는 허겁지겁 루슬란의 등을 쓸어줬다. 루슬란의 몸은 야위었고 볼은 홀쭉했다.

"괘, 괜찮다. 괜찮아."

루슬란은 거칠어진 호흡을 가다듬었다.

"최근에는 컨디션이 좋았는데. 병이란 것은 만만치가 않구나."

"아버지……."

"너무 걱정하지 마라. 그건 그렇고, 또 학술도시에서 유학을 제안해왔단다."

"학술도시 라와가스……."

"세계 최고의 두뇌가 너의 연구를 인정해준 거야. 라와가스에 가면, 너는 좀 더 성장할 수 있을 테지. 이건 무척 좋은 제안이야."

셰리는 고개를 저었다.

"편찮으신 아버지를 내버려두고 떠날 수는 없어요."

"셰리, 내 걱정은 할 필요 없어."

"어머니가 돌아가셨을 때, 아버지가 저를 양녀로 삼아주시지 않았더라면 전 틀림없이 죽었을 거예요. 저는…… 저를 도와주신 아버지를 도와드리고 싶어요."

셰리는 촉촉하게 젖은 눈으로 호소했다.

"셰리…… 난 행복한 아비구나. 이렇게 멋진 딸이 있으니."

루슬란은 다정한 미소를 지었다.

"힘내서 연구 잘해라. 그리고 초콜릿도 잘 먹고."

"……네."

루슬란은 연구실을 떠났다.

혼자 남은 셰리는 얼굴을 붉히면서 초콜릿을 입에 넣었다.

"달다……. 맛있어."

그리고 두 번째 초콜릿으로 손을 뻗었다.

나는 효로도 쟈가도 알렉시아도 없는 평화로운 하루를 보내고 홀로 귀가하는 중이었다.

석양빛에 물든 정원을 빠져나와 주변의 학생 수가 줄어들자, 홀연히 한 여학생이 나타나 다가왔다. 학술 학교 2학년생 교복. 진갈색 머리카락을 동그랗게 모아 올리고, 똑같은 진갈색 눈동자를 촌스러운 안경 렌즈로 덮은 여학생.

그러나 몹 경력이 긴 나는 알 수 있었다. 이 여자는 몹인 척하는 수수한 타입의 미녀다.

"저기, 잠깐 이야기를 하고 싶은데. 시간 있니?"

들어본 목소리였다.

"뉴인가."

내가 조그맣게 중얼거리자, 뉴는 고개를 끄덕였다. 우아하고 성숙한 누님이 안경과 화장과 헤어스타일로 이렇게까지 변하다니.

우리는 소리 죽여 대화를 나눴다.

"학교 다녀?"

"아뇨, 빌린 겁니다. 교복을 입으면 눈에 띄지 않으니까요."

"그렇구나."

아는 사람보다 모르는 사람이 더 많은 학교다. 교복만 입고 있으면, 남한테 의심받을 염려는 거의 없을 것이다.

"어디서 이야기할까?"

"저쪽 벤치에서 이야기하죠."

아름다운 정원 전체가 보이는 그 벤치 근처에는 사람이 없었다. 저녁 햇빛이 약간 눈부신 그곳에 우리는 나란히 앉았다.

뉴는 학교 정원을 내려다보면서 안경 안쪽의 눈을 가늘게 떴다.

예정대로라면 뉴는 이 학교 2학년생이 됐어야 했다. 〈악마 빙의〉로서 버림받는 그날이 오기 전까지는, 자신의 미래는 평화롭고 순조로울 것이라고 믿어 의심치 않았다.

결국 모든 것은 환상이었다.

가족도 친구도 평화도, 뉴가 믿어 의심치 않았던 그 당연한 것들은 실은 아주 얇은 빙판 위에 세워진 탑이었다. 그리고 뉴는 빙판 밑에 무엇이 있는지도 모르고 신나게 뛰놀던 어린아이였다.

선망과 연민이 뒤섞인 눈빛으로 저 정원을 오가는 학생들을 바라봤다. 그중에는 낯익은 얼굴도 있었다.

뉴는 후작 가문의 영애였고 사교계에 아는 사람도 많았다. 그렇게 찬란한 나날을 보내고 있었다.

하지만 그것도 이제는 옛날 일이다. 뉴는 후작 가문의 역사에서 말소됐다. 처음부터 없었던 존재가 되었다.

과거에 친했던 친구들 중에서 뉴를 기억하는 사람은 과연 몇 명이나 될까.

그러고 보니 그런 애도 있었지? 하고.

친근감보다는 모멸감을 담아서 가벼운 가십거리로나 취급할 것이다. 〈악마 빙의〉는 다 그런 거다.

단순히 새도우를 만나기 위해서라면 일부러 대낮에 학교를 방문할 필요는 없었다. 그저 자신이 실낱같은 희망을 버리지 못했을 뿐이다. 이 평화로운 학교 한구석에 아직 자신의 자리가 남아 있다. 그런 어리석은 꿈을 꾸고 싶었던 것이다.

뉴는 웃었다.

세상의 표면에 내 자리가 없어도, 나에게는 같은 뜻을 가진 동료들이 있다. 그리고…… 내 곁에는 경애하는 주인이 계신다.

그는 혼자서 싸우기 시작했다. 그리고 최후의 한 명이 되어도 계속해서 싸울 것이다. 그의 존재가 『섀도우 가든』을 떠받치고 있었다.

인간은 누구나 약하므로 절대적인 존재에게 기대고 싶어 한다. 이 세상의 절대적 존재가 신이라면, 『섀도우 가든』의 절대적 존재는 이 사람이다.

그런데 신보다도 훨씬 낫다. 눈을 뜨면 그곳에 있고, 손을 뻗으면 닿을 수 있으니까.

"응? 왜 그래?"

"뭐가 묻었어요."

뉴는 그의 어깨에 붙어 있는 먼지를 떼어냈다. 그리고 그의 옆얼굴을 보면서 이야기했다.

"감마 님께는 비밀로 해주세요. 낮에 학교에 잠입했다는 사실을 들키면 혼날 거예요."

"알았어. 그런데 깜짝 놀랐어. 화장으로 이렇게나 달라지는구나."

"저는 이목구비가 뚜렷하지 않아서 인상을 바꾸기 쉬운 편이에요. 게다가 옛날부터 많이 해봐서 화장이 특기거든요."

"아~ 그럼 미쓰고시 상회에서의 모습도 그런 거야?"

“네. 실제 나이보다 성숙해 보이게 꾸민 거예요.”
“그렇구나. 실은 몇 살인데?”
“비밀입니다.”
뉴는 아름다운 미소를 지었다.
“어제 그 검은 남자에 관해 보고하겠습니다.”
“그래.”
“검은 남자를 신문했습니다만 정보는 얻지 못했습니다. 강력한 세뇌에 의해 이미 정신이 망가져 있었어요. 그 외 특징을 봐도, 그 검은 남자는 디아볼로스 교단의 칠드런 3rd인 것으로 추정됩니다.”
“흐음?”

디아볼로스 칠드런.
디아볼로스 교단은 고아나 가난한 평민 아이 중에서 조금이라도 마력 적성을 가진 아이를 발견하면 자기네 전문시설로 데려가서 키운다. 그 시설에서는 혹독한 훈련과 세뇌교육과 약물투여가 반복적으로 이루어지며, 살아서 그 시설을 졸업하는 자는 10퍼센트도 안 된다고 한다. 그리고 칠드런 3rd는 그중에서도 실패작이라고 불리면서 일회용으로 쓰이고 버려지는 존재였다. 그들은 이미 정신이 망가져 있으므로 정보가 누설될 염려도 없고, 전투력은 평범한 기사보다 월등히 높았다.
2nd가 되면 그 정신은 안정되고, 몇 안 되는 1st가 되면 세계적으로 손꼽힐 만한 실력자가 된다고 한다.

물론 뉴는 이런 사소한 지식은 그에게 설명할 필요도 없다고 판단하여 생략했다.

“일련의 사건의 배후에는 분명히 교단의 그림자가 존재합니다. 그들의 목적은 우리를 유인하는 것으로 추측됩니다.”

“흠.”

“그러나 목적은 그것뿐만이 아닙니다. 얼마 전에 왕도에서 네임드 칠드런 1st의 존재가 확인됐습니다. 확인된 것은 칠드런 1st『반역유희』 렉스입니다. 그들은 뭔가 목적이 있어서 집결하는 것 같은데, 렉스를 놓쳐버리는 바람에 현재 조사 중입니다.”

“흐음?”

네임드 칠드런.

디아볼로스 칠드런 중에서도 특히 조직에 공헌한 자에게 주어지는 이름. 네임드는 대부분 1st이지만, 극히 드물게 2nd인데도 네임드가 된 자도 있었다. 더 나아가 네임드에서 나이츠 오브 라운즈의 자리에까지 올라간 녀석도 있으므로, 조직 내에서는 네임드가 라운즈의 등용문이라고 알려져 있는 모양이다.

그리고.

과거에 칠드런 1st 네임드였던 자가『섀도우 가든』에 속해 있다. 이런 정보도 다 그녀가 제공해준 것이었다.

물론 뉴는 이것도 생략했다. 굳이 그에게 설명할 필요는 없을 테니까.

“조심하세요. 교단은 뭔가 꾸미고 있습니다. 저희도 조사를 계속할게요. 새로운 사실을 알게 되면 보고하러 오겠습니다."

"흐음."

저녁 해가 지평선 너머로 가라앉아간다. 저녁놀이 하늘을 붉게 물들였다.

뉴는 약간 촉촉해진 목덜미에 대고 손부채질을 하면서 자리에서 일어났다. 그 사람도 옆에서 기지개를 켜면서 일어섰다.

어쩌면 이렇게 둘이서 연인처럼 수다 떨면서 학교생활을 하는 미래도 있었을지도 모른다. 뉴는 자꾸만 미련을 가지는 자기 자신을 비웃었다.

하지만. 지금 이 순간만은.

"저기, 여성을 에스코트 해줘야지."

"에스코트? 이렇게?"

그가 왼팔을 내밀자 뉴는 팔짱을 꼈다. 둘이 딱 붙어서 걸음을 뗐다. 틀림없이 이런 미래도 있었을 것이다. 뉴는 미소를 지었다.

멀리서 남학생이 뭐라고 소리를 쳤다.

"야 이 똥쟁이야~~~~!!"

뉴는 혀를 찼다.

분위기를 와장창 깨뜨린 저 남학생의 얼굴은 본 적이 있었다. 옛날에 사교계에서 뉴에게 끈질기게 접근했던 쓰레기다. 나중에 반드시 때려눕혀줘야지. 그렇게 결심했다.

옆에 있는 그는 어째서인지 동공 지진을 일으키고 있었다. 뉴는 그의 왼팔을 꼭 안았다.

교내 최강의 마검사는 누구인가. 재작년까지는 아이리스 미드갈이었다.

그러나 아이리스가 졸업하자 미드갈 마검사 학교는 군웅할거 시대를 맞이했다. 모든 이들이 그렇게 생각했다.

그런데 새로운 일인자가 홀연히 나타났다.

아무도 상상하지 못했던 형태로, 아무도 상상하지 못했던 인물이 절대적 일인자로서 미드갈 마검사 학교의 정상에 군림하게 되었다.

그의 이름은 로즈 오리아나.

예술의 나라 오리아나 왕국에서 온 유학생이자, 오리아나의 왕 라파엘로 오리아나의 딸이었다.

오리아나 왕국은 미드갈 왕국의 동맹국이다. 로즈가 유학을 오는 것도 예정된 일이었다. 그러나 설마 예술의 나라의 공주님께서 미드갈 마검사 학교의 절대적 일인자가 될 거라고는 아무도 상상조차 하지 않았다.

뭐, 솔직히 말해서 상상을 했든 말든 그건 상관없었다.

문제는 나의 선발 대회 1회전 상대가 이 로즈 오리아나라는 것이었다.

기권한다. 그런 선택도 가능했다.

효로는 상급생한테 된통 걸려 전신 타박상을 입었고, 쟈가는 여자 기숙사에 무단으로 침입했다가 근신 처분을 받았다. 즉, 나도 뭔가 이유가 있으면 출전하지 않을 수 있는 것이다.

그러나 곰곰이 생각해보면, 절대적 일인자를 만나 1회전에서 처참하게 패배하는 것도 상당히 몹다운 거 아닌가?

몹답다. 맞아, 확실해.

기권? 말도 안 된다. 나는 몹의, 몹에 의한, 이 세상에서 제일 몹다운 싸움을 보여줘야 할 사명이 있었다.

그래서 나는 수많은 관중 앞에서 칼을 뽑았다.

시선 끝에는 로즈 오리아나 왕녀가 있었다.

벌꿀처럼 노란 머리카락을 우아하게 말아놓은 헤어스타일. 패셔너블한 전투복. 가느다란 검. 부드러운 외모와 고급스런 스타일. 모든 것이 하나같이 멋져 보였다. 과연 예술의 나라는 뭔가 다르구나.

게다가 저 여자는 유학생이고 아직 2학년인데도 현재 학생회장직을 맡고 있었다. 그 미모와 실력과 인망 때문에 대회장의 관중은 열화와 같은 성원을 보내고 있었다.

아무도 내 이름은 부르지 않았다. 자국 선수를 응원해야지! 하는 생각도 얼핏 들었지만, 뭐. 상관없나.

이게 바로 몹의 무대다. 최고야.

내 검이 덜덜 떨렸다.

과거에 이 정도로 긴장되는 싸움이 있었을까. 승리, 살해, 먼지 한 톨 남기지 않고 모조리 증발시키는 것. 그런 간단한 결말이 필요한 게 아니었다. 지금 나에게 요구되는 것은 오로지 누구보다도 몹다운 패배였다.

몹답다는 것은 뭘까?

이건 거의 철학의 영역이었다.

그러나 걱정할 필요는 없다. 이날을 위해 나는『몹 오의 48종』을 완벽하게 익혔으니까.

"로즈 오리아나 대 시드 카게노!"

심판이 우리의 이름을 읊었다.

로즈의 벌꿀 같은 눈동자와 나의 몹 눈동자가 격렬하게 부딪쳤다.

로즈 오리아나. 너는 감당할 수 있겠느냐?

극한에 다다른…… 몹의 싸움을!

"시합 개시!!"

개시와 동시에 로즈의 세검(細劍)이 춤을 췄다. 그것은 아름답게 날카로운 궤도를 그리면서 내 가슴을 향해 날아왔다.

보통 몹이라면 결코 반응할 수 없는 일격.

그러나 나에게는 보인다.

보이지만…… 반응은 하지 않는다. 반응하는 기색은 절대로 보여주면 안 된다.

왜냐하면 몹이니까.

나는 세검이 가슴에 닿는 순간까지 미동도 하지 않았다. 날이 없는 시합용 검이지만, 그래도 명중하면 크게 다칠 것이다.
세검이 가슴을 찌른다.
그 순간 나는 움직였다.
겉으로는 아무런 동작도 취하지 않고 오직 발가락의 힘으로만 뒤로 점프하면서, 세검이 가슴을 미는 힘을 이용해 비틀기를 시도했다.
그리고 손목의 비밀 주머니에서 어제까지 채취해둔 혈액 팩을 꺼내 터뜨렸다.
여기까지. 겨우 0.1초도 안 걸렸다.
나는 뒤로 튕겨져 날아가면서 나선 회전을 했다. 그리고 분수처럼 피를 흩뿌렸다.
“빼기에에에에에에에에에에에에에에엑!!”
붉은 토네이도가 핏방울로 아름다운 예술적 장면을 그려냈다.
『몹 오의, 나선 회전 낙법 블러디 토네이도』
그리고 꼴사납게 바닥에 떨어져 한 번 튕겼다가 굴러갔다.
우레 같은 환성이 투기장을 뒤흔들었다.
“크, 크헉, 푸에에에에에에에엑!”
혈액 팩을 또 터뜨려서 피를 토했다.
완벽해!
이곳에 있는 모든 사람들은 내가 몹임을 믿어 의심치 않을 것이다. 나는 10점 만점짜리 연기에 만족해서 하얀 이를 드러낼 뻔했지만 꾹 참았다.
아직 안 끝났다.

안 끝났다고.

"크쿠, 쿨러어어어어어어어억!!"

나는 10초 후에는 사망할 것 같은 수준의 연기를 펼치면서 일어났다.

그래……『몹 오의』는 아직 47종이나 남아 있었다.

어떻게 일어날 수 있는 거지?

로즈 오리아나는 아무리 쓰러뜨려도 계속 일어나는 그 소년을 보고 전율했다.

그는 피투성이였다. 검조차 제대로 쥐지 못하는 것 같았다. 도저히 싸울 수 있는 상태가 아니었다. 아니, 서 있는 것 자체가 기적이었다.

로즈의 검은 가늘지만 결코 가볍진 않았다. 날은 없어도, 진짜 마력이 실린 검이었다. 명중하면 일격에 상대를 전투불능으로 만들 수 있었다.

그런데.

이 소년은 도대체 몇 번이나 그 검을 몸으로 받아낸 걸까.

한두 번이 아니었다. 열 번이 넘는 참격을 몸으로 받아냈으면서도 변함없이 불굴의 투지를 불태우며 일어났다.

어째서? 왜 그렇게까지 하면서 일어나는 걸까. 육체는 한계를 넘었을 텐데, 그의 눈동자는 전혀 빛을 잃지 않았다.

아직 할 일이 남아 있다. 그 뜨거운 눈동자는 그렇게 말하고 있었다.

그렇다. 그의 정신은 육체를 초월했다. 한계를 넘어선 육체를 불굴의 정신이 떠받치고 있는 것이다.

그 모습에 로즈는 감동했다. 이 소년은 대체 얼마나 간절한 마음으로 이 시합에 임한 걸까. 그에게는 절대로 질 수 없는 이유가 있는 것이다.

그와 로즈의 실력은 그야말로 하늘과 땅 차이였다. 만에 하나라도 그가 이길 가능성은 없었다. 그런데도 그는 결코 포기하지 않았다.

그 열정적인 눈동자가 로즈를 쏘아봤다.

아직 끝나지 않았어. 이런 데서 끝낼 수는 없어.

불굴의 정신으로 육체의 한계를 뛰어넘어, 결코 이길 수 없는 상대에게 도전한다. 그 용감한 모습에 로즈는 순수하게 감동했다. 그리고 시드 카게노라는 소년을 진심으로 존경하고 깊이 사과했다.

로즈는 이 소년을 쉽게 이길 수 있는 상대라고 얕보고 있었다. 실제로 단순한 칼싸움에서는 그는 상대도 안 될지도 모른다. 그러나 정신력 싸움에서는 로즈가 완패했다.

"다음 일격으로 끝내겠습니다."

그래서 로즈는 빨리 끝내는 것을 선택했다. 이대로 계속하면 그는 죽을 때까지 일어날 것이다. 그를…… 이 장래성 있는 소년을 죽이고 싶진 않았다.

투기장의 환성은 어느새 사라졌다. 모두들 소년을 보고 질려버린 것이다.

로즈의 검에 이날 최대의 마력이 집중됐다. 공기가 떨리고 관객들이 술렁거렸다.

하지만. 그래도.

"역시 당신은 포기하지 않는군요."

그의 눈은 뜨겁게 번쩍번쩍 타오르고 있었다. 이 일격에 대한 두려움 따윈 조금도 없이, 그저 무한한 투지만 가지고 있었다.

그렇다면 나도 전력을 다해 공격할 뿐이다.

로즈의 검이 붕! 하고 휘둘러지려는 순간.

"스톱!! 그만, 시합 종료!"

심판이 끼어들어 시합을 중지시켰다. 더 이상은 위험하다고 판단한 것이다.

로즈는 진심으로 안도했다.

그러나 소년은 달랐다.

"뭐라고요?! 아직 서른세 개나 남았……."

좀 더 싸울 수 있다. 그의 눈동자는 그렇게 말하고 있었다.

"승자, 로즈 오리아나!!"

커다란 환성이 로즈를 축복했다.

로즈는 손을 흔들어 화답했다. 그리고 풀썩 쓰러지는 시드 카게노를 향해 정중히 고개를 숙였다.

시합이 끝나자마자 치료실로 연행될 판이었다. 그러나 나는 순간적인 빈틈을 노려 잽싸게 도망쳤다.

아, 위험했다.

멀쩡한 내 몸을 남한테 들켰다간 큰일 날 테니까. 하마터면 내가 내 몸에 스스로 상처내야 할 뻔했다.

나는 선수 전용 출입구로 나와서 인적이 드문 복도를 걸었다.

나머지 33종의 오의를 피로할 기회는 내년에나 오려나. 음, 아니다. 그 전에 어디선가 좋은 기회가 올 것이다.

"저, 저기요."

"응?"

갑자기 낯선 학생이 나에게 말을 걸었다. 학술 학교 교복을 입은 어여쁜 분홍 머리 아가씨였는데, 어디선가 본 것 같기도 했다.

"다친 데는 괜찮아요?"

"가, 간신히…… 중상은 면한 것…… 같은데?"

나는 은근슬쩍 다친 가슴을 누르는 듯한 포즈를 취했다.

"다행이에요. 저, 시합 봤어요."

"그, 그래?"

"원래 시합은 잘 안 보는데요. 몇 번이나 다시 일어나는 모습이 정말 멋있었어요."

"어, 멋있었어……?"

"네……."

소녀는 살짝 얼굴을 붉히면서 고개를 끄덕였다.

몹을 보고 멋있다고 생각하다니. 꽤 희한한 감성을 가진 소녀구나. 하긴, 관객은 잔뜩 있었으니까. 그중에서는 그런 식으로 느낀 사람도 있을지도 모르지.

"저기요, 이거……."

소녀는 조심스럽게 작은 꾸러미를 내밀었다.

"이게 뭐야?"

"쿠키를 구워봤어요. 답례로……."

멋진 시합을 보여준 데 대한 답례인가?

"고마워."

감사히 받기로 했다.

소녀는 기쁜 듯이 미소를 지었다.

"저, 저기, 괜찮다면 우선 친구가 되어주시지 않을래요?"

"친구? 응, 그래."

나는 일부 예외를 제외하고는, 여성에게 수치심을 안겨주지 않는 스타일을 유지해왔다.

"다행이다! 아버지, 저, 친구가 되었어요."

아버지?

소녀가 바라보는 방향에서 누군가가 걸어왔다. 희끗희끗한 머리카락을 깔끔하게 뒤로 넘긴 키 큰 남자. 그 야윈 남자는 나도 아는 사람이었다.

"루슬란 부교장 선생님……."

이 학교의 부교장이자, 과거에는 무신제에서 우승도 했다는 검호. 그리고 이 남자를 아버지라고 부르며 따르는 이 소녀는.

"셰리 바넷……!"

"네?"

나의 독자적인 조사에 의하면 이 소녀는 학술 학교에서는 주요 캐릭터가 될 가능성이 가장 높은 존재였다. 주인공에게 적확한 조언을 해주거나, 스토리상 거대한 수수께끼를 풀거나, 보스를 쓰러뜨릴 강력한 장비를 만들어주거나. 뭐 그런 역할을 맡게 될 거라고 내 멋대로 생각하고 있었다. 그런데 학술 학교 학생과는 직접 부딪칠 일도 없고, 솔직히 말해서 아무래도 좋은 존재니까 까맣게 잊어버리고 있었다.

"시드 카게노 군. 맞지?"

루슬란 부교장이 셰리 옆에 섰다.

"네."

"다친 데는 괜찮은가?"

"기, 기적적으로 그럭저럭 괜찮은…… 아, 맞다. 상대가 힘 조절을 해준 걸지도 몰라요."

흠 하고 부교장이 턱을 쓰다듬었다.

"하긴, 로즈 군이라면 제대로 힘 조절을 할 수 있을 테지. 그래도 꼭 의사한테 진찰을 받도록 해."

"네. 걱정 마세요."

걱정 마세요. 절대로 진찰은 안 받을 거니까요.

루슬란은 고개를 끄덕이더니 셰리의 어깨에 손을 얹었다.

"이 아이는 연구밖에 몰라서 그동안 친구도 못 사귀었어."

"아, 아버지!"

하하하. 부교장은 그렇게 웃으면서 말을 이었다.

"지금은 이렇게 웃고 있지만 실은 우여곡절이 많았어. 그러니 셰리와 친하게 지내다오. 평범한 아버지로서 부탁하고 싶구나."

루슬란의 얼굴은 진지했다. 옆에서 셰리는 난처한 듯이 웃고 있었다.

몹이 아닌 사람과는 친구가 될 수 없어요……라고 말할 만한 분위기가 아니었다.

"……네, 알았어요."

"그래. 그럼 지금부터는 젊은이들끼리 사이좋게 잘해봐."

부교장은 내 어깨를 가볍게 두드리고 떠나갔다.

"저, 잘 부탁합니다."

"응. 잘 부탁해."

"그럼 이제 어쩔까요?"

셰리는 고개를 갸웃거리더니.

"아, 맞다. 우선 의사한테 진찰부터 받아야죠. 미안해요. 내가 너무 들떠서……."

그러면서 난처한 미소를 지었다.

"아, 아냐. 괜찮아."
"네? 하지만……."
"진찰은 됐어. 나중에 갈게, 꼭 갈게. 응, 그러니까, 아! 우리 차 마시자."
"저, 정말 괜찮은 거예요?"
"괜찮아, 괜찮아."
"마검사는 굉장하네요."
"마검사는 굉장하지."
몹과는 거리가 먼 미녀가 미소를 지었다.
그 후 우리는 둘이서 쿠키와 차를 먹으면서 가벼운 잡담을 나누다가 헤어졌다. 이야기하면서 느낀 바에 의하면 셰리는 평범한 소녀였는데, 듣자 하니 기사단한테서 일을 의뢰받아 귀중한 아티팩트 연구인지 뭔지를 하고 있다고 한다. 나는 와, 멋있다~라고 말했다. 참고로 쿠키는 소박한 스타일의 맛있는 쿠키였다. 뭐, 이건 아무리 봐도 몹 친구는 아니지만. 학술 학교와는 거의 접점이 없으니까 괜찮을 것이다.

다음 날 나는 의심받지 않기 위해 '상처를 치료한다'는 명목으로 5일 동안 쉬기로 했다.
나중에 복귀했을 때에는 같은 반 친구들이 좀 친절하게 나를 대해줬다.

셰리는 시드와 친구가 된 날부터 하루하루 꿈을 꾸는 듯한 기분을 느꼈다.

현재 그는 선발 대회에서 입은 부상 때문에 쉬고 있었다.

시합 후 이야기했을 때에는 괜찮다고 말했고, 같이 차도 마셨는데.

그래도 역시 무리했던 걸까. 그의 부상이 걱정됐다.

문병을 가고 싶지만 어쩌면 그가 불편해할지도 모른다. 하지만 신경이 쓰였다. 또 이야기도 나누고 싶었다.

"휴……."

셰리는 아티팩트 해석 작업을 중단하고 한숨을 쉬었다.

작업에도 집중할 수 없었다.

언제나 구름 위에 둥둥 떠 있는 기분이 들었다.

연구실에는 오후의 햇살이 스며들고 있었다.

무슨 일을 해도 자꾸만 시드 생각이 났다.

그가 초콜릿을 주던 장면, 시합에서 포기하지 않던 모습, 차를 마시면서 나눴던 대화. 그런 것들을 몇 번이나 반복해서 떠올렸다.

수업 시간에도, 연구 도중에도, 침대에 누워서 잠들기 전까지도. 내내 그를 생각했다.

"내가 왜 이러는 걸까……."

책상 서랍에서 빈 초콜릿 상자를 꺼냈다.

초콜릿은 벌써 다 먹어버렸는데. 예쁘게 장식된 이 상자는 버리지 못했다.

상자에는 달콤한 초콜릿 향기가 남아 있었다.

사실 셰리는 신경 쓰이는 소문도 들었다.

소문에 의하면 시드는 알렉시아 왕녀와 사귀었다고 한다.

셰리는 그런 소문에는 어두운 편이지만, 마검사 학교의 소문이 학술 학교까지 흘러들어왔다는 것은 웬만큼 신빙성이 있다는 뜻일지도 모른다.

"으음~!"

셰리는 바람을 받아 부풀어 오르는 커튼을 보면서 기지개를 쭉 폈다.

"좋아, 나 결심했어."

이대로는 뭘 해도 안 된다.

셰리는 직접 물어보러 가기로 했다.

똑똑.

여자 기숙사의 어느 방 앞에서 셰리는 노크를 했다.

이 방에서 문제의 여학생이 근신 중이라고 한다.

"실례합니다. 학술 학교 2학년생인 셰리 바넷인데요."

문 너머로 말을 걸었다. 그리고 잠시 기다렸다.

"네. 열게요."

대답과 동시에 문이 열렸다.

"셰리 선배님. 무슨 볼일이라도 있으세요?"
"네. 불쑥 찾아와서 미안해요."
"안으로 들어오세요."
방 주인인 알렉시아가 셰리를 안으로 들였다.
실내는 넓고 차분한 분위기였다. 일반 학생의 방보다 넓었다.
셰리는 알렉시아의 권유로 소파에 앉았다.
"홍차를 드릴까요? 아니면 요새 유행하는 커피도 있는데요."
"아, 저기, 전 괜찮아요."
"사양 마세요."
"그, 그럼. 커피를 마실게요."
"네."
알렉시아는 세련된 동작으로 커피를 끓였다.
이제 와서 셰리는 긴장했다.
셰리는 2학년이고 알렉시아는 1학년이니까 괜찮을 것이다! 하고 이상한 윗사람 이론을 내세워 강행 돌파를 시도했는데. 곰곰이 생각해보니 알렉시아는 왕족이었다.
이거 좀 위험한 거 아닐까?
아, 아냐. 난 선배잖아. 당당하게 행동해야지.
"셰리 선배님이 여기까지 오신 이유는 짐작이 갑니다."
흠칫! 셰리가 반응했다.
"그, 그건."
"아티팩트 해석에 관한 것이지요?"
"아, 아닌데요."

딸칵! 커피 잔이 부딪치는 소리가 났다.

왠지 어색한 분위기. 알렉시아가 커피를 테이블에 올려놨다.

"드세요."

"고, 고맙습니다."

알렉시아는 셰리의 맞은편에 앉았다.

"윽, 써……."

셰리는 커피를 한 모금 마셔보더니 조그맣게 중얼거렸다.

"설탕과 우유를 넣으면 좀 더 마시기 편해질 거예요."

"아, 네."

들리지 않도록 작게 중얼거렸는데. 알렉시아한테는 다 들렸나 보다.

셰리는 척수반사로 설탕과 우유를 듬뿍 집어넣고 커피를 벌컥 마셨다.

"어? 맛있어요."

"그, 그래요……? 미쓰고시 상회의 최고급 원두입니다. 좋아해주셔서 다행이네요."

"미쓰고시 상회…… 아, 초콜릿 가게죠? 우와. 미쓰고시 상회는 대단하네요. 달고 부드러워서 정말 맛있어요."

"그, 그렇죠……."

그건 거의 설탕과 우유 맛이잖아요? 하고 말하고 싶어 하는 표정이었다.

"그럼 용건이 무엇인지 여쭤 봐도 될까요."

"아, 맞다. 그래요."

셰리는 컵을 내려놓고 머뭇거리면서 소곤소곤 이야기를 시작했다.

"저, 실은 말이죠. 알렉시아 씨. 당신에게 물어보고 싶은 것이 있어서요."

"네."

"저, 저기요…… 알렉시아 씨. 사귀는 남자가 있었다면서요?"

"네……?"

"그, 그러니까, 시드 카게노 군과 사귀었다는 이야기를 들었는데요. 지금도 사귀어요?"

"어, 그건……."

알렉시아는 셰리의 진의를 파악하기 위해 상대의 표정을 관찰했다.

이리저리 굴러다니는 눈동자. 어깨에도 힘이 들어가 있었다.

아마도 원래 대인 관계 능력이 좋은 사람은 아닐 것이다.

몹시 긴장했다는 사실은 알았는데, 결국 그 질문의 의도는 알아내지 못했다.

"이미 헤어졌어요."

알렉시아는 짐짓 태연하게 말했다.

"그래요? 다행이다……."

진심으로 안도하면서 기뻐하는 듯한 셰리의 목소리.

알렉시아의 컵이 딸칵! 소리를 냈다.

"아, 그래도그래도, 둘이 사귄 것은 사실인가 봐요……?"

셰리가 태도를 확 바꾸어 약간 불안한 듯이 질문했다.

“정말로 사귄 것은 아니고, 여러 가지 사정 때문에 사귀는 척 했을 뿐입니다.”

“아, 그래요? 다행이다~.”

우후후. 셰리가 웃었다.

알렉시아의 컵이 딸칵! 소리를 냈다.

“실은 제가 얼마 전부터 시드 군의 친구가 되었거든요.”

“네? 그, 그랬군요…….”

“네. 그래서요. 무척 신경 쓰이더라고요.”

“설마, 그것 때문에 여기까지 오신 건가요?”

“네! 연구에도 집중이 안 돼서 내가 왜 이러나 했어요. 두 분이 사귀지 않는다는 사실을 알게 되어서 정말 다행이에요!”

“그, 그래요. 다행이네요.”

알렉시아는 떨리는 손으로 컵을 들어 입으로 가져갔다. 컵은 어느새 텅 비어 있었다.

“감사합니다! 아 참, 커피 잘 마셨어요. 고마워요!”

셰리는 여기 왔을 때와는 정반대로 밝게 웃으며 떠나갔다.

그 직후. 쨍그랑! 하고 뭔가가 깨지는 소리가 났지만, 행복으로 가득 찬 셰리의 귀에는 그것도 들리지 않았다.

6장

학교가 테러리스트에게 점거된다는 『그것』

복귀한 다음 날. 오전의 마지막 수업이 좀 일찍 끝났다.

"지금부터 학생회 선거 후보자 및 이를 응원하는 학생회장의 연설이 시작될 거다. 다들 자리에 앉아 있어."

선생님이 튀어 나가려는 학생들에게 말했다.

"야, 그나저나 3학년들은 지금 어디 가 있는 거야?"

"글쎄."

옆에서 효로가 대충 던진 질문에 나는 하품을 하면서 대답했다.

"3학년들은 이번 주에는 과외활동을 하러……."

앞자리에 앉아 있는 쟈가가 이쪽을 돌아보고 입을 열었는데, 그때 교실 문이 열리더니 여학생 두 명이 들어왔다. 반대로 선생님은 밖으로 나갔다. 여학생들 중 한 명은 아는 사람이었다. 얼마 전에 나와 싸웠던 로즈 오리아나 학생회장. 평범한 교복인데도 멋쟁이가 입으면 신기하게도 멋쟁이 오라가 뿜어져 나오는 이유는 뭘까. 항상 그것이 궁금했었다.

"저, 오늘은 선생님께서 귀중한 시간을 내주셔서, 학생회 선거……."

아직 어설픈 느낌이 나는 1학년생 여자아이가 다소 딱딱한 목소리로 이야기하기 시작했다. 이런 연설은 전혀 머릿속에 안 들어오는데, 혹시 나만 이런 걸까?

나는 효로와 함께 멍~하니 연설을 흘려들으면서 하품을 했다.

쟈가는 뭔가 메모하는 것 같았다.

그때 문득 학생회장과 눈이 마주친 듯한 느낌이 들었다. 설마 1회전에서 꼴사납게 패배한 한낱 몹을 기억하는 걸까? 그거 놀라운데.

"야, 학생회장이 나를 봤어."

효로가 앞머리를 정돈하면서 말했다.

"그러게."

"야야, 나 이러다 학생회에 스카우트되는 거 아냐?"

"그러게."

"야야야, 난 사실~ 귀찮은 건 딱 질색인데."

"그러게."

그런 식으로 시간이 흘러갔다. 그런데 어느 순간, 나는 마력의 위화감을 느꼈다.

"어?"

"왜 그래?"

나는 항상 미세한 마력을 체내에서 움직이면서 제어 훈련을 하고 있는데, 돌연 그 마력을 모을 수 없게 되었다. 무언가가 마력의 흐름을 방해하는 듯한 감각. 그 방해물을 억지로 돌파하든가, 아니면 내 마력을 좀 더 미세하게 조절하면 모으는 게 가능할지도 모르지만.

속으로 그런 생각을 하고 있는데. 뭔가가 교실로 다가오는 기척이 느껴졌다.

"온다……."

무심코 중얼거렸다.

그 순간.

갑자기 엄청난 폭발음이 울려 퍼졌다. 교실 문짝이 날아갔다. 반 전체가 시끌시끌해졌다.

그 직후, 칼을 뽑아 든 검은 남자들이 난입했다.

"다들 꼼짝 마! 우리는 『섀도우 가든』. 이 학교를 점거한다!"

그들은 그렇게 외치더니 출구를 막아버렸다.

"헉, 말도 안 돼……."

내 혼잣말은 주위의 소란스러움에 묻혀 사라졌다.

학생들 중 누구도 움직이지 못했다.

이것이 훈련인지, 장난인지, 아니면 설마…… 진짜인지. 마검사 학교가 습격당했다는 이 현실을 정확히 파악할 수 있는 학생은 거의 없었던 것이다.

그러나 나만은 유일하게 이 현실을 완전히 파악했다. 저들이 진짜라는 것도, 마력이 저해된 상태라는 것도, 다른 반에서도 같은 사건이 발생하고 있으리라는 것도.

"와, 끝내준다……."

내 입에서 저절로 감탄사가 흘러나왔다.

이놈들이 기어코 저질렀구나. 진짜로 저질러버렸어. 이 세상 소년들이 꿈꾸던 『그것』을. 우리의 청춘 망상의 한 페이지를 장식했던 『그것』을.

학교가 테러리스트에게 습격당한다는 『그것』을 진짜로 실행에 옮기다니!

나는 감동하여 부들부들 떨었다.
대체 몇 번이나 이런 상황을 망상했을까. 수백 번, 수천 번…… 수억 번. 셀 수 없이 다양한 종류로 망상하면서 꿈꿔왔던 그 순간이 드디어 찾아온 것이다.
"그대로 가만히 앉아 있어. 전부 손 들어!"
검은 남자들은 조금씩 현실을 눈치채기 시작한 학생들을 칼로 위압했다.
마니아 같은 취향이구나 하고 생각했다. 저들은 테러리스트 진영을 선택한 것이다. 그러나 역시 기본은 학생 진영이다.
어쩔까?
어떻게 행동할까?
내 앞에 무한한 가능성이 펼쳐져 있었다.
"여기가 어떤 곳인지 모르시는 모양이군요."
그때 기품 있는 목소리가 울려 퍼졌다. 한 소녀가 자기 허리에 찬 세검에 손을 대면서 검은 남자와 대치했다.
"마검사 학교를 점거한다고요? 제정신으로 하는 행동이 아닌 것 같네요."
단 한 명. 로즈 오리아나가 그들과 맞섰다.
"건방진 꼬마야. 무기를 버리라고 했다."
"거절합니다."
로즈는 그렇게 말하더니 세검을 뽑았다.

"흥, 그래. 본보기로 딱 좋겠군."

검은 남자도 칼을 똑바로 들었다.

큰일 났네.

로즈는 이 공간에서 마력을 사용하지 못한다는 사실을 모르고 있었다.

"……! 뭐, 뭐지?!"

세검을 든 로즈의 얼굴에 동요의 빛이 떠올랐다.

"이제야 눈치챘나 보군."

검은 남자가 가면을 쓴 채 웃었다.

큰일이야. 위험해. 이대로 있다가는.

"하지만 이미 늦었어."

검은색 검이 로즈를 향해 내리꽂혔다. 마력이 담긴 검. 마력을 봉인당한 로즈가 그것을 막아낼 방법은 없었다.

나는 의자를 박차고 달려갔다.

"……!"

그만해, 그건 아니야.

두뇌의 일처리 속도가 빨라진다. 세계의 움직임이 느려진다.

그 순간, 내 마음속에는 한없는 초조함과 노여움이 자리 잡고 있었다.

"……아아아아!"

이대로 있다가는 로즈가 테러리스트에게 살해되는 희생자 1호가 될 것이다.

있을 수 없는 일이다. 그건 절대로 용납할 수 없는 일이다.

"으아아아아아아아아아아아아아아아아!!"

반 학생들 중에서 테러리스트한테 제일 먼저 살해되는 것. 그것은 언제나.

몹의…… 역할이다!

"그만해애애애애애애애애애애애애애애애애애애애애애애애애액!!"

나는 영혼의 포효를 내지르면서 두 사람 사이에 끼어들었다.

날아오는 칼날을 보면서 로즈는 자신의 죽음을 예감했다.

마력을 모으지 못하는 나약한 육체로는 저 칼을 막아내지도 피하지도 못한다. 조금이라도 덜 다쳐보려고 상체를 움직였지만, 그 움직임조차 완만해서 답답했다.

이미 늦었다.

죽음이 하나의 현실로서 눈앞에 있었다.

그때 누군가의 절규가 고막을 때렸다.

"그만해애애애애애애애애애애애애애애애애애애애애애애애애액!!"

그 직후, 옆에서 날아온 뭔가가 로즈를 확 밀어냈다.

"꺅……!"

반사적으로 낙법을 쓰면서 바닥을 굴렀다. 그리고 몸을 일으켰을 때, 로즈의 눈앞에는 충격적인 광경이 펼쳐져 있었다.

"맙소사……!"

그곳에는…… 피투성이 소년이 힘없이 쓰러져 있었다. 바닥으로 흘러나온 피는 순식간에 넓게 퍼져 나갔다.

치명상이었다.

"꺄아아아아아아아아아아아아아악!!"

누군가의 비명이 교실에 울려 퍼졌다.

로즈는 자기한테 피가 묻든 말든 개의치 않고 소년을 끌어안았다. 그 소년은 바로 얼마 전에 로즈의 머릿속에 깊은 인상을 남긴 인물이었다.

"시드 카게노 군……."

로즈가 중얼거리자, 소년은 눈을 가늘게 떴다.

"바보야. 왜 나를 감싸준 거야……?"

사실 그들은 최근에 알게 된 사이였다. 아직 제대로 이야기조차 해보지 못했다. 목숨까지 걸면서 구해줄 이유는 없을 텐데.

소년은 입을 열고 무슨 말을 하려다가.

"커, 커헉!"

대량의 피를 토했다.

"시드 군?!"

로즈의 하얀 뺨에 소년의 입에서 나온 피가 묻었다.

소년은 피투성이 얼굴로 미소 짓더니…… 조용히 숨을 거두었다. 그 얼굴은 더없이 만족스러워하는 사나이의 얼굴이었다.

"대체, 왜……."

로즈의 뺨을 타고 눈물 한 줄기가 흘렀다. 로즈는 소년을 끌어안고 오열을 삼켰다.

죽은 그의 얼굴을 보고 로즈는 깨달았다. 모든 수수께끼가 풀린 느낌이 들었다.

선발 대회에서 그가 이상하리만치 분투했던 것도.

로즈를 응시하던 열렬한 눈빛도.

그리고 몸을 던져 로즈를 감싸준 이유도.

그 모든 퍼즐이 하나로 맞춰졌다.

로즈는 둔감한 편이 아니었다. 왕녀라는 지위와 미모 덕분에 어린 시절부터 셀 수 없이 많은 사람들의 사랑을 받아왔다.

그러나 이토록 열정적인 사랑은 그동안 한 번도 받아보지 못했다. 누군가가 목숨까지 걸고 자기를 사랑해준 적은 없었다.

"고마워……."

그의 마음에는 이제 영원히 답해주지 못할 것이다. 그러나 그 마음을 결코 헛되이 하지는 않으리라고 맹세했다.

"좋은 본보기가 되었군."

검은 남자가 로즈 앞에 섰다.

"……!"

로즈는 입술을 꽉 깨물고 그를 쏘아봤다.

"아직도 대들 셈이냐?"

"크윽…… 시키는 대로, 하겠습니다."

로즈는 고개를 숙였다. 그의 마음을 헛되이 하지 않기로 맹세

했으니까. 지금은 아직 행동할 때가 아니다.

"흥. 자, 지금부터 대강당으로 이동한다!"

검은 남자들이 움직이기 시작했다. 학생들을 일으켜 세우더니, 그들의 손을 뒤로 모아 구속하고 줄줄이 끌고 갔다. 반항하는 자는 이제 아무도 없었다.

마지막에 남학생 두 명이 교실을 돌아봤다.

"시드……."

"시드 군……."

그들은 무슨 말을 하고 싶은 것처럼 죽은 소년의 얼굴을 바라봤다.

"꾸물거리지 마!"

두 사람은 검은 남자에게 내쫓겨 교실 밖으로 나갔다. 복도를 걸어가는 발소리가 멀어지고 어느새 주위가 고요해졌다.

그리고.

방금 죽은 소년의 팔이 꿈틀 하고 움직였다.

나는 교실에서 모든 사람들이 나간 것을 확인하고, 주먹으로 내 가슴을 쳤다.

'움직여, 움직여!'

몇 번이나 반복해서 쳤다. 그러면서 억지로 호흡했다.

'움직여어어어어어어어어어어어어어어!!'

그리고 마침내.

"커헉, 컥, 크헉!"

움직였다.

멈췄던 심장이 두근, 두근, 다시 뛰기 시작했다.

『몹 오의, 10분간의 임사체험』

심장이 정지된 상태에서 미세한 마력으로 뇌의 혈류를 계속 유지함으로써, 상식적으로는 말이 안 되는 긴 시간 동안 심장정지 상태를 후유증 없이 만들어내는 오의였다.

까딱하면 그러다 골로 갈 수도 있는 엄청나게 위험한 오의지만, 목숨 걸고서라도 이걸 해내야 할 때가 있다. 그게 바로 오늘이었다. 뭐, 그냥 그런 거다.

"아, 아야……."

등에 난 상처를 확인했다. 누가 가까이서 살펴볼 위험성도 있으니까 이번에는 일부러 실제로 칼에 베였다. 물론 치명상은 피했지만, 현실성을 더하기 위해서 상처 깊이를 적당히 조절했다.

마력을 이용해 상처 응급처치를 시도해봤다. 마력은 한없이 가늘게 가공하면 방해물 따윈 무시하고 사용할 수 있을 듯했다. 그 외에도 아마 강한 압력으로 마력을 해방시키면, 방해물을 억지로 배제하는 것도 가능할 것이다.

"대충 이 정도면 됐나?"

상처를 완벽하게 치료하려면 시간이 걸리고, 또 나중에 누가 보면 큰일 날 것이다. 움직이는 데 지장이 없을 정도로만 치료했다. 이제는 '기적적으로 간신히 살았다!'고 하면 될 것이다.

"이얍."

나는 일어나서 육체와 마력의 움직임을 확인해봤다. 얼굴의 핏자국을 닦아내고 교복을 단정히 정리했다.

창문을 통해 상쾌한 오후의 바람이 흘러 들어왔다. 하얀 커튼이 큼직하게 부풀어 올랐다. 커튼의 움직임에 맞춰서 강한 햇살과 검은 그림자의 형태가 변했다. 쓰러진 의자와 흐트러진 책상, 부서진 문과 바닥에 남은 혈흔. 그런 것들이 일상이 끝났음을 알렸다.

나는 일단 눈을 감고 심호흡했다.

"자, 가자."

교실을 빠져나와 아무도 없는 조용한 복도를 걸었다.

셰리 바넷은 펜던트형 아티팩트 해독에 집중하느라 그 소동을 제때 눈치채지 못했다.

"이건……."

아티팩트를 집어 들고 가까이에서 들여다보는 셰리. 그 분홍색 눈동자가 가늘어졌다. 뭔가 알아낸 것이다.

"설마…… 아아, 세상에."

시선은 아티팩트에 고정시킨 채 종이 위에서 바쁘게 펜을 놀렸다.

셰리는 주위의 소란을 조금도 눈치채지 못했다. 폭발음도, 복도에서 울리는 발소리도 전혀 신경 쓰지 않았다.

"상황은 어때?"

"누군가가 학교를 습격했습니다."

"마력을 쓸 수 없다면 섣불리 행동할 수 없는데."

기사들 두 명의 대화조차도 귀에 들어오지 않았다.

"설마…… 설마, 이건……."

그 정도로 셰리는 아티팩트에 집중하고 있었다. 본디 연구에 집중하면 주위의 다른 것에는 신경도 안 쓰는 성격이지만, 그래도 평소에는 이 정도는 아니었다. 이 아티팩트에는 셰리의 정신을 온통 빼앗을 만한 중대한 요소가 있었던 것이다.

갉작갉작. 깃펜이 움직였다.

분홍색 눈동자는 아티팩트의 진실에 거의 도달했다. 진실의 코앞에.

그 순간.

돌연 창문이 박살나면서 검은 남자 하나가 연구실로 뛰어 들어왔다.

유리 파편이 셰리의 뺨을 스치고 지나갔다.

"아얏……?!"

"누구냐!"

기사 두 명이 검을 들었다.

뺨이 아팠다. 셰리는 그제야 주위 상황을 눈치챘다.

"어? 어어?"

셰리는 아티팩트를 끌어안고 책상 밑에 숨었다. 살살 뺨을 쓰다듬었더니 피가 조금 묻어났다.

"우리는 『섀도우 가든』. 아, 『섀도우 가디언』이었나? 에이, 상관없어. 나는 렉스. 『반역유희』 렉스 님이시다."

검은 남자는 가면 뒤에서 웃었다.

"이거 방해되네."

가면을 벗어 던졌다. 경박해 보이는 칙칙한 빨간 머리 남자였다. 그는 굶주린 들개 같은 눈빛으로 웃고 있었다.

"!"

가면이 셰리의 발치로 굴러왔다. 셰리는 여전히 숨어서 뒷걸음질 쳤다.

"『섀도우 가든』? 네놈들이 소문으로 들었던……."

"목적이 뭔지는 몰라도, 학교를 습격하고도 무사할 것 같으냐?"

두 기사의 말에 렉스는 웃으며 대꾸했다.

"무사할 리 없지. 『섀도우 가든』도 고생이 많겠어. 아, 참고로……."

렉스는 잠깐 말을 끊더니.

"습격 목적? 그건 나도 잊어버렸어."

아하하! 하고 웃었다.

"지금 장난하는 거냐?"

"아니, 장난 아닌데. 뭐, 아무래도 상관없어. 어쨌든 내 임무는 펜던트형 아티팩트를 회수하는 거야. 그걸 회수한 다음에는 마음껏 날뛰어도 된다고 했는데……."

렉스의 눈동자가 날카롭게 가늘어졌다.

"야, 너희들. 알고 있냐?"

그러더니 두 기사를 노려봤다.

"?! ……그, 글쎄. 무슨 뜻이지?"

"우리는 아무것도 모른다."

기사들의 대답에 렉스는 만면에 웃음을 띠었다.

"그 표정. 네놈들은 알고 있구나……!"

마력이 공기를 진동시켰다. 렉스의 거대한 마력이 주위를 위압했다.

"……!"

셰리는 비명이 터지기 직전에 입을 틀어막고 바닥을 기었다. 조금만, 조금만 더 가면. 문에 도착한다.

"자, 우선 누구부터 해치울까?"

렉스는 굶주린 들개 같은 눈으로 연구실을 둘러보더니.

"좋아. 거기 아가씨부터."

홀연히 사라졌다.

어느새 렉스는 셰리의 눈앞에 와 있었다.

"꺄아아아아아아아아아아아아악!"

"잘 가."

"시, 싫어!"

셰리는 눈을 질끈 감았다. 머리를 감싸면서 몸을 웅크렸다.

그런데.

"그건 안 돼."

렉스가 내리친 칼이 바닥을 때렸다.

셰리가 살금살금 눈을 떠봤더니, 사자 갈기 같은 수염을 기른 거구의 기사가 셰리 앞에서 검을 들고 있었다.

"오~ 마력도 못 쓰는 주제에. 제법이네?"

"마력이 전부는 아니니까. 실력 차이가 난다면 공격을 흘려보내는 것쯤은 쉬운 일이지."

"실력 차이가 난다고……? 야, 너. 설마 나보다 강하다고 생각하는 거냐?"

렉스가 거구의 기사를 흉악한 얼굴로 노려봤다.

"그렇게 생각한다."

"일단 이름이 뭔지나 들어보자."

"『주홍 기사단』의 부단장, 『사자 수염』 글렌이다."

글렌의 옆에 또 한 명의 기사가 나란히 섰다.

"『주홍 기사단』의 마르코다."

"네 이름은 안 물어봤어."

마지막으로 마르코가 셰리를 돌아봤다.

"도망쳐."

그리고 전투가 시작됐다.

셰리는 바닥을 기어 복도로 나오자마자 전속력으로 달렸다. 뒤에서 단말마의 비명이 들려왔다. 셰리는 귀를 막았다.

나는 일단 옥상으로 올라가 학교를 내려다봤다.
구속된 학교 관계자들을 대강당에 모아놓은 것이 보였다. 대강당은 전교생이 들어가고도 남을 정도로 커다란 홀이었다. 입학식 같은 것도 거기서 하고, 가끔 연극 공연도 하고, 유명인사의 강연 같은 것도 한다.
학교 밖에는 이 소동을 알고 달려온 기사단이 모여 있었다. 그러나 일정한 거리보다 더 가까이 다가오려고 하지는 않았다. 거기가 마력을 방해하는 뭔가의 작용 경계선인가 보다. 학교 건물 안에서는 이제 거의 인기척이 느껴지지 않았다. 단지 검은 남자들이, 혹시 숨어 있는 학생이 없나 살펴보러 다니고 있을 뿐이다.
나는 학교의 전경을 바라보면서 훗 하고 웃었다.
이걸 해보고 싶었다.
습격당한 학교, 붙잡힌 학생들, 수수께끼의 테러단, 그것을 옥상에서 내려다보는 나. 나의 버킷리스트 항목 중 하나가 이루어졌다.
『옥상에서 내려다보는 나』
달성.

자, 이제 밤까지 뭐 하고 놀까? 실은 아까 교실에 검은 남자들이 쳐들어왔을 때 나는 그런 생각을 했었다.

이놈들은 미적 감각이 부족하구나 하고.

태양이 눈부시게 빛나는 대낮, 맑디맑은 푸른 하늘, 상쾌한 바람. 여기서 검은색 롱코트를 입고 등장하다니?

말도 안 된다.

그들은 실수를 하나 범했다. 그렇다……. TPO를 경시한 것이다. 패션은 개인의 자유지만, TPO를 지키지 않으면 영 생뚱맞은 패션이 되는 것이다. TPO를 경시한 그들은 누가 뭐래도 멋없어 보였다. 검은 롱코트는 당연히 밤에 입어야지. 불문율이다.

원래 느긋하게 즐길 생각이었으니까. 시간이 걸리는 것은 전혀 문제되지 않았다. 오히려 빨리 끝나면 아깝잖아.

작전『밤까지 천천히』. 그걸로 정했다.

그런 생각을 하면서 학교를 내려다보고 있는데, 연결통로를 걸어가는 검은 남자 두 명이 눈에 띄었다. 대낮에 검은 롱코트. 역시 멋없어 보였다.

음…… 스나이퍼 놀이나 해볼까.

나는 슬라임 슈트에서 엄지만 한 크기의 슬라임을 떼어냈다. 그것을 둥글게 뭉쳐 마력을 주입하고, 옥상에 엎드려서 딱밤 날리는 스타일로 그것을 손가락에 장전했다.

"바보야. 거긴 뻥 뚫린 직선 코스잖아."

그렇게 중얼거리면서 손가락을 튕겼다.

피융!

공기 가르는 소리를 남기고 날아간 슬라임 탄환이 검은 남자의 머리를 꿰뚫었다.

"앗……."

그대로 두 번째 남자의 심장까지 관통했다. 놀랍게도 1타 2피였다. 한 발 더 쏘고 싶었는데. 괜히 손해 본 기분이었다.

"에이, 됐어. 다음 타깃은……."

나는 슬라임 탄환을 장전하고, 조준경을 들여다보는 것처럼 한쪽 눈을 감았다.

맞은편 교사에서 무방비하게 걷는 멍청이를 발견했다.

"타깃 확인, 분홍 머리 소녀…… 어?"

셰리잖아.

뭐 하는 거지? 두리번두리번 주위를 살피면서 걷고 있지만. 저거 이미 들켰는데.

"셰리, 다 들켰거든?"

셰리의 후방에서 검은 남자 확인. 검은 남자는 셰리에게 달려들었다.

나는 슬라임 탄환으로 조준하고…… 발사했다.

피융!

검은 남자의 머리가 터졌다.

"미션 클리어."

셰리는 그대로 아무 일도 없었던 것처럼 걸어서 내 시야 밖으로 빠져나갔다.

흠. 뭔가 심상치 않군.

나의 몸 직감이 '메인 시나리오가 진행되고 있다'는 것을 나에게 가르쳐줬다. 메인 시나리오가 거의 클라이맥스에 다다랐을 때 멋지게 등장하는『어둠의 실력자』……. 좋아, 좋아.

오케이. 나는 다리에 마력을 주입하고, 아무도 안 보는 것을 확인한 다음에 점프했다.

"이얍!"

맞은편 교사 옥상에 착지했다. 곧바로 훌쩍 뛰어내려 창틀을 붙잡고 건물 안으로 들어갔다. 복도를 살펴봤더니……, 아, 저기 있네.

두리번두리번하면서 수상하게 움직이는 분홍 머리.

"다 들켰다니까."

셰리의 등 뒤에는 검은 남자가 있었다.

그가 셰리를 붙잡기 직전에 나는 초고속으로 뛰쳐나갔다.

"어?"

등 뒤에서 뭔가가 움직이는 것 같아서 셰리는 뒤를 돌아봤다.

공기를 가르는 듯한 소리가 났는데……, 그곳에는 아무도 없었다. 고요한 복도가 멀리까지 쭉 뻗어 있었다.

"기분 탓인가……?"

셰리는 신중하게 주위를 살피면서 자박자박 걸어갔다. 품에 있는 아티팩트를 꼭 끌어안았다.

마력을 쓸 수 없다……고 말했다. 아까 그 기사가. 그들의 말이 사실이라면, 그것은 셰리와 관계된 것이리라. 그 현상에 관해서는 짚이는 바가 있었다. 그리고 이 아티팩트에 관해서도…….

셰리는 다시 한 번 아티팩트를 꼭 끌어안았다.

"내가 어떻게든 해야 해……!"

셰리를 탈출시키기 위해 싸운 두 기사의 모습이 머릿속에 떠올랐다. 그들의 죽음을 헛되이 할 수는 없었다.

그런 생각을 하면서 복도 모퉁이를 돌았는데.

"앗!"

검은 남자가 있었다. 셰리는 허둥지둥 몸을 숨겼다.

망했어. 눈 마주친 것 같아.

뭔가가 공기를 가르는 소리가 났다.

"괜찮아, 안 들켰어, 안 들켰을 거야……."

기도하면서 다시 한 번 모퉁이 저쪽을 확인해봤더니…….

"다행이다. 안 들켰구나……."

검은 남자는 어디론가 사라져버렸다.

셰리는 정신 차리고 신중하게 주위를 살피면서 자박자박 걸었다.

"앗!"

교실 창문 너머로 검은 남자가 복도를 내다보고 있었다.

셰리는 황급히 몸을 숨겼지만 이미 늦었다. 교실 문이 열리고 검은 남자가 나왔다.

"꺄!"

셰리는 머리를 감싸고 눈을 감았다.

…….

………….

뭔가가 공기를 가르는 소리가 났다.

"어?"

셰리가 조심조심 눈을 떠봤더니, 검은 남자는 어디론가 사라져 버렸다.

"다행이다. 안 들켰구나……."

셰리는 좀 더 정신 똑바로 차리고 자박자박 걸어갔다.

복도 모퉁이도, 교실 안도, 당연히 등 뒤도 꼼꼼히 확인했다.

두리번두리번, 두리번두리번.

자꾸 주위를 확인하면서 전진하다 보니 저절로 발밑에는 신경을 못 쓰게 되었다.

"악!"

넘어졌다.

털퍼덕. 바닥에 달라붙은 셰리의 눈앞에서 아티팩트가 허공을 날았다.

"아앗!"

아티팩트가 바닥에 떨어……지기 직전에, 누군가가 그것을 낚아챘다.

시선을 위로 올렸다. 최근에 사귄 친구가 거기 서 있었다.

"시드 군……!"

그런데 그는 피투성이였다.

"괜찮아?! 심하게 다친……."

"괜찮아, 기적적으로 간신히 살아남은 거니까. 전혀 문제없어."

어째서인지 그는 지친 얼굴로 그렇게 말하더니, 눈을 가늘게 뜨고 셰리를 흘겨봤다.

"너한테 해주고 싶은 말이 많아. 혼잣말은 하지 말자, 딴생각하면서 걷지 말자, 걸을 때에는 발밑을 조심하자, 기타 등등."

그리고 한숨을 푹 내쉬었다.

"하지만 그건 다 제쳐두고, 우선 자박자박 시끄러운 그 로퍼부터 벗자. 응?"

셰리는 고개를 끄덕였다.

나는 셰리를 도와주면서 이동했다. 목적지는 1층 저쪽 끝에 있는 부교장실이었다. 참고로 그 후에도 다섯 명쯤 되는 놈들을 은밀하게 퇴장시켰다.

우리는 좀 중후한 문을 열고 안으로 들어갔다.

고상한 취향이 엿보이는 응접세트가 방 한가운데에 놓여 있었고, 높다란 책장이 벽면을 꽉 채우고 있었다. 안쪽에 있는 업무용 책상에는 자료가 잔뜩 쌓여 있었고, 북쪽으로 난 창에서는 부드러운 햇빛이 비쳐 들고 있었다. 차분하고 어른스러운 방이었다.

셰리는 익숙하다는 듯이 책상으로 다가가 서랍을 뒤졌다.

"너무 큰 소리는 내지 마."

책상 너머에서 분홍 머리가 끄덕끄덕 위아래로 흔들렸다.

"휴."

나는 2인용 소파에서 다리를 아무렇게나 뻗고 앉아 숨을 크게 내쉬었다.

피곤하다.

셰리가 이번 메인 캐릭터인 것은 확실한데, 안 되겠다. 셰리는 절대로 시나리오를 공략하지 못할 것이다. 이런 경우에는 반드시 파트너 캐릭터가 존재해야 하는데, 그런 기미가 전혀 안 보였다. 엄청난 결함이 있는 시나리오다.

결국 나는 고민한 끝에 몹 조력자로서 이번 일에 개입하기로 결심했다. 나는 몹이다. 표면적으로는 절대로 활약하지 않는다. 절대로.

"찾았어요."

셰리가 책상 너머에서 자료를 끌어안고 돌아왔다. 그리고 그것을 응접세트 테이블 위에 늘어놨다.

"이게 뭐야?"

글자, 도형, 수식. 무슨 뜻인지 전혀 알 수 없었다.

"이건 『탐욕의 눈동자』라는 아티팩트입니다. 아마도 현재 마력이 저해되는 현상의 원인이 이거일 거예요."

셰리가 불길한 스케치를 보여줬다. 그것은 탁구공만 한 구체였다.

"이 『탐욕의 눈동자』는 주위의 마력을 흡수해 모아두는 성질이 있습니다. 그래서 『탐욕의 눈동자』가 발동되면 그 주변에서는 마력을 모으기 어려워지는 거예요."

"검은 남자들은 아무렇지도 않게 마력을 사용하던데?"

"미리 『탐욕의 눈동자』에 마력의 파장을 입력해둔 거겠죠. 등록해둔 마력은 흡수하지 않는다는 것이 이미 확인됐어요. 그 외에도 아주 미세한 마력이나 세찬 마력은 흡수하기 어렵지만, 애초에 우리는 그런 마력은 다루지 못하니까요."

흐음.

"이 능력만으로도 충분히 골치 아픈 아티팩트인데, 『탐욕의 눈동자』는 그렇게 모아둔 마력을 이용하는 것도 가능해요. 아마도 진짜 목적은 마력을 이용하는 것일 텐데요. 장기간 마력 보존은 어렵기 때문에 결함 아티팩트라고 간주했습니다."

"장기간은 안 된다고? 단기간은 된다는 뜻이네."

"네. 현재 대강당에는 수많은 마검사들이 붙잡혀 있습니다. 만약 거기서 흡수하는 마력을 해방시킨다면……, 학교 전체가 날아가버릴 거예요."

"흠……."

"이 『탐욕의 눈동자』는 예전에 제가 연구해서 해명한 거예요. 그 위험성을 고려해서 학계에는 발표하지 않고 정부에 보관해

달라고 요청했는데…… 이게 어떻게 된 걸까요?"

셰리는 풀 죽은 눈빛으로 나를 쳐다봤다.

"같은 물건이 또 있었거나 누군가가 훔친 거겠지. 그래, 그 『탐욕의 눈동자』에 대한 대처법은 있어?"

"있어요."

셰리는 고개를 끄덕이더니 커다란 펜던트를 꺼냈다.

"지저분한 펜던트네."

"이것은 『탐욕의 눈동자』의 제어장치일 겁니다. 『탐욕의 눈동자』는 본디 단독 아이템이 아니라, 이 제어장치와 한 세트로 사용되는 거였을 거예요. 그러면 마력을 장기 보존하지 못하는 결함 아티팩트라는 그 특성도 변하는 거죠."

"장기 보존이 가능한 거야?"

"그건 둘 다 합쳐서 연구해보기 전까지는 알 수 없지만, 그럴 가능성은 있어요."

"흐음."

"이 제어장치를 이용해서 『탐욕의 눈동자』의 기능을 일시적으로 정지시킬 수 있습니다. 그동안 대강당을 해방시키는 것은 가능할 거예요."

"오, 좋은데. 그래서?"

"어, 아직 이 아티팩트 해독이 덜 끝났으니까요. 먼저 해독을 우선시할게요."

"흠."

"해독이 완료되면, 이 아티팩트를 기동시켜서 『탐욕의 눈동자』

가까이로 가져갑니다."

"어떻게?"

"그건…… 지상은 적들이 경계하고 있으니까요. 일단 지하로 내려가서 대강당까지 가면 어떨까 하는데요."

셰리는 약간 난처한 듯한 미소를 지었다.

"지하로?"

"네."

셰리는 벽에 늘어서 있는 책장에서 책을 여러 권 뽑았다. 그러자 책장이 빙글 돌았다. 그 뒤에서 지하로 내려가는 계단이 출현했다.

"끝내준다."

이런 장치. 너무 좋아.

"학교 시설에는 탈출용 비밀통로가 몇 개 남아 있습니다. 그런데 이 통로는 오랫동안 사용되지 않은 모양이에요."

셰리의 눈동자에 슬픔이 깃들었다.

"계단에 먼지가 쌓여 있고…… 발자국이 안 남아 있어요. 아버지가 이곳을 통해 탈출하셨으면 좋았을 텐데."

"루슬란 부교장 선생님……, 양아버지랬지?"

"네. 그분은 원래 저희 어머니의 연구를 지원해주시는 분이었어요. 그래서 계속 신세를 졌고, 어머니가 돌아가신 다음에도 그분이 천애고아인 저를 거두어 키워주셨어요."

"좋은 사람이네."

"네, 정말 좋은 분이세요. 언제나 도움만 받았으니까…… 그러니까, 이번에는 제가 도와드릴 거예요."

그러면서 셰리는 티 없이 환하게 웃었다.

"무사하면 좋겠다. 어, 그래서. 지하로 접근한 다음에는 어쩔 거야?"

"아, 그건…… 지하로 접근해서, 기동시킨 아티팩트를 대강당 안에 던져 넣을 거예요."

"부서지진 않을까?"

"부서져도 일시적으로는 기능을 정지시킬 수 있으니까 괜찮아요. 그다음부터는, 마검사 여러분께서 잘해주시면……."

마무리가 좀 어설프네. 하지만 내가 섀도우로 변신해서 날뛰면 괜찮을 것이다. 아니, 오히려 멋지게 활약할 수 있는 무대를 마련해줘서 고마울 정도였다.

"아주 좋아. 그렇게 하자."

"와! 그럼 서둘러 해독해볼게요."

"난 등이 아파서 큰 도움이 되지는 못할 테지만. 힘내."

괜찮은 작전이라 참 다행이다. 이러면 몹 조력자가 나설 기회도 거의 없을 것이다.

"시드 군은 무리하지 마세요. 제가 힘내서 잘해볼게요. 지금까지는 아무것도 못 했으니까요. 제가 아버지와 다른 모든 사람들을 구할 거예요."

"응, 힘내. 아, 나 화장실 다녀올게."

해독에 집중하는 셰리를 남겨두고 나 혼자 놀러 나갔다.

굶주린 들개 같은 눈빛을 지닌 남자, 렉스는 대강당 문을 열고 당당하게 걸어 들어갔다. 검은 남자들 몇 명이 렉스를 뒤따르고 있었다.

그들이 다가가자, 억지로 의자에 앉혀진 학생들이 고개를 숙였다.

대강당은 3층까지 뻥 뚫려 있는 커다란 홀이었다. 현재 검은 남자들이 모든 출입구를 막고 있었다. 학생들은 계속 감시당하는 중이었고 아무 말도 할 수 없었다. 렉스는 경박한 미소를 지으며 대강당을 통과해서 저 안쪽 대기실로 들어갔다.

"그래, 어떻게 됐지?"

렉스가 문을 닫자마자 그 안에 앉아 있는 검은 남자가 말했다.

관록이 느껴지는 낮은 목소리. 얼굴은 가면으로 가렸고 남들처럼 검은 옷을 입었는데, 남들과 격이 다르다는 것은 한눈에 알 수 있었다.

"성질이 급하네? 『야윈 기사』 씨. 학교 제압은 거의 완료됐어. 밖에서는 기사단이 시끄럽게 굴고 있지만 어차피 별것 아니야."

"그건 중요하지 않다. 아티팩트 회수는 어떻게 됐냐고 물어본 거다."

"아, 아티팩트. 아티팩트 말이지……."

렉스는 어깨를 움츠리며 『야윈 기사』를 봤다.
"아마 그 아가씨가 가지고 있지 않을까? 분홍 머리 아가씨."
"회수에 실패했나?"
렉스는 머리를 긁적이면서 시선을 피했다.
"뭐, 그렇지."
"까불지 마라."
『야윈 기사』가 강한 마력을 내뿜었다. 공기가 떨렸다. 그 살기에 렉스의 뺨이 굳어졌다.
"화내지 마. 대충 어디 있는지는 알아. 금방 회수할 수 있어."
"네놈의 허튼짓이 우리 계획에 얼마나 지장을 주는지 알기나 해? 다음에 실수했다간 죽는다. 알았나?"
"알았어, 알았다니까."
손을 들고 퇴실하는 렉스. 『야윈 기사』는 날카로운 눈빛으로 그 뒷모습을 바라봤다.
"아, 맞다."
렉스가 나가기 직전에 말했다.
"좀 위험한 녀석이 있을지도 몰라."
렉스는 고개를 돌려 『야윈 기사』의 반응을 살폈다. 『야윈 기사』는 말없이 이야기를 재촉했다.
"3rd가 여러 명 죽었어. 2nd도 두 명 죽었고. 직접 심장이 박살난 놈도 있고, 급소에 작은 구멍이 뚫린 녀석도 있어. 후자는 세검이나 뭐 그런 무기로 찌른 거겠지. 전원 일격에 당했어. 상당한 실력자야."

그렇게 말하면서도 렉스는 굶주린 늑대처럼 웃었다.
"호……. 『섀도우 가든』인가. 드디어 꾀어내는 데 성공했군."
"응. 당신도 조심하는 게 좋을걸?"
"크큭……. 조심하라고? 감히 나한테 그런 말을 하는 건가?"
"하긴, 당신은 문제없으려나? 전직 라운즈 씨."
"흥. 아티팩트와 『섀도우 가든』의 머리를 둘 다 가져와라. 반드시."
"흐음. 괜히 말했네?"
렉스는 입꼬리를 끌어 올려 웃더니 밖으로 나가버렸다.
홀로 남은 『야윈 기사』는 키득키득 웃었다.
"드디어 모든 것이 성취되는구나……."
그는 품속에서 불길한 빛을 발하는 아티팩트를 꺼내더니 수상한 눈빛으로 바라봤다.
"이로써 나는 다시 라운즈가 된다."
키득키득. 그는 기분 나쁜 소리를 내면서 끊임없이 웃었다.

렉스는 부하들과 함께 교사 복도를 걷고 있었다.
아티팩트를 수색하던 그들은 뜻밖의 괴현상을 체험했다. 앞서 가던 렉스의 부하가 그의 눈앞에서 홀연히 사라진 것이다.

"뭐야?"

무슨 일이 일어난 걸까. 어리둥절하여 주위를 둘러보는 렉스. 그러나 부근에 수상쩍은 그림자는 없었다. 뭔가가 공기를 가르는 듯한 소리가 들렸을 뿐. 그게 유일한 단서였다.

휘잉. 휘잉. 공기를 가르는 소리가 들렸다.

그리고.

"……윽!"

렉스 옆에 있던 부하가 돌연 사라졌다.

그러나 이번에는 간신히 볼 수 있었다. 피투성이 교복을 입은 소년이었다. 그놈이 손바닥 아랫부분으로 부하를 쳐서 기절시키고 끌고 간 것이다.

시력을 극도로 강화시켜 집중함으로써 겨우 눈으로 볼 수 있었다. 그 정도로 엄청나게 빠른 공격이었다.

"적이다! 조심해!"

렉스는 그렇게 소리치고 주위를 경계했는데.

"……으응?"

멍하니 선 채 굳어져버렸다.

뒤에 있어야 할 부하가 없었다. 어느새 렉스는 이 긴 복도에 홀로 남아버렸다.

이어서. 휘잉…… 하고.

소리가 들린 직후, 렉스는 온 힘을 다해 심장을 사수했다.

"크윽……!"

상대의 손바닥 아랫부분이 렉스의 팔을 가격했다.

빠각.

뼈가 부러지는 끔찍한 소리가 났다. 렉스는 뒤로 휙 튕겨져 날아갔다.

"비…… 빌어먹을!!"

그러나 즉시 자세를 바로잡고 검을 뽑았다.

그런데 그곳에는 이미 아무도 없었다.

렉스는 혀를 찼다.

겨우 손바닥 아래로 한 번 쳤을 뿐인데, 마력으로 보호한 왼팔이 부러졌다. 만약 제때 방어하지 못했다면 틀림없이 심장이 파괴됐을 것이다.

휘잉.

이번에는 렉스도 그 소리와 동시에 움직였다.

등 뒤의 인기척을 향해 직감적으로 칼을 휘둘렀다. 타이밍은 잘 맞췄다.

그러나.

이 녀석…… 속도가 더 빨라졌잖아?!

렉스의 칼은 소년의 뒤쪽 허공을 갈랐다. 렉스는 재빨리 자기 심장만은 방어했다.

"아악……!"

그러나 갈빗대가 부러졌다.

렉스는 뒤로 점프해서 그 공격의 위력을 줄이면서 소년의 모습을 눈으로 좇았다. 그러나 더 이상 잔상조차 보기 힘들었다.

"……쳇."

렉스는 피 섞인 침을 뱉고 자세를 바로잡았다.

적을 포착하기는 어렵고, 반격도 불가능하다. 그저 일방적으로 유린당할 뿐이다. 객관적으로 볼 때 더없이 심각한 위기였다. 그러나…… 이 정도 위기는 그동안 여러 번 극복해왔다.

그게 바로 네임드 칠드런, 렉스였다.

"성능 좋은 아티팩트를 사용하나 봐?"

렉스는 적에게 들리도록 말했다.

비밀은 알아냈다.

이렇게 잠깐 싸웠을 뿐인데도 렉스는 이미 꿰뚫어 봤다. 적의 움직임은 인간의 한계 속도를 초월한 것이었다. 그렇다면 상식과는 동떨어진 어떤 특별한 힘의 도움을 반드시 받았을 것이다.

"일견 내가 불리해 보이지만. 나는 속지 않는다. 네놈도 지금 무리하고 있는 거잖아?"

인간을 초월한 속도를 발휘하려면 그만큼 대가를 치러야 한다. 렉스는 그 흔적을 놓치지 않고 보았다.

"너. 교복이 피투성이야."

그렇다……. 렉스는 교복의 피를 보고 모든 수수께끼를 풀어낸 것이다.

적은 아티팩트의 힘을 빌려 비상식적인 속도를 손에 넣었다. 그러나 그 대가로 육체가 소모되고 있는 것이다. 그것은 적의 출혈량만 봐도 알 수 있었다. 적은 이제 곧 한계에 부딪칠 것이다. 그때까지 렉스가 버티고 서 있으면…… 렉스가 이길 것이다.

약간의 정보만으로도 적의 모든 것을 밝혀낸다. 그것이 네임드 칠드런『반역유희』렉스의 능력이었다.

"아마 앞으로 두세 번밖에 못 버틸 테지. 그것이 네놈의 한계다!"

렉스는 목소리에 힘을 주어 말했다.

그러나 상대는 반응하지 않았다. 렉스가 이야기를 시작했을 때부터 적은 내내 아무런 움직임도 없이 침묵을 지키고 있었다.

"정곡을 찔렸나 보군."

렉스는 입꼬리를 끌어 올려 히죽 웃었다.

승기는 잡았다. 하지만…… 그렇게 렉스가 여유로운 상태인 것은 아니었다. 뒤집어 말하면, 앞으로 두세 번은 저 보이지 않는 손바닥을 피해야 한다는 뜻이니까.

"야, 뭐야? 왜 그렇게 꿀 먹은 벙어리가 됐어?"

그래서 렉스는 일부러 허세를 부렸다. 적에게 약점을 들키지 않으려고.

이 싸움은…… 고도의 심리전이다.

"덤벼. 이 겁쟁이야!"

휘잉.

공기를 가르는 소리가 났다. 렉스는 오직 직감에만 의존해서 회피했다.

상체를 기울여 적의 손바닥의 궤도에서 벗어났다.

그러나.

빠르다?!

반사적으로 끼워 넣은 오른팔로 방어했다.

“끄아아아아악!!”

뚜두둑. 오른팔이 부러졌다. 악착같이 칼은 붙잡은 채 후퇴했다.

그러나 적이 추격했다.

그동안 단발성 공격만 되풀이하던 적이 추격했다.

그것은, 다시 말해…… 결판을 내러 온 것이다.

“그래, 덤벼라아아아아아아아아아아아아아아아!!”

렉스는 기합을 넣으면서 급소를 방어했다.

적은 이제 한계다.

이 일격만 견뎌내면 렉스가 이긴다.

그 직후, 손바닥이 렉스의 복부에 꽂혔다.

“끄아악!! 아아아아아아아아아아악!!”

렉스는 피를 토하며 날아갔다. 벽을 뚫고 교실 안으로 굴러 들어가 책상과 의자를 다 뒤집어놓으면서 쓰러졌다.

“쿨럭, 쿨럭……!”

배를 붙잡고 피를 토했다. 늑골이 내장에 박힌 상태였다.

하지만…… 그래도 살아 있었다. 방어에만 전념한 보람이 있었다.

“헤헷…….”

렉스는 피 묻은 입술을 비틀어 웃으면서 고개를 들었다. 그리고 그것을 보았다.

“이, 이게 뭐야……?”

교실 안에는 무수한 시체들이 쌓여 있었다.

전부 다 검은 남자들이었다. 외상은 거의 없었다. 척 봐도 일격에 살해된 것이었다.

설마 이렇게 많은 칠드런을 저놈이 혼자서 쓰러뜨린 건가……?

저벅, 저벅, 저벅.

발소리를 내면서 누군가가 복도를 따라 걸어왔다.

저벅, 저벅.

그 발소리는 교실 문 앞에서 멈췄다.

침묵.

렉스는 검을 쥔 자신의 손이 엄청난 땀으로 흠뻑 젖은 것을 눈치챘다.

철컥.

침묵을 깨고 문손잡이가 돌아갔다.

그리고…… 문이 열렸다.

그곳에는 아무도 없었다.

단지 휘잉 하는 소리가 났다. 렉스의 오른팔이 찢어졌다.

또다시 휘잉 소리가 났다. 왼팔이 찢어졌다.

휘잉.

휘잉.

휘잉.

그렇게.

소리가 날 때마다 렉스의 육체가 점점 사라져갔다.

"아, 아아, 아아아, 아아……."

마지막으로 남은 머리가 날아가는 순간, 렉스는 이 녀석에게 한계 따윈 없다는 사실을 깨달았다.

"너 참 굉장하다."

숨이 끊기는 순간에 그런 소리가 들렸다.

엉망이 된 연구실에서 뉴는 시체를 내려다보고 있었다. 진갈색 머리카락과 진갈색 눈동자. 촌스러운 안경을 쓰고 학술 학교 교복을 입고 있었다. 일부러 겉모습을 눈에 띄지 않게 꾸몄는데도 뉴에게서는 숨길 수 없는 매력이 배어 나왔다.

"『주홍 기사단』, 『사자 수염』 글렌……."

시체는 고통스런 표정으로 허공을 쏘아보고 있었다. 꽤 심하게 유린당한 모양이다. 기사단에서는 유명한 인물이었지만, 마력이 봉인된 이상 그도 어쩔 수 없었다.

뉴의 관심은 금세 다른 곳으로 옮겨갔다. 이 연구실에는 또 한 명의 기사가 쓰러져 있었다. 그는 아직 숨이 붙어 있었다.

"마르코 그레인저. 『주홍 기사단』에 들어갔구나."

그 얼굴은 뉴가 기억하는 인물이었다. 아름다운 푸른 머리카락과 단정한 외모. 마검사로서 실력도 좋아서 언젠가 기사단장이 될 거라고 소문났던 남자. 그러고 보니 옛날부터 정의감이 강했었다.

마르코는 과거에 뉴의 약혼자였다.

몇 번이나 편지를 주고받았고 무도회에서는 같이 춤을 췄었다. 그러나 결국 부모가 정해준 상대에 불과했다. 그의 마음은 어땠을지 몰라도, 뉴는 끝까지 그에게 애정을 느끼지는 못했다.

그러나 싫어한 것도 아니었다. 애정은 못 느꼈어도 좋은 사람이라고 생각했었다. 나중에 결혼하게 되더라도 불만은 없었고, 누구에게나 칭찬받는 이 남자와 결혼하면 앞으로도 눈부신 미래가 눈앞에 펼쳐질 거라고 믿었었다.

정해진 길. 정해진 상대. 정해진 미래.

과거에 뉴는 자기 의사라는 것이 거의 없었다. 주위의 가치관에 순응하고 주변 사람들의 말을 들으면서 살아왔다. 사실 그것이 꼭 나쁘다고는 생각하지 않았다. 다만 이제 와서 돌이켜보니 그것은 무척 답답한 생활이었다.

그의 얼굴을 바라보다가 문득 무도회의 추억을 떠올렸다. 잘생긴 마르코를 액세서리처럼 데리고 다녔던 과거의 자기 자신을 기억해내고 뉴는 쓴웃음을 지었다.

당장 잊어버리고픈 기억은 십중팔구 영원히 잊지 못하는 기억이 되는 것이다.

"뉴. 뭐 해?"

돌연 등 뒤에서 누군가가 말을 걸었다. 뉴는 그쪽을 돌아봤다. 아무런 기척도 없었지만 별로 놀라진 않았다. 아는 목소리였으니까.

"새도우 님……."

평범한 검은 머리 소년이 어느새 연구실 안에 들어와 있었다. 소년은 뉴의 옆을 지나쳐 가더니 연구실 수납장을 하나하나 열었다.

"이 사람. 제 약혼자였어요."

"흠. 그래서 어쩔 거야?"

"개인적으로는 이 사람을 살릴 이유도 없고 죽일 이유도 없습니다."

"그럼 그걸로 괜찮다고 생각하는데."

소년은 그렇게 말하면서 수납장을 열고 뭔가를 찾으려고 했다.

뉴는 마르코 곁을 떠나 소년의 옆에 가서 섰다.

"섀도우 님. 늦었지만 상황을 보고하겠습니다."

"응."

"현재 『섀도우 가든』은 학교 주위에 잠복하면서 대기 중입니다. 지시를 내리시면 언제든지 출동할 수 있습니다."

"응."

"다만 마력이 제한된 상황에서 싸우는 것은 아무래도 위험합니다. 평소처럼 움직일 수 있는 멤버는 『일곱 그림자』 정도밖에 없습니다만, 그중에서 현재 왕도에 있는 멤버는 감마 님 한 분뿐입니다. 그래서…… 저, 사실 감마 님은 이런 것은 특기가 아니라고나 할까요……."

"센스가 하나도 없지."

"어…… 네. 그, 그리고 저도 능력을 평소의 절반밖에 발휘하지 못해서……."

"그렇구나."

"감마 님께서 현재 전체를 지휘하고 계십니다. 마력이 제한된 이 상황은 그리 오래 유지되지는 못할 것이라고 감마 님께서 예측하셨습니다. 그러니까 무리하지 말고 기다리면 된다고 하셨어요."

"그래."

"검은 남자들은 대강당에 틀어박혀 꼼짝도 안 하고 있습니다. 현재로선 그들이 뭔가 요구하지도 않는 것 같고요. 기사단은 학교 주변을 포위하고 있지만, 그중에서 전력이 될 만한 인물은 아이리스 미드갈과 그 외 기사단장밖에 없습니다. 평상시 대립하기도 했으니까 연합하기는 어려울 것으로 보입니다."

"응."

"섀도우 님께서 따로 지시를 내리시지 않는다면, 저희는 적이 움직일 때까지 대기할 예정인데요."

"응."

"그래도 되겠습니까?"

"응…… 아, 잠깐만."

"네."

"나 지금 찾는 물건이 있거든. 미스릴 핀셋, 지룡(地龍)의 뼛가루, 재(灰)의 마석(魔石)……."

뉴는 소년이 줄줄이 불러주는 기구들을 수납장에서 하나씩 꺼냈다.

"고마워. 이야~ 덕분에 살았어."

"아뇨, 천만에요. 저, 그런데 그걸 어디에 쓰실지 여쭤봐도 될까요?"

기구들을 양팔로 끌어안은 소년에게 뉴가 물어봤다.

"아, 이거? 지금 아티팩트를 정비하는 중이거든."

"아티팩트 정비라고요?"

설마 이 소년이 아티팩트에도 정통할 줄은 몰랐다. 하지만 그의 존재를 생각해보면 그걸 할 줄 아는 것도 놀랍진 않았다. 그런데 왜 지금 이 상황에서 아티팩트를 정비하는 걸까.

"마력을 저해하는 것은『탐욕의 눈동자』라는 아티팩트야. 그래서 지금『탐욕의 눈동자』를 일시적으로 무효화할 수 있는 아티팩트를 정비하고 있어. 슬슬 최종 단계야."

"아…… 네. 역시 굉장하시군요."

설마 이미 마력 저해 원인을 밝혀내서 대처법까지 준비하고 계실 줄은 몰랐다. 게다가 이 정도 마력 저해를 일으키는 아티팩트를 무효화하려면, 그 준비를 하는 데에도 엄청난 지식이 필요할 텐데. 국가 최고봉의 지식이 없으면 불가능하다. 뉴는 상상을 초월하는 이 소년의 두뇌에 놀라 전율했다.

"해 질 무렵에는 완성될 거야."

"그럼 저희는 그때 즉시 움직일 수 있도록 준비해놓겠습니다."

"응. 기대된다."

"네."

기구를 끌어안고 나가는 소년. 뉴는 그 뒷모습을 전송하고 나서 옛 약혼자의 의식이 있는지 확인했다.

칠흑의 칼날을 그의 목덜미에 갖다 댔다.
호흡도 맥박도 정상. 변화 없음. 살아 있긴 하지만 틀림없이 의식을 잃어버린 상태였다.
"목숨은 건졌구나."
뉴는 마르코의 목덜미에 얕은 상처를 남기고 그곳을 떠났다.

"나 왔어."
시드가 기구를 안고 돌아왔다. 셰리는 그 모습을 보고 웃었다. 그리고 시드가 주는 기구를 받아서 책상 위에 늘어놨다.
"고마워요. 이제 완성할 수 있을 거예요."
"힘내."
셰리는 당장 아티팩트를 정비하기 시작했다. 시드는 소파에 누워 책을 읽었다.
조용한 시간이 흘러갔다.
창문으로 들어오는 햇빛이 점점 불그스름하게 변했다.
시드는 종종 일어나서 화장실에 갔다. 셰리는 화장실에 자주 가는 시드에게 위장약을 줬고, 시드는 오묘한 얼굴로 그걸 받았다.
그렇게 날이 저물어갔다. 붉은색이 점점 진해지고 그림자가 짙어졌다. 셰리가 램프를 켜자 실외는 한층 더 어두워졌다. 이윽고 해가 완전히 지평선 아래로 가라앉았을 때 드디어 셰리의 작업이 끝났다.

"다 했어요."

셰리는 펜던트를 들어 올려 시드에게 보여줬다. 다리를 꼬고 앉아서 책을 읽던 시드는 그쪽을 힐끔 봤다.

"훌륭해."

"네. 제가 해냈어요."

"응. 해도 저물어서 딱 좋아. 학교의 미래가 너에게 달려 있어."

시드가 일어나서 셰리의 등을 가볍게 두드려줬다.

"더 이상 내가 도와줄 것은 없어. 네가 직접 이 세상을 구해줘."

"어, 네. 힘낼게요."

셰리는 다소 긴장한 목소리로 말했다. 그리고 램프를 손에 들고 지하 계단으로 향했다.

"정말 고마워요. 시드 군 덕분에 아버지를 구할 수 있게 되었어요."

셰리는 끝으로 이쪽을 돌아보고 고개 숙여 인사했다.

"난 아주 조금 도와줬을 뿐인걸. 너희 아버지가 무사하시면 좋겠다."

"네."

셰리는 미소 지었다. 그리고 계단을 내려갔다.

축축한 계단이 한동안 이어졌다. 그러나 계단이 끝난 곳에서부터는 공기가 확 달라졌다. 어두운 지하통로가 램프 불빛만 받아

드러났다. 통로는 복잡하게 얽혀 있어서 한 번이라도 길을 잘못 들면 목적지에 도착하지 못한다.

"어디 보자……."

세리는 지도를 펼쳐 들고 대강당으로 가는 길을 확인했다.

"직진하다가 세 번째에서 왼쪽으로……."

처음에는 벌벌 떨면서 전진했다.

예전에 아버지와 함께 이 지하통로를 걸었던 기억이 되살아났다. 일하시는 아버지에게 억지로 졸라서 같이 놀았던 것이다. 그것은 세리에게는 잊을 수 없는 소중한 추억이었다.

세리는 친아버지를 기억하지 못했다. 그는 세리가 태어난 직후에 세상을 떠났다. 어머니에 대한 기억도 많이 흐릿해졌다. 어머니는 세리가 아홉 살이었던 어느 날 밤에 강도에게 살해되었다.

그날 밤 옷장 문 틈새로 봤었던 검은 그림자. 세리는 그것을 기억했다. 어머니의 비명과 그 기분 나쁜 웃음소리는 지금도 꿈속에서 세리를 괴롭히곤 했다.

그 사건 이후로 몇 년 동안 세리는 소리를 내지 못했다. 주위의 모든 것을 거부하고 그저 어머니가 남기신 아티팩트에만 집착했다. 그리고 어머니의 뒤를 따르는 것처럼 연구에 몰두했다.

그런 그녀를 구해준 사람이 양아버지였다. 그는 세리를 거두어줬고, 세리의 연구를 지원하면서 가족으로서 그녀를 사랑해주었다. 그래서 세리는 겨우 목소리를 되찾을 수 있었다. 세리에게 가족과의 추억이란, 거의 다 양아버지와 관련된 것이었다.

언제나 그분에게 의지해왔다. 이제 그 은혜를 갚을 날이 온 것이다.

"힘내야지."

셰리는 어두운 길을 혼자 걸어갔다. 그 걸음걸이에는 더 이상 두려움은 없었다.

그리고 얼마 후. 도착했다.

"여기가 대강당 밑이구나……."

길은 여러 갈래로 갈라져 있었다.

1층으로 가는 길, 거기서 중앙으로, 2층으로…….

셰리는 지도와 길을 비교하면서 전진했다.

"아……!"

발견했다.

그것은 2층과 3층 사이에 있는 작은 통풍구였다. 사람은 드나들 수 없지만 펜던트를 집어넣기에는 충분한 구멍이었다.

셰리는 통풍구를 통해 슬그머니 실내 상황을 살펴봤다.

기척을 숨기려면 힘을 빼는 것이 중요하다. 시드가 그렇게 말했다. 그래서 힘을 빼고 천천히 숨을 쉬었다.

대강당에는 수많은 학생들이 앉아 있었다. 교사도 수는 적지만 있었다. 그리고 검은 남자의 숫자는 그다지 많지 않았다. 마력이 해방되면 모두들 금방 도망칠 수 있을 것이다. 셰리는 그렇게 생각했다.

좋아.

셰리는 통풍구에서 좀 떨어져 펜던트를 꺼냈다. 준비해온 마석을 펜던트에 끼워 넣자, 하얀 빛과 글자가 생겨났다.

셰리는 빛나는 펜던트를 꽉 움켜쥐었다. 그리고 주저 없이 통풍구를 통해 대강당 안으로 던져 넣었다.

Not a hero, not an arch enemy,
but the existence intervenes in a story and shows off his power.
I had admired the one like that, what is more,
and hoped to be.
Like a hero everyone wished to be in childhood,
"The Eminence in Shadow" was the one for me.
That's all about it.

The Eminence in Shadow

I can't remember the moment anymore.
Yet, I had desired to become "The Eminence in Shadow"
ever since I could remember.
An anime, manga, or movie? No, whatever's fine.
If I could become a man behind the scene,
I didn't care what type I would be.
Not a hero, not an arch enemy,
but the existence intervenes in a story and shows off his power.

The Eminence in Shadow
Volume One
Epilogue

내가 생각한 최고의 『어둠의 실력자』!

종장

로즈는 벌꿀 같은 눈동자로 검은 남자들을 관찰하고 있었다.

로즈가 대강당으로 끌려오고 나서 꽤 많은 시간이 흘렀다. 이미 해가 져서 온화한 램프 불빛이 강당을 비추고 있었다.

팔을 구속했던 도구는 그녀가 몰래 가지고 있던 소형 나이프로 잘라냈다. 현재 로즈는 구속된 척하면서 의자에 앉아 있었다. 그리고 소형 나이프는 옆에 있는 학생회 소녀에게, 또 그 옆의 학생에게 순서대로 전달되는 중이었다.

로즈는 언제든지 움직일 수 있었다. 그러나 움직여도 소용없다는 사실은 잘 알고 있었다.

검은 남자들은 숫자는 적어도 하나같이 방심할 수 없는 실력의 소유자였다. 더구나 잘 통솔되고 있었다. 그중에서도 특히 렉스라고 불린 남자와, 그의 상관으로 추정되는 『야윈 기사』의 실력은 탁월했다. 그 실력을 알아보지 못하고 반항했던 교사는 속수무책으로 참살되었다. 설령 마력 사용이 가능했어도 그들을 이길 수 있을지 의문이었다.

다행히 렉스의 모습은 한동안 눈에 띄지 않았다. 밖에 나갔다가 기사단에게 제압된 거면 좋을 텐데……. 렉스 같은 실력자가 그런 실수를 할 것 같지는 않았다. 렉스가 돌아오기 전에 어떻게든 해야 할 텐데. 로즈의 솔직한 속마음은 그랬다.

『야윈 기사』는 대개 안쪽 방에 틀어박혀 있었는데, 이따금 이곳에 나타나 대강당을 둘러보더니 렉스는 아직도 안 돌아왔냐면서 투덜거렸다. 『야원 기사』의 농밀한 마력과 그 행동거지를 보면 그자의 실력이 달인의 수준을 넘어섰다는 것은 알 수 있었다. 어쩌면 아이리스 미드갈조차 능가할지도……. 아니, 그건 아니라고 믿고 싶다. 만약에 그렇다면, 로즈가 마력을 되찾더라도 『야원 기사』를 이길 가능성은 거의 없을 테니까.

아무튼 지금은 아직 움직일 때가 아니다. 그러나 시간이 없는 것도 사실이었다.

시간이 지날수록 로즈는 육체에서 마력이 빠져나가는 것을 느꼈다. 아마도 마력을 쓸 수 없는 현상과 관련이 있을 테지만 정확한 이유는 알 수 없었다. 로즈는 아직 괜찮아도, 마력량이 적은 학생들은 슬슬 힘들어 보였다. 몇 시간 후에는 마력 결핍증 환자도 나타날 것이다. 그러면 반격할 기회는 영영 사라질 것이다.

마음속에 차오르는 불안감과 초조함.

그것을 꾹 눌러주는 것은 언제나 한 소년의 모습이었다.

자기 몸을 던져 로즈를 구해준 시드의 용감한 모습을 떠올릴 때마다 로즈의 가슴속에서는 뭔가 뜨거운 것이 치밀었다. 그의 마음을 결코 헛되이 하지 않겠다. 그렇게 여러 번 다짐하면서 로즈는 때가 오기를 기다렸다.

그리고 그 순간은 예고도 없이 찾아왔다.

돌연 대강당이 눈부신 하얀 빛에 감싸였다.

저것이 무엇인지는 몰랐다. 그러나 로즈의 머리보다도 몸이 먼저 움직였다.

저 빛이 뭐든지 상관없다. 다만 이것이 마지막 기회다. 그건 본능적으로 알아챘다.

눈부신 빛에 모두가 시선을 빼앗긴 와중에 로즈는 눈을 가늘게 뜨고 가까이 있는 검은 남자에게 달려들었다.

그 무방비한 목에 손을 댔을 때 로즈는 깨달았다.

마력을 쓸 수 있어!

로즈의 손날이 그의 목을 싹둑 잘라버렸다.

왜 마력을 쓸 수 있게 된 걸까? 모르겠다. 그거야말로 뭐든지 상관없었다. 로즈는 어깨 위가 허전해진 남자의 허리의 칼을 빼앗아서 높이 치켜들고 소리쳤다.

"마력이 해방됐다!! 일어나라, 반격을 개시하자!!"

대강당 전체가 들끓었다.

학생회 소녀가 움직였다. 눈 깜짝할 사이에 구속 도구를 없애버렸다. 자유로워진 학생들이 행동에 나섰다. 모두의 의사가 하나가 되었다. 그 열광이 공기를 진동시켰다.

로즈는 막대한 마력을 해방시켰다. 그 일격으로 검은 남자를 날려버렸다.

오직 승리만을.

지금 이 순간, 로즈는 자신이 반격의 상징이라는 사실을 자각했다.

로즈가 계속 싸운다면 학생들도 모두 싸울 것이다. 누가 봐도 알 수 있는 확실한 승리를 계속 보여줘야 한다.

로즈는 마력 배분 따위에는 신경 쓰지 않고 전력으로 검을 휘둘렀다.

"학생회장님을 따르라!!"

"검을 빼앗아!!"

주목을, 적의를, 갈채를 한 몸에 받으면서, 수많은 적을 쓰러뜨리고 수많은 학생을 해방시키며 계속해서 싸웠다.

모두가 로즈를 동경하면서 그 뒤를 따랐다.

하지만 그것은 마력 배분을 무시해버린 무모한 돌격이기도 했다. 아무리 막대한 마력을 가지고 있어도, 쭉 마력을 빼앗겼던 로즈는 금방 한계에 다다를 것이다.

로즈 본인도 그걸 느끼면서 냉정하게 그 한계를 파악하고 있었다. 사라져가는 마력, 둔해지는 검, 무거워지는 육체.

한 번에 쓰러뜨렸던 상대가 두 번에. 두 번에서 세 번으로.

좀 더, 조금만 더…… 그런 생각과는 달리 어느새 로즈는 포위되고 말았다.

앞으로 한 명…… 그러면 한계에 다다를 것이다. 로즈는 스스로 깨달았다.

대강당은 학생들의 열기로 가득 차 있었다. 설령 여기서 로즈가 쓰러지더라도 그들은 더 이상 멈추지 않을 것이다.

한 소년의 마음이 로즈에게, 로즈의 마음이 전교생에게. 수많은 목숨이 사라지는 와중에도 그 마음은 분명히 계승되어 갔다.

헛된 것이 아니었다.

소년의 죽음도, 그리고 다가올 자신의 죽음도.

예술의 나라에서 태어난 로즈가 검사가 되기로 한 데에는 이유가 있었다. 아무에게도 말한 적 없는 이유. 정말 시시한 어린애의 꿈이었다. 그러나 로즈는 진심으로 그 꿈을 이루려고 노력했다. 과연 나는 그 꿈에 조금이라도 다가갔을까.

그런 생각을 하면서 로즈는 최후의 검을 휘둘렀다.

그 일격에는 마력이 거의 담겨 있지 않았다. 힘도 없었다. 빠르지도 않았다.

그러나 지금까지 보여준 어떤 일격보다도 아름답게 적의 목을 베어냈다.

그것은 로즈의 인생 최고의 감각이었다. 그 순간, 로즈는 뭔가 소중한 감각을 포착한 것 같았다.

그러나…….

하필이면 인생의 마지막 순간에 그걸 포착한 것이 아쉬웠다. 사방에서 날아드는 칼날을 바라보면서 로즈는 생각했다. 딱 하루만 더 살아보고 싶다고.

그리고.

그 소원은 이루어졌다.

칠흑의 선풍이 불어 닥쳤다.

그것은 선혈을 흩뿌리면서 순식간에 주위의 적을 일소했다.

시간이 멈춘 것처럼 주변이 고요해졌다.

그 중심에는 칠흑의 롱코트를 걸친 한 남자가 서 있었다.

"훌륭하다. 아름다운 검을 휘두르는 자여……."

심연에서 흘러나오는 듯한 그 목소리는 로즈를 향한 것이었다.

좀 전에 로즈가 보여준 검술을 칭찬하는 것 같았다. 그런데 로즈는 그런 말로는 표현할 수 없을 정도로 심한 충격을 받았다.

"내 이름은 섀도우."

섀도우라고 이름을 밝힌 이 남자의 검술은…… 그야말로 엄청났다.

"나, 나는, 로즈. 로즈 오리아나……입니다."

로즈는 충격에서 헤어나지 못하고 떨리는 음성으로 말했다.

섀도우의 검술은 저 높은 경지에 있었다. 많은 기술이 융합되고 도태되면서 완벽하게 연마된, 끊임없는 수련의 최종 결과물 같은 검술. 로즈는 거기서 유구한 시간을 느꼈다. 그것은 로즈가 살면서 처음 보는 완성된 검술이었다.

"오너라……. 나의 충성스런 부하여……."

섀도우가 청보라색 마력을 하늘로 쏘아 올렸다. 그 빛을 받으면서 흑색 옷차림의 사람들이 대강당으로 날아 들어왔다.

설마, 새로운 적인가……?

로즈의 불안은 기우에 그쳤다.

그 흑색 집단은 화려하게 착지하자마자 검은 남자들과 싸우기 시작했다.

내부 분열……인 것 같지는 않았다. 기사단 사람들 같지도 않았다. 자세히 보니 이 흑색 집단 멤버들은 전원 여성이었다. 그리고.

"강하다……."

하나같이 강했다. 그저 순수하게 강했다.

검은 남자들은 눈 깜짝할 사이에 줄어들었다.
그 여자들의 검술은 모두 섀도우의 검술과 같았다. 이 맹자들의 주인이 섀도우인 것이다.
"섀도우 님, 무사하셔서 다행입니다."
"뉴."
섀도우 옆에서 흑색으로 차려입은 여자가 무릎을 꿇었다.
"주모자는 학교에 불을 지르고 도망쳤습니다."
"어리석긴……. 여긴 너희에게 맡긴다."
"네!"
"도망칠 수 있다고 생각하는 건가……?"
섀도우는 낮은 소리로 웃었다. 그리고 롱코트를 펄럭이면서 칼을 딱 한 번 휘둘러 대강당 문을 베었다. 근처에 있던 검은 남자들도 한꺼번에 고깃덩이로 바꿔놓았다.
그것은 로즈의 검술과도 약간 비슷했다. 그는 일부러 그 검을 보여주는 것처럼 휘두르더니, 느긋하게 밤의 어둠 속으로 사라졌다.
그의 모든 움직임이 로즈에게는 최고의 교본이었다.
"무사한가?"
뉴라고 불린 여성이 로즈에게 말을 걸었다.
"네……."
"멋진 검술이었어."
뉴는 그렇게 말했다. 이어서 칠흑의 칼을 들고 전투에 임했다.
그런데 뉴의 검술도 보통이 아니었다. 검은 남자들이 일방적으로 쓰러져갔다.
로즈의 상식이, 아니, 마검사의 상식이 무너지는 듯한 감각. 흑색으로 차려입은 집단이 보여주는 검술은 기존의 어떤 유파에도 속하지 않는 것이었다.
완전히 새로운 검술 유파.
이런 유파가, 이런 집단이 대체 어디서 튀어나온 걸까. 지금까지 세상에 알려지지 않았던 것이 놀라울 따름이었다.
"불이야, 불이 번지고 있어!!"
그 소리에 로즈는 퍼뜩 정신을 차렸다. 대강당 안쪽에서 불길이 치솟고 있었다.
"출구 근처에 있는 사람들부터 밖으로 나가!!"
로즈는 그렇게 외치면서 학생들을 유도했다. 흑색 집단 덕분에 희생자도 많이 발생하지는 않았다. 전투는 거의 끝나가고 있었다.
로즈는 부상자를 부축해 출구로 데려갔다.
"기사단이 왔어!!"
그 말에 모두들 안도했다. 로즈도 긴장이 풀려 쓰러질 뻔했다가 얼른 정신을 다잡았다.
대강당에서 학생들이 속속 구출되었다. 불길이 거세졌다. 검은 남자들은 전멸했다.
어느새 흑색 여자들은 모습을 감춰버렸다.
마치 처음부터 없었던 것처럼. 아무런 흔적도 남기지 않고, 아무에게도 들키지 않고 멋지게 모습을 감춘 것이다.

로즈는 끝까지 학생들 구조 작업을 돕고 나서 불타는 대강당을 돌아봤다.

"그들은 대체 누구였을까……."

밤의 부교장실. 멀리서 타오르는 불이 실내를 어렴풋이 비추고 있었다.

어두운 방 안에서 사람 그림자가 움직이고 있었다. 그 그림자는 책장에서 책 몇 권을 빼내더니 바닥에 던지고 불을 붙였다.

작은 불이 점점 책을 잡아먹고 타오르면서 실내를 환하게 비추었다.

그림자가 뚜렷이 드러났다. 검은 옷을 입은 야윈 남자였다.

"그런 옷을 입고 뭐 하는 겁니까……? 루슬란 부교장 선생님."

검은 그림자가 떨렸다. 분명히 혼자밖에 없었던 실내에 어느새 또 한 명의 소년이 들어와 있었다.

소년은 소파에 앉아 다리를 꼰 채 책을 읽고 있었다. 어디서나 흔히 볼 수 있는 검은 머리 소년. 그런데 그 소년은 남자의 그림자 뒤에서 번져나가는 불에는 눈길조차 주지 않고 두툼한 책만 들여다보고 있었다. 페이지를 넘기는 소리가 이상하리만치 크게 들렸다.

"용케 눈치챘군."

검은 남자가 말했다. 그리고 얼굴을 가렸던 가면을 벗었다. 초로의 남자 얼굴이 나타났다. 희끗희끗한 머리카락을 전부 뒤로 넘긴 그 남자는 루슬란 부교장이었다.

루슬란은 가면을 불에 던져 넣었다. 검은 옷도 벗어서 태웠다. 실내가 한층 더 밝아졌다.

"참고 삼아 한 번 물어보고 싶은데. 그걸 어떻게 알았지? 시드 카게노 군."

루슬란은 시드의 맞은편에 앉아 질문을 던졌다.

"보면 알죠."

시드는 루슬란을 힐끗 봤다. 그리고 금방 또다시 책으로 시선을 돌렸다.

"보면 안다고? 흠. 걸음걸이나 자세 때문인가……. 아무튼 눈썰미가 참 좋구나."

루슬란은 시드를 봤다. 시드는 책을 봤다.

불빛이 밝혀진 실내에서 두 사람의 그림자가 일렁이고 있었다.

"저도 참고 삼아 하나 물어봐도 될까요?"

시드가 여전히 책을 보면서 말했다. 루슬란은 말없이 이야기를 재촉했다.

"왜 이런 짓을 했습니까? 저는 당신이 이런 일에는 관심이 없을 줄 알았는데요."

"왜냐고……? 음. 좀 오래된 이야기를 해야겠군."

루슬란은 팔짱을 끼고 중얼거렸다.

"옛날에 나는 정상에 올랐다. 자네가 태어나기도 전에."

"무신제에서 우승했다는 이야기는 들었습니다."

"무신제? 그런 것은 정상과는 거리가 멀어. 진정한 정상은 그보다 훨씬 높은 곳에 있어. 자네한테 말해봤자 이해하지도 못할 테지만."

루슬란은 웃었다. 비웃는 기색은 없었다. 왠지 피로가 묻어나는 웃음이었다.

"나는 정상에 올라서자마자 병에 걸렸어. 그래서 일선에서 물러났지. 그렇게 고생해서 최고가 된 나의 영광은 하루아침에 끝나버린 거야. 그 후 나는 내 병을 고칠 방법을 찾으려고 했다. 그러다가 루크레이아라는 아티팩트 연구자한테서 그 가능성을 발견했지."

"이야기가 길어질 것 같은데. 그런가요?"

"응, 조금. 루크레이아는 셰리의 어머니였다. 지나치게 똑똑해서 학계에서 따돌림 당한 불행한 여자였어. 그러나 연구자로서는 최고봉의 지식을 가지고 있었다. 그런 그녀의 처지가 나에게는 딱 좋았어. 그래서 나는 루크레이아의 연구를 지원하고 갖가지 아티팩트를 모았지. 루크레이아는 연구에 집중하고, 나는 그 연구를 이용한다. 그 여자는 부나 영예에는 전혀 관심이 없었으니까 서로 상부상조하는 관계였어. 그리고 나는 마침내『탐욕의 눈동자』를 만났다. 내가 찾아 헤매던 아티팩트였지. 그런데 루크레이아는…… 그 어리석은 여자는『탐욕의 눈동자』는 위험하니까 국가적으로 관리해야 한다면서 정부에 관리 신청을 하려고 했어. 그래서 죽인 거야. 신체 말단 부위에서 중심을 향해 찌르다가 마지막에는 심장을 찌르고 비틀었지."

시드는 책을 펼쳐놓은 채 눈을 감고 이야기를 듣고 있었다.

"그리하여 『탐욕의 눈동자』는 내 수중에 남았지만 연구는 미완성에 그쳤다. 그러나 나는 금방 이용하기 쉬운 연구자를 만나게 되었어. 루크레이아의 딸, 셰리. 셰리는 아무것도 모르고, 아무것도 의심하지 않고 나를 위해 최선을 다해줬다. 내가 자기 원수인 줄도 모르고. 아주 사랑스럽고 어리석은 아이야. 그 모녀 덕분에 『탐욕의 눈동자』는 완성됐다. 이제는 마력을 모을 무대를 마련하고, 딱 알맞은 눈속임용 도구만 준비하면 되는 거였어. 오늘은…… 내 소원이 이루어지는 최고의 날이었다."

쿡쿡쿡. 루슬란은 조소했다.

"어때, 참고가 되었나?"

루슬란의 질문에 시드는 눈을 떴다.

"대충은 알게 된 것 같아요. 다만…… 하나 신경 쓰이는 점이 있는데요."

"말해봐."

"셰리의 어머니를 죽이고 셰리를 이용했다는 거. 그게 사실인가요?"

시드는 책에서 눈을 떼고 루슬란을 쳐다봤다.

"당연히 사실이지. 그래서 화가 났나? 시드 군."

"글쎄요……. 저는 저에게 소중한 것과, 그렇지 않은 것을 명확하게 나누는 타입이거든요."

시드는 살짝 눈을 내리깔았다.
"어째서? 이유를 물어도 될까."
"한눈팔지 않기 위해서죠. 저는 어떻게든 꼭 달성하고 싶은 목표가 있는데, 그게 아주 먼 곳에 있어서요. 그래서 없애나간 겁니다."
"없애나갔다고?"
"사람은 누구나 살면서 점점 소중한 것이 늘어납니다. 친구가 생기고, 애인이 생기고, 직업이 생기고……. 그런 식으로 늘어나는 거죠. 하지만 나는 반대로 줄여나갔어요. 저것도 필요 없고, 이것도 필요 없다는 식으로. 그렇게 많은 것들을 버렸습니다. 그러자 결국에는 도저히 버릴 수 없는 것만 남았지요. 나는 그 극소수의 대상을 위해 살아가고 있으니까, 그 외의 것들은 사실 어떻게 되든 별로 상관없어요."
시드는 책을 덮었다. 일어나서 그 책을 불 속에 던져 넣었다.
"어리석은 모녀가 어찌 되든 상관없다는 건가."
"아뇨. 별로 상관없다고는 했지만, 전혀 상관없는 것은 아니에요. 지금은 좀…… 불쾌하네요."
시드는 허리의 검을 뽑아 들고 말했다.
"슬슬 시작할까요? 너무 느긋하게 굴면 방해꾼이 올 것 같으니."
"그래. 유감이지만 헤어져야 할 시간이다."
루슬란도 일어나서 검을 뽑았다.
두 개의 칼날이 불빛을 받아 빛났고. 한순간에 결판이 났다.
루슬란의 검이 시드의 가슴을 가르자 선혈이 튀었다.

시드의 몸은 그대로 문을 박살내고 불타오르는 복도로 내던져졌다. 진홍색 화염이 순식간에 소년의 몸을 휘감아 삼켜버렸다.

"잘 가라. 소년."

루슬란은 검을 집어넣었다. 복도의 불이 실내에도 들어와 점점 더 거세졌다. 루슬란은 돌아서서 그곳을 떠나려고 했다. 그런데 그때.

"어디 가는 거냐."

"……!"

심연에서 울려 퍼지는 것처럼 낮은 목소리가 등 뒤에서 들려왔다. 루슬란이 뒤를 돌아보자, 그곳에는 칠흑의 남자가 서 있었다. 요술사 같은 가면으로 얼굴을 감추고 후드를 푹 눌러쓴 칠흑의 롱코트를 입은 남자. 그 코트는 붉게 불타고 있었다. 그러나 그는 전혀 아랑곳하지 않고 칠흑의 칼을 뽑았다.

"네놈은……!"

루슬란은 검을 고쳐 들었다.

"내 이름은 섀도우. 어둠 속에 숨어서, 어둠을 사냥하는 자……."

"네놈이 섀도우냐……."

하얀 칼을 똑바로 든 루슬란과, 칠흑의 칼을 아무렇게나 늘어뜨린 섀도우. 그들은 그렇게 대치했다.

두 사람은 한동안 마주 보고 있었다. 그런데 루슬란이 먼저 뒤로 물러났다.

"그래. 넌 강하구나."

"흠……?"

“나도 검사로서 살아온 인간이다. 상대와 마주하면 대충은 알 수 있어. 현재의 나로선 이기기 어렵다는 것도. 미안하지만 전력을 다해 상대해주마.”

루슬란은 품속에서 빨간 알약을 꺼내 삼켰다. 더 나아가 『탐욕의 눈동자』와 제어장치를 꺼내 들었다.

“『탐욕의 눈동자』의 진가는 둘이 합쳐졌을 때 발휘되는 것이다. 이런 식으로.”

딸칵 소리가 났다. 두 아티팩트가 하나로 합쳐졌다. 그 순간 두 아티팩트는 눈부신 빛을 내뿜었다. 하얀 빛으로 된 고대문자가 아티팩트를 중심으로 펼쳐져 나갔다. 방 안에 고대문자의 회오리가 몰아쳤다. 루슬란은 웃으면서 그 아티팩트를 자기 가슴에 대고 꾹 눌렀다.

“지금 여기서 나는 다시 태어나는 거다.”

루슬란의 가슴으로 아티팩트가 파고들었다.

마치 물속으로 가라앉는 것처럼 옷도 피부도 관통하여 체내로 들어갔다.

“오오오오오오오오오오오오오오오오오오오오오오오오오오오오오!!”

루슬란은 가슴을 마구 할퀴면서 포효했다.

빛의 고대문자가 루슬란에게 모여들어 그 몸에 새겨져 갔다. 유난히 밝은 빛이 실내를 하얗게 물들였다.

그리고.

빛이 모인 그곳에서는 루슬란이 하얀 연기를 피우면서 한쪽 무릎을 꿇고 앉아 있었다.

루슬란이 천천히 일어났다. 앞을 본 그의 얼굴에는 자잘한 빛 문자가 문신처럼 새겨져 있었다.

"훌륭해…… 훌륭해……. 힘이 돌아온다, 병이 낫는다……!"

루슬란을 중심으로 휘몰아치는 마력에 불꽃이 흔들렸다.

자세히 보니 그의 얼굴뿐만 아니라 목과 손에도 빛 문자가 새겨져 있었다.

"알겠나? 미쳐 날뛰는 이 힘! 인간의 한계를 완전히 초월한 이 마력!"

이어서 루슬란은 웃었다.

"우선 네놈을 상대로 실험해보마."

루슬란의 모습이 사라졌다.

그 직후, 루슬란은 섀도우의 뒤에 나타나 검을 휘둘렀다.

날카로운 소리가 났다. 두 사람을 중심으로 공기가 부르르 떨렸다.

"오. 용케 막아냈군."

섀도우는 여전히 등을 보인 채 칠흑의 칼로 루슬란의 검을 막아냈다. 루슬란은 좀 더 힘을 줘서 검을 밀어붙였다. 그러나 칠흑의 칼은 꿈쩍도 하지 않았다.

"내가 너를 좀 얕봤나 보구나. 그럼 이건 어떠냐?"

또다시 루슬란의 모습이 사라졌다.

이번에는 연속으로 날카로운 소리가 울려 퍼졌다.

한 번, 두 번, 세 번.

소리가 날 때마다 섀도우의 칼은 조금씩 움직였다. 아주 조금,

최소한의 움직임이었다.
그리고 네 번째 소리가 났을 때 루슬란이 섀도우 앞에 모습을 드러냈다.
"이것도 막아내다니. 인정하마. 넌 강하다."
그리고 여유로운 미소를 지으며 섀도우를 응시했다.
"그 실력에 경의를 표하는 의미에서, 나도 진짜 실력을 발휘해 주마."
루슬란의 자세가 바뀌었다.
검을 높이 치켜들고 막대한 마력을 거기 집중시켰다. 검이 하얗게 빛나면서 마력의 소용돌이가 생겨났다.
"저세상에 가서 자랑거리로 삼아라. 이 내가 진짜 실력을 발휘하게 만든 것을."
그 일격은 어마어마한 위력과 속도로 섀도우를 덮쳤다.
그러나.
칠흑의 칼은 그것조차 쉽게 막아냈다.
"헉?!"
칠흑의 칼과 빛의 검이 부딪치면서 불꽃이 튀었다.
"이것도 막아내다니?!"
"설마…… 겨우 이 정도냐?"
지근거리에서 두 사람은 서로 노려봤다.
"크윽…… 아니, 이제부터 시작이다!"
루슬란의 검이 빨라졌다.
하얀 잔상이 허공에서 아름다운 궤적을 그리며 춤을 췄다.

"우워어어어어어어어어어어어어어어어어어어어어어어어어어!!"

포효와 더불어 날아오는 하얀 검. 그러나 그 모든 것이 칠흑의 칼에 의해 튕겨나갔다.

"아아아아아아아아아아아아아아아아아아아아아아아아아아!!"

하얀 참격과 칠흑의 칼날이 충돌하여 몇 번이나 칼 소리가 울려 퍼졌다. 그 소리는 마치 하나의 음악처럼 이 불타는 밤을 장식했다.

그러나 그것도 결국 끝이 났다.

칠흑의 칼이 힘차게 휘둘러져 루슬란을 날려버렸다. 그의 몸뚱이는 책상을 쓰러뜨리면서 바닥을 굴렀다.

"크억…… 이, 이럴 수가……!"

루슬란은 욱신거리는 몸을 붙잡고 일어났다. 상처는 즉시 회복됐지만, 고대문자의 빛이 약해진 것처럼 보이기도 했다.

"설마 이렇게까지 고전할 줄은 몰랐다. 크크, 굉장하군. 그러나 네놈이 아무리 강해도 소용없다. 네놈들은 이제 끝장이야."

"끝장이라니……?"

"흥, 일련의 사건은 모두 『섀도우 가든』의 소행이 되게끔 해놓았다. 증거도 증언도 다 준비되어 있어. 그러니까 전투력이 아무리 강해봤자 소용없어."

루슬란은 웃었다. 그 일그러진 얼굴로 섀도우를 응시했다.

그러나 섀도우도 웃고 있었다. 목울대를 울리면서 아주 낮은 소리로 웃었다.

"뭐가 우습지?"

"겨우 그런 일로 끝장날 거라고 생각하는 네놈이 너무 우스꽝스러워서."

"허세도 작작 부려라."

루슬란은 웃음기를 거두고 말했다.

섀도우는 고개를 설레설레 저었다. 넌 아무것도 모르는구나 하고 말하는 것처럼.

"원래 우리는 정의의 길을 걷는 자도 아니고, 또 사악한 길을 걷는 자도 아니다. 우리는 그저 우리의 길을 걸을 뿐."

그리고 섀도우는 불타는 칠흑의 코트를 펄럭였다.

"만약 네놈이 할 수 있다면 이 세상의 모든 죄를 가져와도 좋다. 우리는 그것을 전부 받아낼 것이다. 그러나 아무것도 변하지는 않아. 그래도 우리는 우리의 소임을 다할 것이다."

"세상이 적이 되어도 무섭지 않다는 거냐. 오만하기 짝이 없구나, 섀도우!"

"그럼 나의 오만을 박살내봐라."

루슬란은 포효하면서 달리기 시작했다.

위에서 아래로 내리치는 하얀 검이 섀도우를 덮쳤다.

그것은 섀도우의 머리를 가르기 직전에 빗나갔다.

"앗?!"

선혈이 튀었다.

루슬란의 오른쪽 손목에 칠흑의 칼이 꽂혀 있었다. 루슬란은 즉시 검을 왼손으로 바꿔 들고 후퇴했다.

그러나.

"이럴 수가?!"

이번에는 왼쪽 손목에 칠흑의 칼이 꽂혔다.

후퇴하는 루슬란에게 섀도우의 찌르기 공격이 쏟아졌다.

"크…… 어억……!"

눈으로 좇는 것조차 불가능한 고속 찌르기. 루슬란은 반격하지도 못하고 피투성이가 되어갔다.

손목, 발끝, 위팔, 허벅지 등, 루슬란의 몸이 수도 없이 칼에 찔렸다.

그 공격들이 점차 몸의 중심으로 이동했다.

"신체 말단 부위에서 중심을 향해 찌르다가……."

섀도우의 낮은 음성이 찌르기 공격들 사이로 들려왔다.

"마지막에는 심장을 찌르고 비틀었다……고 했지?"

그 말과 동시에 칠흑의 칼이 루슬란의 가슴을 꿰뚫었다.

"억……?!"

루슬란은 입에서 피를 토하면서도, 자기 가슴을 찌른 칠흑의 칼을 붙잡고 저항하려 했다.

루슬란의 시선이 가면 속 소년의 시선과 부딪쳤다.

"너, 설마, 시……!"

루슬란이 무슨 말을 하려는 순간 칠흑의 검이 비틀렸다.

"끄, 아악…… 아아앗……!"

칠흑의 칼을 뽑아내자 대량의 피가 흘러나왔다. 루슬란의 눈동자의 빛도, 고대문자의 빛도 사라져간다. 마지막에 남은 것은 야위어버린 초로의 남자의 시체였다.

그때── 조그만 발소리가 들렸다.
"아버지……?"
적의 피를 뒤집어쓴 섀도우가 뒤를 돌아봤다. 그곳에는…… 분홍 머리 소녀가 있었다.
"아버지이이이이이이이!!"
분홍 머리 소녀는 섀도우 옆을 지나쳐 루슬란의 시체 곁으로 달려갔다.
"안 돼…… 아버지, 대체 왜…… 어째서……?!"
야윈 시체에 매달려 눈물을 흘렸다. 그러나 아버지의 몸은 더 이상 움직이지 않았다.
소녀의 눈물이 루슬란의 얼굴을 적셨다. 섀도우는 그 물방울을 내려다보다가 돌아섰다.
"너는 아무것도 몰라도 된다……."
그리고 소녀의 울음소리를 등진 채 새빨간 불꽃 속으로 사라져 갔다.

등에 큰 부상을 입은 소년이 교사에서 구조됐다고 한다.
그 소식을 들은 로즈는 안절부절못하다가 구호 텐트로 뛰어갔다.

밤의 어둠 속에서 교사가 불타오르고 있었다.

여력이 있는 선생님들과 학생들이 서로 협력해서 물통 릴레이를 하고 있었다.

기사단은 부상자를 구호하는 한편 『섀도우 가든』을 추적하는 중이었다.

바쁘게 움직이는 그 사람들 틈을 뚫고서 마침내 로즈는 구호 텐트에 도착했다.

구조된 소년은 마검사 학교의 검은 머리 1학년생. 특징은 그와 같았다.

하지만 그때 그는 죽었을 텐데.

그러나 확실하게 사망을 확인한 것은 아니었다.

그럴 만한 여유도 시간도 없었다.

그러니까 어쩌면 살아 있을지도 모른다.

이 텐트 안에 그가 있을지도 모른다.

로즈는 그런 실낱같은 희망을 버리지 못했다.

냉정한 두뇌는 '말도 안 된다'고 부정했고, 마음은 '그렇지 않아' 하고 기도했다.

로즈는 그런 자신의 나약함을 눈치챘다.

텐트 안은 피와 알코올 냄새로 가득 차 있었다. 구호반이 부지런히 움직이면서 환자들을 치료하고 있었다.

로즈는 환자들 하나하나의 얼굴을 확인하면서 텐트 안으로 이동했다.

그리고 검은 머리 소년을 발견했다.

그는 침대에 엎드려서 등 치료를 받는 중이었다.

의사와 문답을 주고받고 있었다.

깨어 있나 보다.

"저, 저기…… 혹시, 시드 카게노 군인가요?"

로즈는 간절한 심정으로 말을 걸었다.

"네, 그런데요……?"

소년의 얼굴이 이쪽을 향했다. 그 얼굴은 바로 그 용감한 소년의 얼굴이었다.

"다행이야……, 정말 다행이야……!"

"어…… 엇?!"

로즈는 저도 모르게 시드를 와락 끌어안았다.

품속에서 꼬물꼬물 움직이는 그의 머리를 힘주어 꽉 안으면서 기도했다. 두 번 다시 잃어버리지 않기를.

로즈의 가슴속에서 뜨거운 것이 치밀어 올랐다.

"저, 저기요, 지금 치료 중인데요……."

"헉! 그, 그렇죠."

조심스런 의사의 한마디에 로즈는 퍼뜩 정신 차리고 시드를 놔줬다.

"저, 시드 군의 부상은 어떤가요?"

"등에 깊은 상처를 입었어요. 하지만 기적적으로 신경과 장기는 다치지 않았습니다. 생명에 지장은 없을 겁니다."

"네?! 정말요?!"

"네, 정말이에요."

"와! 와아!"

로즈는 몸을 들썩들썩하면서 온몸으로 기쁨을 표현했다.

"아, 이건 그러니까. 무의식적으로 치명상을 피한 것 같아요. 아니, 전 의식을 잃었으니까 정확한 사정은 모르지만. 아마 그런 식으로 기적적으로 생환한 것 같아요. 진짜로 그렇다니까요?"

시드는 어째서인지 변명조로 그렇게 말했다.

"평소 당신의 훈련 성과가 위급한 순간에 나타난 거죠. 훌륭해요."

"아니, 그건 좀 아닌 것 같은데……."

로즈는 무릎을 꿇고 시드와 눈높이를 맞췄다.

"아뇨, 그거예요. 당신의 부단한 노력과 뜨거운 마음이 이 기적을 낳은 거예요."

그리고 시드의 볼을 어루만지더니, 숨결이 느껴질 정도로 가까이에서 얼굴을 들여다봤다.

"어, 저기……."

"말은 필요 없어요. 당신의 마음은 잘 알았어요."

로즈는 촉촉한 눈동자로 시드의 눈을 바라봤다.

두 뺨은 장미처럼 선명한 붉은색으로 물들어 있었다.

"내가 기적적으로 살아났다는 것만 이해해준다면 다른 건 상관없어. 나중에 가서 '부자연스러웠어!' 같은 말은 하지 마."

"네. 지금은 그냥 편히 쉬세요."

"협상 성공이네. 응, 그럼 안녕."

눈을 감고 잠드는 소년. 로즈는 사랑스럽다는 듯이 그 모습을 바라봤다. 로즈의 가슴은 그동안 이런 적이 없었을 정도로 심하게 고동치고 있었다.

두근, 두근. 가슴이 뛴다.

로즈는 이 기분을 지식으로밖에 몰랐다.

그러나 이제는 알았다.

"당신이 구해준 목숨……. 그렇다면 나는 마음을 바치겠습니다……."

로즈는 시드의 머리를 쓰다듬었다.

그리고 날이 밝을 때까지 잠든 그의 곁을 지키고 있었다.

"잘 만들어놨네. 안 그래?"

그렇게 말하면서 종이 한 장을 내민 것은 눈이 번쩍 뜨일 정도로 아름다운 금발 엘프였다. 그녀는 밤의 어둠 같은 칠흑의 드레스를 입고 이 한밤중에 미쓰고시 상회에 와 있었다.

감마는 미모의 엘프가 내민 종이를 받아들고 말을 흐렸다.

"알파 님…… 어, 저는……."

"미안. 대답하기 어려운 질문이었지?"

알파라고 불린 미모의 엘프는 쿡쿡 웃었다. 그녀가 들고 온 종이는 수배 전단이었다. 거기에는 칠흑의 코트를 입은 섀도우의 모습이 그려져 있었다.

“왕국의 원적(怨敵) 섀도우. 무차별 살인, 감금, 방화, 강도……. 정말 대단한 악당이네.”

“『섀도우 가든』의 수배 전단에는 알파 님의 이름도 올라 있습니다. 이름뿐이지만요.”

“보여줘.”

알파는 감마가 꺼내준 또 다른 수배 전단을 읽어봤다.

“『섀도우 가든』…… 이것도 참 끔찍한 조직이구나.”

난로 불빛이 알파의 옆얼굴을 비추었다. 밤의 어둠 속에서 비현실적인 미모가 드러났다.

“그나저나 유감이야. 서둘러 돌아왔는데 이미 거의 다 끝나버렸다니.”

알파는 수배 전단을 난롯불로 태웠다. 종이 가장자리부터 검은 얼룩이 번지는 모습을 바라보면서 중얼거렸다.

“이 세상의 모든 죄를 받아낼 것이다. 그러나 아무것도 변하지는 않아. 그래도 우리는 우리의 소임을 다할 것이다. 응, 멋진 말이야…….”

알파가 지켜보는 가운데 수배 전단은 재가 되어 부스러졌다.

“내 마음속 한구석에는 그런 생각이 있었어. 나는 정의의 편이라고. 하지만 그 사람은 그렇지 않았어.”

일렁이는 불빛을 받은 그 미모는 음영이 바뀔 때마다 표정의 인상도 달라졌다. 때로는 여신 같고, 때로는 악마 같았다. 일렁이는 불꽃은 변덕스럽게 그 모습을 바꾸었다.

"그의 각오에 우리도 응해야 해."

뒤를 돌아보는 알파. 그 표정을 본 감마는 놀라서 숨을 들이켰다.

"당장 움직일 수 있는『일곱 그림자』를 소집해줘."

"네! 즉시 소집하겠습니다."

감마는 고개를 숙였다. 식은땀이 감마의 목을 타고 흘러내려 가슴골로 사라졌다.

약간 차가워진 밤바람이 그곳을 훑고 지나갔다. 그 후 감마가 고개를 들자, 그곳에는 이미 아무도 없었다.

그저 난로의 불꽃만이 격렬하게 춤추고 있었다.

"저기요……!"

반쯤 타버린 학교 앞에서 누가 말을 걸자, 평범한 검은 머리 소년은 뒤를 돌아봤다.

"아, 미안. 딴생각하고 있었어. 응, 어쩐 일이야?"

"여기서 기다리면 만날 수 있다는 이야기를 들었거든요. 할 말이 있어서……."

분홍 머리 소녀는 소년을 보면서 말했다.

"그래, 진술 청취는 좀 이따가 할 거니까 괜찮아. 수업은 당분간 휴강이고."
"아, 네. 저번에는 고마웠어요."
분홍 머리 소녀는 고개를 꾸벅 숙였다.
"시드 군 덕분에 살았어요. 정말로."
"난 별거 안 했는데, 뭐."
"혼자였다면 나는 아무것도 못했을 거예요."
"아냐, 됐어. 신경 쓰지 마."
"그리고 오늘은 보고할 것이 있어요. 저, 유학 가기로 했어요."
"아, 그래서 짐을 들고 왔구나."
분홍 머리 소녀는 짐을 잔뜩 들고 있었다.
"네. 이제 곧 마차를 타고 라와가스로 갈 거예요."
"학술도시……. 굉장하네."
"꼭 해야 할 일이 생겼거든요. 그러기 위해서는 현재의 지식만으로는 부족해요."
"그렇구나. 힘내."
"게다가…… 여기 있어야 할 이유도 사라졌고요."
소녀는 슬픈 얼굴로 교사를 돌아봤다.
"시드 군과는 좀 더 많은 이야기를 나누고 싶었는데……."
"응. 다음에 또 만나자."
"네. 다음에 또 만나요."
분홍 머리 소녀는 미소 지었다. 그리고 소년의 옆을 스쳐 지나갔다.
"아, 잠깐만."

"네?"

소년이 말을 걸자 소녀가 뒤를 돌아봤다.

"꼭 해야 하는 일이 무엇인지 물어봐도 돼?"

소년의 질문에 소녀는 난처한 듯이 웃었다.

"그건 비밀이에요."

"그렇구나."

"하지만, 혹시 모든 일이 끝나면…… 내 이야기를 들어줄래요?"

"……좋아."

두 사람은 미소 지었다. 그리고 서로를 등지고 걸음을 뗐다.

그때 커다란 소나기구름이 여름 햇살을 가렸다. 미지근한 바람이 비 냄새를 실어 왔다.

"나는, 반드시……."

문득 소녀의 혼잣말이 바람을 타고 날아와 소년의 귀에 닿았다.

아무에게도 들릴 리 없는 그 조그만 혼잣말을 소년은 전부 알아들은 듯했다. 그는 뒤를 돌아봤다. 점점 작아져가는 소녀의 뒷모습을 바라봤다.

똑, 똑. 하늘에서 작은 물방울이 떨어졌다. 분홍색 머리카락이 조금씩 젖어갔다.

소년은 아무 일 없었던 것처럼 걸음을 뗐다.

두 사람은 더 이상 뒤돌아보지 않았다.

Not a hero, not an arch enemy,
but the existence intervenes in a story and shows off his power.
I had admired the one like that, what is more,
and hoped to be.
Like a hero everyone wished to be in childhood,
"The Eminence in Shadow" was the one for me.
That's all about it.

The Eminence in Shadow

I can't remember the moment anymore.
Yet, I had desired to become "The Eminence in Shadow"
ever since I could remember.
An anime, manga, or movie? No, whatever's fine.
If I could become a man behind the scene,
I didn't care what type I would be.
Not a hero, not an arch enemy,
but the existence intervenes in a story and shows off his power.

The Eminence in Shadow
Volume One
Appendix

보충

Cid Kagenou

싸움이 있었다!
몹에게는 몹의

= Cid Kagenou

(이름) 시드 카게노

(성별) 남성

(연령) 15

『어둠의 실력자』가 되기 위해
가혹한 수행을 쌓다가, 비극적인 사고를
당해 이세계에서 다시 태어난 소년.
전생에 이루지 못했던 꿈을 이세계에서
실현하기 위해 분투 중.
어둠의 조직 '섀도우 가든'의 창설자인
섀도우의 정체……이지만, 사실 그는
그 조직을 만들어놓기만 했을 뿐이다.
군림하되 통치하지 않는다.
그저 섀도우로 변신해서 『어둠의 실력자』의
역할을 하는 것이 목적이다.

Alpha

(이름) 알파

(성별) 여성

(연령) 15

당신이 원한다면,
이 목숨을
바칠게……

= Alpha

시드의 치료(실험)에 의해 썩은 고깃덩이 상태에서 부활한 엘프 소녀.
자신을 구해준 시드에게 진심으로 고마워하고 그에게 심취하게 되었다.
『섀도우 가든』의 기념비적인 첫 번째 멤버이며, 『일곱 그림자』의 서열 1위.
아무것도 안 하는 시드를 대신해서 실질적인 통치자 역할을 한다.
『섀도우 가든』이 급격히 성장한 것은 이 여성이 쓸데없이
너무 유능하기 때문이다.

Alexia Midgar

자, 가서 물어 와!
멍멍이야!
옳지, 착하다!

= Alexia Midgar

(이름) 알렉시아 미드갈

(성별) 여성

(연령) 15

미드갈 왕국의 왕녀.
시드와 마찬가지로 미드갈 마검사
학교에 다니는 동급생.
친절한 왕녀님으로 알려져 있지만,
실은 시드를 애완동물 삼아
가지고 노는 사디스트 왕녀이다.
어릴 때부터 우수한 언니와 비교되면서
자랐기 때문에 심한 콤플렉스를 느끼고 있다.
시드에게 호감을 가지고 있지만,
그 마음을 솔직하게 표현하지 못한다.

Sherry Barnett

(이름) 셰리 바넷

(성별) 여성

(연령) 16

= Sherry Barnett

혹시 모든 일이
끝나면,
내 이야기를
들어줄래요?

미드갈 학술 학교 학생. 학교 부교장의 양녀.
어린 시절에 어머니가 살해되는 장면을 목격했고,
그 슬픔 때문에 아티팩트 연구에 몰두하게 되었다.
국내에서는 아티팩트 연구의 제일인자로 알려져 있다.
그러나 학교에서는 친구도 잘 사귀지 못해서
양아버지가 걱정할 정도. 연구 이외의 일에는 서툴다.

섀도우 님 전기 완전판——1권

저자 : 베타

어둠 속에 숨어서 어둠을 사냥한다. 그것이 섀도우 님이 선택한 길이었다. 고로 그 업적도 어둠 속에 묻혀 아무도 모르게 사라져버린다.

아무리 엄청난 거악(巨惡)을 물리쳐도, 아무리 많은 것을 지켜도, 또 설령 세상을 구하더라도, 아무에게도 칭찬받지 못한다. 그것이 섀도우 님이 선택한 길이다.

그러므로 내가 기록할 것이다. 섀도우 님의 싸움을, 섀도우 님의 신념을, 섀도우 님의 길을……. 언젠가는 그것이 세상 사람들에게 인정받아 빛을 볼 날이 오기를…….

섀도우 님은 어린 시절에 디아볼로스 교단의 진실을 눈치채고 꾸준히 자신을 단련하여, 혼자서 그 강대한 적과 맞서 싸우기로 결심했다. 그리고 끝없는 수련을 쌓아 마침내 절대적인 힘과 어둠의 지혜를 손에 넣었다.

그러나 그 대가로 섀도우 님은 참으로 많은 것을 잃어버렸다. 누구나 어린 시절에 품어보는 꿈도, 행복한 미래도, 친구도, 애인도. 그 모든 것을 버렸더니 눈앞에 펼쳐진 것은 수라의 길이었다……. 자신의 행복을 포기하고 다른 누군가를 구한다. 그리하여 섀도우 님은 우리들도 구해주셨다. 〈악마 빙의〉로서 멸시당하면서 절망의 늪에 빠져 죽기만을 기다리던 우리들에게 살아갈 길을 마련해주셨다.

우리는 조금이라도 섀도우 님께 도움이 되고 싶어서 디아볼로스 교단과 싸우기로 결심했다. 디아볼로스 교단을 쓰러뜨리면 섀도우 님이 행복해질 거라고 믿으면서…….

~중략~

여기서 섀도우 님의 초기 전투를 두 건 소개하겠다.

첫 번째는 사악한 디아볼로스 교단이 마인 디아볼로스의 힘을 부활시키기 위해 왕족을 납치한 사건이다. 이때 납치된 아름다운 공주님은 은빛 머리카락과 눈[redacted] 그리고 납치된 공주님을 구하기 위해 섀도우 님이 나섰다!

섀도우 님은 아름다운 공주님이 위기에 처했을 때 멋지게 나타나서 교단의 자객 제논을 완벽하게 압도했다. 그 남자는 국가 검술 교관인데도 섀도우 님에게는 전혀 상대가 되지 않았다. 이

것이 섀도우 님의 놀라운 힘인 것이다. 그리고 섀도우 님은 어리석은 제논을 최강 오의로 멸하셨다. 그 일격은 하늘을 물들이고 비구름을 찢으면서 위대한 섀도우 님의 위광을 전 세계에 보여주었다!

두 번째는 디아볼로스 교단의 전(前) 라운즈였던 루슬란이 어리석게도 섀도우 님이 다니시는 학교를 습격한 사건이었다. 루슬란은 아티팩트를 이용해 학생들의 마력을 봉인했지만, 그런 수법이 섀도우 님께 통할 리 없었다! 섀도우 님은 학생들을 인질로 잡혔는데도 어둠 속에서 암약하면서 테러리스트를 줄줄이 해치웠다.

그리고 어둠의 지혜를 구사한 섀도우 님은 아티팩트에 의해 봉인됐던 마력을 간단히 해방시켰다. 이에 대해서는 루슬란도 틀림없이 경탄했을 것이다. 섀도우 님의 진정한 능력은 압도적인 무력이 아니라 지나치게 총명한 그 두뇌라고 이야기하는 식자도 많다. 인질을 해방시킨 섀도우 님은 도망친 주모자 루슬란을 앞질러 가서 그 야망을 깨부쉈다. 그리고 섀도우 님은 모든 죄를 짊어짐으로써 한 소녀를 구하는 길을 선택하셨다…….

자, 그럼…… 1권에서는 여기까지만 이야기하겠다. 섀도우 님의 화려한 싸움을 다 형용하기에는 페이지가 너무 부족하니까.

그러나 걱정하지 마라. 2권에서는 또 다른 두 건의 싸움 이야기를 들려줄 테니까.

다음 편, 섀도우 님의 앞길을 막는 성역의 파수꾼?!

마인 디아볼로스의 수수께끼를 풀기 위해 성역으로 들어가는 섀도우 님의 앞에 나타난『재액의 마녀』아우로라. 그녀와 성역에 들어간 섀도우 님을 가로막은 것은 과거에 마인 디아볼로스와 싸운 영웅이었다?! 그 전투의 끝에는 과연 무엇이 있을까!!

그다음 편, 무신제에 숨어 있는 악의?!

무신제에 정체를 숨기고 출전하기로 결심한 섀도우 님. 섀도우 님의 의도는 무엇인가……?! 무신제에서 암약하는 섀도우 님과 디아볼로스 교단의 악의가 격돌한다?! 섀도우 님은 그 싸움을 통해 무엇을 생각하고, 무엇을 구하는가?!

섀도우 님 팬이라면 꼭 봐야 하는, 섀도우 님의 대활약 초호화 에피소드 두 편!! 섀도우 님 전기 완전판 2권을 기대하시라!!

후기

『어둠의 실력자가 되고 싶어서!』 1권을 읽어주셔서 감사합니다.

『어둠의 실력자가 되고 싶어서!』라는 이 책은 『소설가가 되자』라는 웹사이트에서 연재한 내용을 책으로 엮은 겁니다. 가볍게 웹 연재를 시작했는데 별로 반응이 좋지 않아서 '1장이 끝나고 스토리가 일단락되면 한동안 휴재할까……?'라는 생각을 했었습니다. 초반에는 솔직히 말해서 그랬어요. 그런데 그 직후에 웹사이트 랭킹에 올라가면서 이 작품의 운명이 크게 바뀌었습니다.

많은 분들이 이 작품을 보시게 되었고, 그분들이 감상을 써주시기 시작했습니다. 그렇게 반응해주시는 게 기뻐서 '더 많이 써야지!'라고 생각했습니다. 그런 식으로 계속 연재하다 보니 감사하게도 책을 내자는 제안까지 받게 되었습니다. 그 결과 단행본으로 출판하게 되었고요. 인터넷의 바다 속에 잠겨 있던 이 작품이 이렇게 단행본으로 나오게 된 것은 지금까지 응원해주신 수많은 독자 여러분 덕분입니다. 정말 감사합니다.

네, 이렇게 『후기』를 쓰는 입장이 되어서 처음으로 깨달은 사실이 있는데요. 저는 살면서 『후기』를 진지하게 읽어본 적이 없습니다. 이 책을 읽어주신 독자들 중에서 저의 이 『후기』까지 봐주시는 분이 과연 몇 분이나 계실까요. 제멋대로 예상해보자면 아마 10퍼센트쯤 되지 않을까요? 그런데 그 10퍼센트의 독자 여러분은 틀림없이 이 책을 읽고 '재미있다!'고 생각해주셨을 거라고 믿습니다. 일부러 『후기』까지 봐주셨을 정도니까요. 틀림없이 그럴 겁니다. 네, 확실해요! 그러니까 저의 『후기』까지 읽어주신 거기 당신! 당신께 부탁을 하나 드리고 싶습니다! 부디 이 책을 학교 친구나 직장 동료나 인터넷 지인이나 동호회 멤버 등등, 친한 사람에게 소개해주시면 안 될까요? 출판계가 불황이라는 소문이 심심찮게 들리잖아요. 이 책도 역시나 예외는 아니라서, 늘 벼랑 끝에 서 있는 상태란 말이죠! 여러분께서 재미있어하실 만한 다음 이야기를 계속 간행하고 싶습니다. 그러니 꼭 응원해주셨으면 좋겠어요. 독자 여러분의 입소문은 작품을 널리 알리는 커다란 힘이 됩니다. 그냥 "이 책 추천할게"라고 딱 한마디만 해주시면 됩니다! 진짜로 잘 부탁드립니다!

자, 마지막으로 인사를 드리겠습니다. 책 출판은 처음이라 아무것도 모르고 우왕좌왕하던 저를 도와주신 담당 편집자님, 환상적인 일러스트를 그려주신 토자이 선생님, 멋진 디자인으로 이 책을 꾸며주신 BALCOLONY.의 아라키 선생님, 그리고 응원해주신 독자 여러분. 다시 한 번 진심으로, 진심으로 감사드립니다.

그럼 2권에서 또 만나요!

아이자와 다이스케

글

아이자와 다이스케

첫 단행본입니다. 아싸~!
건강과 시간을 소중히 하면서
앞으로도 열심히 작업하겠습니다!

일러스트

토자이

저는 풋내기라서 드릴 말씀이 없습니다.
오로지 정진할 뿐입니다.

번역

한수진

외국인이라서 드릴 말씀이 없습니다.
일본어 말장난의 수렁.

어둠의 실력자가

되고 싶어서!

NEXT

어둠의 실력자가 되고 싶어서! 1

2019년 9월 25일 제1판 제1쇄 발행
2019년 10월 20일 제1판 제3쇄 발행

지음 | **아이자와 다이스케**
일러스트 | **토자이**
옮김 | **한수진**

발행인 | 오태엽
편집팀장 | 김충영
편집담당 | 안세연
한국어판 디자인 | Design Plus
라이츠사업팀 | 이은선, 조은지, 이선, 백승주
출판마케팅팀 | 안영배, 이풍현, 경주현
제작담당 | 박석주

발행처 | (주)서울미디어코믹스
등록일 | 2018년 3월 12일
등록번호 | 제 2018-000021
주소 | 서울특별시 용산구 새창로 221-19(한강로2가)
전화 | (02)799-9181(편집), (02)791-0752(마케팅)
팩스 | (02)799-9334(편집)
인쇄처 | 코리아 피앤피

ISBN 979-11-6459-971-4
ISBN 979-11-6459-970-7(세트)

●잘못된 책은 구입하신 곳에서 교환해 드립니다.

KAGE NO JITSURYOKUSHA NI NARITAKUTE! Vol.1
©Daisuke Aizawa 2018
First published in Japan in 2018 by KADOKAWA CORPORATION, Tokyo.
Korean translation rights arranged with KADOKAWA CORPORATION, Tokyo.

‘서울문화사 만화부문’이

‘서울미디어코믹스’로 새롭게 출발합니다!

SEOUL MEDIA COMICS

‘대한민국 만화의 종가’ ㈜서울문화사가 창립 30주년을 맞아 만화부문을 분사해 ㈜서울미디어코믹스로 재탄생하였습니다. ㈜서울미디어코믹스는 출판에서 디지털까지 새롭게 도약하여 국내 최고의 콘텐츠회사로 거듭 날 것입니다.

독자 여러분들의 뜨거운 관심과 애정 부탁드립니다.

Stories Make Culture!

서울미디어코믹스

SEOUL MEDIA COMICS

새로운 출발을 함께하는 제이노블 시리즈—!!
J-NOVEL 9월 인기 발행작—!!

어둠의 실력자가 되고 싶어서! 1권

'소설가가 되자' 압도적 년간 1위!!

초판한정 **책갈피, 어나더 커버** 증정!! + 한정 수량 **더블 특전 아크릴 일러스트 카드** 증정!!

아이자와 다이스케 지음 / **토자이** 감수 / **한수진** 옮김

평소에는 힘을 숨기고 몹 A로 살면서 암암리에 스토리에 개입하여 실력을 보여주는 『어둠의 실력자』를 동경하는 소년, 시드.
이세계에서 전생한 그는 간절한 꿈이었던 『어둠의 실력자』 설정을 즐기기 위해, 망상으로 만들어낸 『어둠의 교단』을 유린하려고 암약하기 시작했다.
그런데 진짜로 이 교단이 실재하는데……?
별생각 없이 부하로 삼은 소녀들의 『착각』으로 인해, 시드는 자기도 모르는 사이에 진짜 『어둠의 실력자』가 되고 만다.
그리고 「섀도우 가든」이란 조직은 점차 세상의 어둠을 멸한다——!!

©Daisuke Aizawa 2018 / KADOKAWA CORPORATION Illustration: Touzai

NEXT

진 삼국지 여동생 2권

초판한정 **책갈피** 증정!!

카스가 미카게 지음 / **온** 일러스트 / **원성민** 옮김

나는 유비로 삼국지 세계에 소환되었다. 호로관 싸움에서 동탁군으로 관우, 장비 두 여동생을 지켜냈지만……, 최강무쌍 미소녀 무장 여포는 강력했고 동탁은 농성을 이어간다.
"유비의 여동생 목록에 하후돈 일행을 넣어서 만렙으로 만들죠." "키스해서 호감도를 올려!" 새롭게 소환한 책사 순욱 누님과 조조의 책략으로 조조 사촌 군단이 들이대도 효과는 없네! 마지막으로 제시한 책략은…… 여포와 데이트를 해서 내 여동생으로 삼으라고?!
관우와 장비의 따가운 눈총 가운데 진행된 목숨을 건 데이트의 결말은…… "너는, 좋은 녀석이다. 마셔. 의남매의 맹세를 다지는 잔이다. 나의 오라비여."
미소녀 비장군 부끄러워하다?! 낙양 포위전도 여동생 사랑으로 제압해주겠다고!

©Mikage Kasuga, Won 2018 / KADOKAWA CORPORATION

J NOVEL

정령사의 검무 19권

초판한정 **책갈피** 증정!!

시미즈 유우 지음 / **시메사바 코하다** 일러스트 / **송덕영** 옮김

학교를 탈환하고 성국과 그 배후에 있는 〈성왕〉 알렉산드로스에게 반격의 봉화를 올린 카미토 일동. 재회한 그레이워스는 24년 전에 맺은 맹약과 가공할 〈성왕〉의 목적을 카미토에게 밝힌다. "——난 줄곧 꼬마와 만나기를 기다리고 있었다." 제도 함락. 지상에서 사라진 성도. 카미토의 안에 깃든 〈암의 정령왕〉의 각성이 가까워 오는 가운데, 〈성왕〉은 인류에게 멸망의 신탁을 내린다——. 〈원소정령계〉와 〈인간계〉를 구하기 위해, 카미토와 〈팀 스칼렛〉은 최후의 결전의 땅으로 향한다——!
대인기 엘레멘탈 판타지, 클라이막스 직전의 제19권!

©Yu Shimizu 2018 Illustration:Kohada Shimesaba
KADOKAWA CORPORATION

J NOVEL

여성향 게임의 파멸 플래그밖에 없는 악역 영애로 환생해버렸다… 5권

초판한정 **책갈피, 특별 단편 소책자** 증정!!

야마구치 사토루 지음 / **히다카 나미** 일러스트 / **임이지** 옮김

여성향 게임의 악역 영애인 카타리나로 환생한 나.
파멸 엔딩을 회피했는데, 어쩐지 최대 파멸 플래그였던 디올드 왕자와의 약혼은 계속 이어지고 있다.
"저는 언제든지 물러날게요!"
본인에게도 그렇게 선언했지만…….
디올드 왕자의 약혼자 자리를 노리는 영애가 나타나는 라이벌 등장 편, 니콜의 맞선 편 등 카타리나와 친구들의 일상이나 의외의 인물에게 스포트라이트를 맞춘 과거편도 수록.
대인기★파멸 회피 러브 코미디 제5탄은 만화 대폭 증량 게재!

"Otome game no hametsuflag shikanai akuyakureijyou ni tensei shiteshimatta…"
©Satoru Yamaguchi 2017 by ICHIJINSHA INC.

J NOVEL PURPLE